KB148013

타 임 워 커

Time Walker

2
꿈을 꾸는 아이

—

문지솔 장편소설

차례

———

프롤로그

설란은 병실 침대에 누워 있었다. 1인실이었다. 그녀의 어머니 김미애는 딸을 외부와 격리시키기를 바랐다. 말도 안 되는 모습으로 쓰러져버린 딸에 대해서 세상이 알게 되는 것이 끔찍하게 느껴졌다. 이것은 자신이 먼저 입을 놀리지만 않는다면 누구도 쉽게 알아차릴 수 없을 사실처럼 생각되었다. 하지만 혹여 눈치 빠른 자들이 있어 딸을 수상쩍게 여기기 시작한다면, 그 결과는 좋지 않은 방향으로 흘러갈 것이다. 1인실이 부족하다는 의사의 만류에도 끝내 병원장을 찾아가 허락을 받아낸 이유는 이런 두려운 예감 때문이었다.

외부와 격리된 만큼, 병실 내부는 구색을 갖추고 있었다. TV와 개인 사물함, 간이침대, 커튼, 화장실까지 모두 방 안에 있었다. 누구의 눈에 띄지 않으면서 시간을 벌 수 있을 것 같은 구조였다. 적당히 어둡고 밀폐된 것이, 병실 바깥의 소리도 차단해주고 있는 느낌이 들었다. 하지만 마냥 안심할 수는 없는 노릇이었다. 딸의 증세가, 어떠한 병적 신호와는 거리가 멀다는 이상한 예감. 그럼에도 집에다가 둘 수는 없어 도피처로 병원을 선택한 것이 비통한 심정이었다.

'인샬라.'

딸이 중얼거린 말을 떠올렸다. 완전히 정신을 놓기 직전, 그녀가 내뱉은 말이다. 처음에는 그것이 무슨 의미인지 몰랐다. 구급차에 올라타서 병원에 도착할 때쯤에야 비로소 알게 되었다. 휴대폰으로 검색해본 단어의 의미. 정확히 어떤 일이 벌어진 것인지 몰랐지만, 딸은 얼핏 악마의 저주를 받은 것처럼도 느껴졌다. 단순한 정신병으로 볼 수도 있겠지만 그러기엔 눈앞에서 목격한 바가 다른 귀결로 인도할 뿐이었다. 딸의 몸을 감싸던 불쾌한 형체를 악령이 아닌 다른 무언가로 설명할 수가 없었다.

김미애는 눈을 감고 깍지를 꼈다. 브라운관 밖에서는 본 적도, 또한 평생 믿어볼 일도 없던 신이지만, 지금 이 순간만큼은 기도를 들어주십사.

딸은 응급실에서 몇 번의 고비를 넘겼다 한다. 자가 호흡을 할 수 있을 거라는 기대가 조금도 없어 장기간 인공호흡기 착용이 예정되었다. 의사가 그렇게 말했다.

누구라고 칭해야 할지 몰라 김미애는 그저 '신이시여'하며 기도를 마쳤다. 그녀는 짓무른 눈가를 부릅뜨고 이불 위에 두었던 리모컨을 들었다. 그리고 TV를 켰다. 하나뿐인 딸, 그녀를 지키기 위해서라면 어미라도 제 정신으로 버텨야 했다. 하지만 정신을 바짝 차리자는 다짐은 곧바로 시험대에 올랐다.

김미애는 볼륨을 높이고 뉴스 앵커의 말을 주의 깊게 들었다.

'의문의 죽음.'

헤드라인이 눈에 띄었다.

급하게 떠오른 속보처럼 보였다. 15명의 사상자가 나왔고, 그 중 6명만이 살아남아 병원으로 옮겨졌다. 그들은 각각 거리와 집에서 참변을 맞이했다. 검붉은 액체를 토하며 정신을 잃은 그들은 모두 딸과 같이 뇌사 판정을 받거나, 혹은 손 쓸 새도 없이 죽어버렸다고 한다. 리포터의 뒤로 이번에 변을 당한 사람들의 경과가 비쳐졌다. 살아남은 사람들 중에 아직까지 깨어난 이들은 없었다.

"······이에 질병관리본부는 변종 바이러스의 가능성이 있다고 판단하여, 국가적인 차원의 관리에 들어가야 한다고 내다봤습니다. 현재 시각 정부는 시급한 대책 마련을 위해, 비상 대책 회의에 들어갔습니다. 대통령은······."

뉴스 앵커의 말이 안개처럼 흐려졌다.

딸과 비슷하게 뇌사 판정을 받은 이들. 그러나 보도 내용에는, 딸 설란이 보였던 기이한 현상에 대한 언급이 없었다.

'우리 딸은.'

김미애는 더듬더듬 설란의 손을 부여잡았다.

정부가 직접 나선다지만 해결은 불가능해 보였다. 엑소시즘 관련 영화에서는 신부가 악령에 들린 사람 하나를 구하는 데도 필사의 노력을 쏟아붓는다. 무당이 귀신을 쫓는 굿을 할 때도 목숨을 담보한다고 들었다. 하나도 아닌 여러 명을 구해내는 것은 제 아무리 정부의 수장이라고 해도 인간의 힘으로는 역부족이다.

'그건 전염병이 아니야.'

그녀는 딸이 쓰러지던 당시를 회상했다.

모든 것이 불투명하지만 한 가지는 확실했다. 설란을 국가 기관으로 넘기게 된다면 살아서는 딸을 다시 만나지 못할 것이다.

입술이 떨려왔다.

어둡고 음침한 무언가가 숨을 옥죄듯 다가오고 있었다.

제 1장
죽어가는 사람들

타 임 워 커 2 : 꿈 을 꾸 는 아 이

01.

7. 14. 수요일.

뉴 프리아 호텔. 강두호 총수가 관리하는 호텔로, 이광호가 처음 유달수를 만났던 장소였다. 하얀 색의 큼지막한 조형물이 길목마다 자리하고 있는, 잘 가꿔진 화단과 길게 이어진 가로수길이 인상적인 곳이다. 투숙 금액대는 천차만별이지만 대체적으로 고가를 자랑했다. 유명 인사들과 졸부, 높은 권력층의 사람들이 비밀리에 방문하는, 일부 사람들에게만 알음알음 알려진 모임의 장소.

이광호는 검은 정장을 빼입고 무전 이어플러그를 단 채로, 호텔 내부 진입 차량을 바라보고 있었다.

그가 기다리는 인물은 북한 측 인사였다. 형식적으로는 정치와 무관하지만, 무시하지 못할 영향력을 가진 인물. 말하자면 꽤나 골치 아픈 방문객이었다.

차량의 행렬 속에서 눈에 띄는 차가 진입로를 따라 들어왔다.

"리진만 이사 들어오십니다. 이광호씨, 침착하게, 차분히 안내해 주세요."

"알겠습니다. 친절하게 모시도록 하죠."

무전을 교신한 후에 이광호가 옷매무새를 가다듬었다. 그는 넥타이를 바로 하고, 멈춰선 차량 앞으로 다가갔다. 차량의 문이 열리고 그 밖으로 한 여자가 나왔다. 뒤이어 나올 리진만을 기다렸지만, 추가로 내리는 인물 없이 문이 닫혔다.

이광호가 가만히 서 있자, 여자가 웃었다.

"리진만 이사, 맞으십니까?"

뒤늦게 그가 물었다.

분홍색 프릴이 달린 블라우스에 하얀 재킷을 걸친 여성이었다. 재킷의 금색 단추가 가지런하게 잠겨 있었다. 부드럽게 올라간 코와 선글라스 너머로 보이는 시원한 눈매가 매우 인상적이었다.

"가명이라 혼란스러우셨겠네요. 제가 리진만입니다."

리진만 이사가 말했다.

문득, 차분하게 안내하라던 경호원의 말이 떠올랐다.

"이쪽으로 오십시오. 안내하겠습니다."

이광호는 리진만 이사를 에스코트하며 1층 로비로 들어섰다. 호텔 내부에도 경호원이 많았다. 간혹 호텔에 주요 인사가 방문하면 경비가 한층 강화되는데, 오늘이 그 날이었던 탓이었다. 리진만 이사의 경호를 위해 증원된 것이지만, 오직 그녀 때문만은 아니었다. 바로, 그녀가 오늘 만나기로 한 다른 존재 때문이기도 했다.

2층의 한 객실에 당도해서 이광호가 말했다.

"이곳입니다. 대통령께서 기다리고 계십니다."

이광호가 객실 문을 열었다.

리진만 이사는 선글라스를 벗어 접어두고, 대통령을 향해 두 팔을 벌렸다.

"오랜만이야. 대통령이 됐다는 소식은 들었는데 내가 너무 늦었지?"

그녀는 대통령과의 친밀함을 과시하며 반갑게 포옹을 마쳤다. 최필영 대통령의 얼굴에도 미소가 떠올랐다.

"이게 얼마만이야. 얼굴 보기가 이렇게 어려워서 되겠어?"

"그러니 이렇게 친히 왔잖아. 일은 적응이 됐고?"

"아직 만족은 못해. 너야말로 사업은 잘 되는 건가?"

"나야 괜찮지."

리진만 이사가 재킷을 벗으며 말했다.

"더워서 혼났네. 격식은 무슨 격식인지. 이 한여름에 말이야."

그녀의 말에 최필영이 웃었다. 그는 이광호를 바라봤다.

"여긴 걱정 말고 이제 자리를 비켜주겠나. 단 둘이 하고 싶은 말이 많아서 말이야."

최필영이 말했다.

"알겠습니다. 대통령님. 나가 있겠습니다."

이광호가 정중히 허리를 굽혀 인사했다. 밖으로 나온 뒤 그는 넥타이를 조금 풀었다. 긴장을 해서 그런지 목이 다 조이는 느낌이다. 긴장이 풀리자 피곤이 몰려왔다. 방에 더 머물러 있다가는 민망함에 땀을 흘렸을지도 모를 일이었다.

"남자인 줄 알았는데."

가명을 쓰는 경우가 있을 줄은 몰랐다. 본명을 쓰지 않은 이유는 짐작되지만, 성별까지 모르게 은밀히 살고 있다니.

문을 등지고 선 그에게 오세나가 다가왔다.

"어땠어. 호위는?"

오세나가 물었다. 그녀도 정장 차림이었다. 이광호처럼 이어플러그를 착용한 채로 까맣고 굽이 낮은 구두를 신고 있었다. 만약을 대비해 수상한 움직임을 막는 것이 오세나의 오늘 역할이었다.

"말도 마라. 리진만이 여자인 거 알고 있었어?"

이광호가 작은 목소리로 물었다.

오세나는 복도에 서 있는 경호원들을 눈짓으로 가리켰다.

"리진만 이사는 오늘 오후 아홉시쯤 객실을 옮길 예정이야."

오세나가 말했다.

그녀는 2층의 테라스로 이광호를 안내했다. 넓은 테라스에 고딕 양식으로 된 파티션이 존재하고 있었다. 꽃을 좋아하는 강두호 총수가 직접 인테리어를 주도한 탓에, 화원과도 비슷한 분위기가 흘렀다.

하얀 벤치에 앉아 오세나가 말을 꺼냈다.

"나도 나중에 알았어. 여자란 걸 알았다면 미리 말을 해줬겠지. 그리고 말해주려고 했는데 너무 늦었기도 하고, 어떻게 반응을 보일지 궁금하기도 해서……."

그녀는 짐짓 순진하게 웃었다.

웃는 얼굴에 침을 못 뱉는다고, 그 말이 딱 맞았다. 하지만 그녀 역시 리진만 이사의 정체를 뒤늦게 알았다고 하니 원망할 수는 없었다. 겉으로 드러난 사실만을 보고 섣불리 판단한 것은 그녀가 아니었다.

"아무튼 대단한 외모였어."

벤치에 등을 기대앉으며 이광호가 말했다.

"대통령이랑 알고 지내려면 저 정도 외모에 능력은 돼야 하나 봐."

오세나가 가만히 그를 응시했다.

무슨 생각을 하는지 한참 말이 없었다.

"왜 그렇게 봐?"

이광호가 말했다.

그는 정장 마이를 벗어서 벤치에 걸쳐뒀다. 강하게 내리쬐는 더위에 온몸이 녹아드는 기분이었다.

"역시 그런가. 남자들은 다 그렇게 생각하지?"

오세나가 물었다.

"뭐를?"

"남자가 좀 잘났으면 급이 맞는 여자를 찾고는 하잖아. 정말 그래?"

그녀의 말이 암호처럼 느껴졌다.

이광호는 가만히 생각했다. 그녀가 말하는 바를 모르지는 않았다. 문제는 알게 모르게 보이는 그녀의 태도가 질투와 비슷하다는 점이었다. 그러나 이해는 안 되었다. 리진만 이사의 능력을 단순히 부러워할 수는 있겠지만, 외모라면 오세나도 뒤쳐지지 않았다. 아직 어리다는 이점도 있고, 그 만큼 가능성도 무한했다. 게다가 그녀가 강두호 총수에게 받는 월급은 보통 남자들의 급여에 곱절을 훨씬 넘었다.

"질투하는 거야?"

이광호가 말했다.

그러나 원하는 대답은 아닌 것으로 보였다.

"나는 남자들의 속내에 대해서 묻는 거야. 열심히 공부하면 미래의 마누라가 바뀐다는 말도 있잖아. 정말로 그렇게 생각하는 거야?"

"보통은 그렇겠지. 상식적으로 생각해도 능력을 포함한 뭔가가 달라지면 우연한 기회도 상당히 바뀌니까. 좋은 조건의 이상형을 찾는 건 당연한 거 아닐까?"

"그런 거 말고. 조금 더 궁극적인 이야기야. 사랑이랑은 상관없이 능력과 외모가 출중한 미래의 배우자를 얻으려고 하냐고. 그것 때문에 일하고 스펙을 쌓고 그럴까?"

"무슨 대답을 듣고 싶은 건데?"

"그냥 말해봐."

오세나가 말했다. 마음에 드는 남자가 생겼거나, 그게 아니면 단순히 궁금한 것 같기도 했다.

"보통은 그렇겠지. 하지만 아닌 사람들도 분명히 있으니까. 걱정하지 마. 그런데 누구 관심 있는 사람이라도 있는 거야?"

이광호가 물었다.

오세나가 고개를 내저으며 일어섰다.

"그냥 궁금했어. 그런데 오빠는 어때? 오빠랑 급이 맞는 여자가 나타난다면 사랑하는 사람을 버리고 새로 만날 거야?"

오세나가 물었다. 햇볕을 구름이 가려 더위가 조금 누그러져 있었다.

"아직은 모르겠지만. 조금 더 좋은 조건이 돈이나 외모는 아닐 거야. 새로운 사람이 나타났다고 여자를 버리면 그건 쓰레기지."

이광호가 말했다.

그는 오세나가 이상한 놈을 좋아하고 있는지 내심 걱정되었다. 아직 어린 그녀가 마음 고생을 하게 된다면 기분이 좋지 않을 것이다.

"쓰레기들은 만나면 안 돼. 되도록 좋아하지도 말고."

이광호가 말했다. 오세나가 걸음을 옮기며 뒤돌아봤다.

"알겠어. 나는 그럼 다시 일하러 가볼게."

그녀는 테라스 밖으로 나가, 호텔 내부로 들어갔다.

이광호는 고개를 돌렸다. 파티션 안쪽에 놓인 쓰레기통이 보였다. 담배 꽁초를 버릴 수 있도록 재떨이가 설치되어 있었다. 사실상 호텔 방문객들의 흡연 장소로 만들어진 공간. 오랜만에 휴식을 취해도 될 것이다.

"한 대만 피우고 들어갈까."

이광호는 주머니를 뒤적이며 일어났다. 구겨진 곽에 담배 한 개비가 들어 있었다. 빈 곽을 쓰레기통에 던져놓고 하나 남은 담배를 입에 물었다.

그리고 불을 붙이려던 찰나였다. 갑자기 머리를 휩쓸고 지나가는 느낌에 그는 반사적으로 몸을 피했다. 담배가 떨어져 구두굽에 무참히 밟혔다.

이 참변을 주도한 이는 상황을 모르는지 생글생글 웃고 있었다.

"광호, 잠깐 쉬는 중?"

사람으로 변한 유달수가 반갑게 말했다.

"형님, 정찰 중인 거 아니었어요?"

이광호가 불만스럽게 말했다. 휴식 시간이 깨지고 만 것은 그가 말없이 나타난 덕분이었다.

"그랬는데 심심해서 말이야. 장난 좀 쳤지. 그리고 전해줄 것도 있어서."

유달수가 말했다. 그는 품안에서 쪽지를 꺼내 이광호에게 건넸다.

"이게 뭡니까?"

"비밀이라던데. 난 다시 정찰하러 가야 해서. 수고해라."

유달수가 공작새로 변해 하늘로 비상했다. 그는 건물을 크게 한 바퀴 돌더니 시야에서 사라졌다.

이광호는 정장 마이를 집어 들고 일어났다. 대통령 호위는 능력을 굳이 쓰지 않아도 될 정도의 간단한 일이었다. 위급 상황에, 시간을 뒤로 돌려 대처하면 그만이었다. 하지만 그런 간단한 일이라고 해서 오랫동안 자리를 비울 수는 없었다. 그는 호텔 내부로 들어와 2층 복도를 걸었다.

문득 쪽지의 내용이 궁금했다. 유달수로부터 받는 쪽지는 대부분 총수에게서 오는 전달 사항이었다.

쪽지의 내용은 이러했다.

'1급 의뢰가 있으니 일을 마치자마자 나를 보러올 것. 5층 13호.'

02.

07. 12. 월요일

최필영 대통령은 미간을 매만지며 책상 모서리를 응시했다. 그의 복잡한 심정을 대변하듯 굳은 얼굴에는 미소가 없었다.

"발견된 적 없던 물질이란 말이지?"

최필영 대통령이 무겁게 입을 열었다.

"전염성이 있는가?"

수화기 너머로 '확인된 바가 없습니다'라는 기대에 못 미치는 답변이 되돌아왔다.

새로운 물질. 전염성의 유무조차도 알 수가 없었다. 이 대로면 몇 명의 사상자가 나오든지, 치료 성공 시기는 유야무야 뒤로 미뤄질 것이다. 계속해서 사상자가 나올 것이고 결국 의문의 병이 스스로 자취를 감추기만을 기다려야만 하는 상황에 처한다. 아직 명칭도 붙이지 못한 새로운 질병이었다.

"같은 증상으로 병원에 실려 오는 사람들을 모두 한 군데에 모아주게. 지금 당장은 일반인들과의 격리가 최우선이야. 명심해야 해. 불안감을 조성하지 않도록 최대한 노력해야 한다는 걸."

최필영 대통령이 말했다.

사태가 발생한 후, 그는 청와대 안을 떠나지 않았다. 모든 신경을 국가 재난 상태로 선포한 이 의료 사태에 쏟고 있었다. 정체도 알 수 없는 의문의 죽음에는 겉으로 드러나는 증상에서의 공통점밖에 존재하지 않았다. 병의 발발 경로도 확인되지 않았다. 대통령은 국가를 최우선으로 해야 한다. 그 이념 아래 최선을 다해 해결 방안을 모색했으나 뾰족한 방법이 떠오르지 않았다.

최필영은 통화를 종료하고 휴대폰을 내려두었다.

그는 손끝으로 책상을 두드렸다. 타개할 만한 수를 떠올려야 한다. 최대한 외부의 눈을 피하면서, 유능한 이와 접촉해야 했다.

"리진만. 그녀가 있었지."

최필영이 휴대폰을 들었다. 그녀는 현재 외국에 머무르고 있었다. 큰 기업을 운영하는 그녀의 밑으로는 쓸 만한 연구진들이 많았다. 제약 회사가 단연 으뜸인 그녀의 회사에는 내로라하는 이들이 많을 것으로 기대되었다. 잘하면 해결의 실마리를 찾을 수 있을 것이다.

수화 음이 흐르고 누군가 전화를 받았다.

"날세. 최필영이네."

"대통령이십니까. 무슨 용무인지요?"

리진만의 경호원이었다.

목소리를 가다듬고 최필영이 말했다.

"내게 연락이 왔다고 그녀에게 전해주게. 긴급한 용무라고 말이야."

"알겠습니다. 그렇게만 전하면 되겠습니까?"

"최대한 빨리 전해주게."

"알겠습니다. 그럼."

통화가 끊겼다.

해야 할 일이 많을 것으로 생각되었지만, 최필영은 뜸을 들이며 서 있었다. 뒷짐을 진 상태로, 휴대폰을 숨기듯 쥐고 있었다.

"흠⋯⋯."

그는 고민 중이었다. 또 하나 생각나는 인물이 있던 탓이다. 그러나 어쩐지 신뢰가 안 가는 인물이었기에 전화를 해야 할지, 말지, 고민이 되었다. 한국 내에서 영향력이 크고, 마찬가지로 수많은 연구진을 두고 있는 유명인사였다.

"믿음직스럽지는 못하지만."

최필영이 미덥지 못한 얼굴로 중얼거렸다. 하지만 재난과도 비슷한 상황이다. 사사로운 감정에 우물쭈물해서는 안 되었다.

"어쨌든, 친구니까. 도움을 요청해보도록 할까."

그는 책상에 비치된 전화기를 향해 다가갔다. 수화기를 들고 가만히 있자 경호실로 연결되었다. 경호실장이 전화를 받았다.

"대한그룹의 강두호 이사에게 연결해주게. 개인 휴대폰으로 연락을 하기에는 찜찜한 친구라서 말이야."

최필영이 말했다.

03.

07. 14. 수요일

리진만 이사가 객실을 옮긴 시각은 9시 17분경이었다. 그녀는 술에 취한 모습으로 복도를 지나서 212호로 들어갔다. 그녀가 무사히 자리를 옮기는 것을 확인하고, 이광호는 오세나와 함께 513호로 향했다.

강두호 총수가 기다리고 있었다.

"왔는가. 이광호군. 세나는 어쩐 일이고."

강두호가 말했다. 곰곰이 생각해보던 그는 고개를 끄덕였다.

"하긴, 세나가 있다고 해서 달라질 건 없지. 잘 왔다."

총수는 오세나와 이광호를 붉은 소파에 앉혔다. 차이나풍의 고급스러운 소파에 용 모양으로 박제된 자수가 보였다. 여의주를 입에 물고 비상하는 용을 가만히 보고 있는 이광호에게 강두호 총수가 용건을 꺼냈다.

"기다려야 할 사람이 있긴 하지만 먼저 말하겠네. 진득하게 기다리는 건 내 스타일이 아니지. 최근에 화제가 되는 사건이 있는 걸 모두 알고 있겠지?"

"물론 알고 있습니다."

"그게 뭡니까?"

둘의 대답이 엇갈렸다. 오세나는 짐작한 얼굴이었다. 그에 반해 이광호는 최근의 화젯거리에 대해서 완전히 무지한 모습이었다. 그도 그럴 것이, 딱히 근무 시간이 정해져 있지 않은 업무 시간이 지나고 나면, 휴식 시간에 컴퓨터 앞에만 앉아 있었다. 인터넷 서핑이 아닌 프로그램 개발을 위해서였다.

휴식 시간에 그가 무엇을 하는지 총수는 유달수에게 들어서 알고 있었다. 너무 고지식한 취미 때문에 세상사를 멀리하고 있는 것이다. 산에서 도를 닦는 것도 아니고.

"6월 29일 화요일. 그 날 처음 사상자가 나왔네."

강두호 총수가 말했다.

"의문의 죽음으로 벌써 사상자가 44명이 나왔어. 뇌사 상태에 놓인 환자들만 해도 수백이고. 공통점은 많지 않아. 증상만 비슷할 뿐, 그들이 같은 장소에 머물렀던 정황도 없고 특정한 행동을 하지도 않았네. 그리고 결정적으로 어떤 물질이 발견되었는데……."

"어떤 물질이었는데요?"

오세나가 물었다.

"발견된 적이 없던 물질이네. 바이러스라고 일단은 정의를 내렸네만. 이상한 건 바로 다음이네."

강두호가 대답했다.

"그들의 공통적인 증상 중에 하나지. 검은 액체를 토해냈다고 하더군. 그걸 분석해봤는데 놀라운 결과가 나왔어. 위산을 포함한 휘발성 물질이 다수 검출되었네만 설명이 가능한 정도였네. 말이 안 되는 건 그밖에 검출된 물질들이야. 어떤 화학 약품에도 반응하지 않는 처음 보는 물질들이네. 마치 살아서 움직이는 것 같더구나."

"변종 바이러스는 아니겠군요."

이광호가 말했다.

"그렇지. 변종은 아니네. 완전히 새로운 종류라고 보는 게 좋을 것 같아. 사실 바이러스라고 하기에도 미묘한 구석이 있네. 무엇보다 정체불명의 물질들이 뒤섞인 모습이라고 해야 옳을 거야. 그런데 이 친구가 올 때가 됐는데 좀 늦는구만."

강두호가 벽시계를 바라보았다. 10시가 조금 지나 있었다.

"누가 더 오기로 했습니까?"

이광호가 물었다.

문이 열리며 누군가 들어왔다. 오세나와 이광호가 문을 열고 들어오는 이를 확인하고, 황급히 자리에서 일어났다.

"대통령님 아니십니까."

이광호가 말했다.

"어서 오게. 친구."

강두호가 껄껄 웃으며 말했다.

가벼운 포옹을 마치고 최필영이 건너편 소파에 앉았다. 피곤이 가시지 않은 얼굴에 희미하게 미소가 감돌고 있었다. 그는 아침에 보았던 모습과는 사뭇 달랐다. 긴 대화에 지쳐있는 것 같기도 했고, 뭔가 고민이 있는 것처럼도 보였다.

고민이라면 아마도 신종 바이러스 때문일 것이다. 바이러스가 맞는지도 불투명한 뭔가로 인해 사람들이 죽어가고 있었다.

"구면이군요. 앉으십시오. 사석이니 말을 높이겠습니다."

최필영이 이광호를 보며 말했다.

그는 눈썹을 끌어올리며 강두호 총수를 응시했다. 가만히 눈빛을 주고받던 그들 중에 강두호가 먼저 말을 꺼냈다.

"소개가 늦었군. 여기, 이광호군이네. 그리고 그 옆은 오세나양. 우리보다 한참은 어리지만 우습게 볼 인물들은 아니야. 이들도 달수랑 비슷하네."

최필영의 눈빛에 이채가 감돌았다. 짐짓 놀란 것처럼 보였다.

"초능력자란 말이군. 자네는 날 놀라게 만드는 구석이 있어."

최필영이 말했다.

"하지만 지금 중요한 건 그게 아니야. 사람들이 죽어가고 있다고. 자네의 회사에 쓸 만한 인재들을 모아주게. 이 정체불명의 바이러스에 대한 해결법을 찾아야 하네."

"바이러스인지도 불확실하지 않은가."

강두호가 놀리듯 말했다.

"이 친구, 또 그러는군. 무슨 뾰족한 수가 있단 말인가. 초능력이란 건 확실히 불가사의하고 신비로운 영역이지. 이광호군과 오세나양을 무시하는 것은 아니네만, 지금 필요한 건 유능한 연구진들과의 대화라네. 자리를 마련해주게."

최필영이 말했다.

기하급수적으로 늘어나는 사상자들을 두고 농담 따먹기를 할 시간은 없었다. 그는 단호하게 부탁한 후, 흔들림 없이 강두호를 바라봤다. 여차하면 무릎이라도 꿇고 간절하게 요철할 작정이었다. 국민이 외면하는 대통령은 되고 싶지 않았다.

강두호 총수가 드디어 입을 열었다.

"리진만 이사가 거절을 했나 보군."

"정치적인 문제가 얽혀있었어. 부탁할 테니 부디 들어주게."

최필영이 말했다. 강두호는 천천히 운을 띄웠다.

"전염병이 있을지 모르는 위험한 바이러스가 아닌가."

"제발 부탁이야."

"보호복을 입으면 괜찮긴 하겠지. 알겠어. 부탁은 들어주지. 만약 내

덕분에 이 모든 게 해결된다면 어찌할 텐가? 내가 얻을 수 있는 게 뭐지?"

실낱같은 희망이 최필영의 얼굴에 떠올랐다. 상황만 해결된다면 뭐라도 해줄 수 있을 것 같았다. 개인 자산이라도 털어 사례할 수 있었다.

"뭐든지 부탁만 하게나. 돈이라면 얼마든지 줄 수 있어. 국고를 말하는 게 아니라면 말이야. 내 재산을 모두 모아서라도 주도록 하겠네."

"그건 나중에 말하지. 돈보다 값진 것을 줬으면 하네. 약속할 수 있겠는가?"

강두호가 확인받듯 물었다. 호기로운 그의 눈빛이 무엇을 말하건, 선택권은 없었다. 대통령으로서의 책임감은 땅바닥에 내팽개칠 정도로 가볍지 않았다. 최필영은 천천히 고개를 끄덕였다.

"좋아. 그럼 다시 제대로 소개하도록 하지."

강두호 총수가 이광호의 어깨를 가볍게 매만졌다.

"이번에 들어온 우리 막둥이네. 이름은 아까 들은 바와 같이, 광호. 이광호라고 하네. 시간 능력자지. 시간을 마음대로 옮겨 다닐 수 있는 아이야. 이 친구가 이번 일에 없어서는 안 될 존재인 것 같은데. 어떤가. 과거로 가서 사상자에게 무슨 일이 있었던 건지 목격할 수 있는 유일한 인물이지."

강두호가 말했다. 최필영은 이광호를 바라봤다. 만약 총수의 말이 사실이라면 큰 도움이 될 것이다.

"부탁드립니다. 이광호씨, 우리가 해결 방안을 모색하는 데 도움을 주셨으면 합니다."

최필영이 고개 숙여 말했다. 천군만마를 얻은 것 같았다. 다음은 누가 될지 모르는 불특정 다수를 면밀히 관찰하고 보호할 수는 없는 노릇이었다. 이광호는 효율적으로 데이터를 모을 수 있는 거의 유일한 인물이었다. 그런 그가 강두호 총수의 사람이라니. 하늘이 도운 것이라고밖에는 달리 표현할 방법이 없었다.

"알겠습니다. 대신 전염되지 않도록 해줘야 합니다. 대통령님, 세균에 감염되지 않을 안전한 옷을 부탁드립니다. 총수님도 믿고는 있지만 대통령께서 구해주시는 보호복이 더 안전할 거니까요."

이광호가 말했다. 최필영은 알겠노라고 대답했다. 그의 시선이 이번엔 오세나에게 향했다.

"아, 세나는 불을 다룰 수 있지. 음, 뭐 멸균은 할 수 있을 테지. 예상 밖의 일이 있을지도 모르고 말이야."

"혹시 이광호군과……."

"그의 파트너지."

강두호가 대답했다. 그의 말에 오세나가 눈살을 찌푸렸다. 눈치가 저 정도로 없다니.

"아니, 그 말이 아니네. 이번 일을 함께 하냐는 질문이었어. 그녀는 시간 능력자가 아니지 않은가?"

최필영이 말했다.

"파트너니까 이번에도 함께 하지 않겠나. 난들 아나. 아무튼 둘이서 사이가 아주 좋은 것 같다네. 오빠 동생 하는 사이지."

"예민해져 있는 거 안 보이나? 농담할 시간이 없네. 어서 일을 해결해야 해."

"급할 것은 없지. 내일 아침, 해가 뜨면 시작하도록 하지. 광호군도 쉬어야 할 시간이 필요할 테니까. 요새 통 쉬는 꼴을 못 봤다네."

강두호 총수가 말했다.

넌지시 윙크를 던지는 총수의 모습에 최필영이 이광호를 쳐다봤다. 확실히, 아무리 국민을 위한 부탁이라지만 그에게는 무리한 요구일 것이다.

피곤한 것은 피차일반이고 각자 다른 사정을 안고 있다. 자신의 입장만을 들이밀며 급작스럽게 요구하는 것은 사람 대 사람으로서 큰 범례였다.

"알겠네. 나는 이만 객실로 돌아가 보겠어. 그럼 내일 보세. 내일 다시 봅시다. 이광호군, 그리고 오세나 양."

최필영이 몸을 일으켰다. 휘청거리는 그를 총수가 부축했다. 시간은 11시를 조금 넘어서고 있었다.

04.

훈련을 마친 박철민은 오후 11시 30분경 호텔 로비에 도착했다. 이광호와 인사를 나누고 그는 곧바로 총수를 보러 갔다. 간략하게 연구 실적을 보고한 끝에 그는 휴식 시간을 가졌다. 오랜만에 누리는 꿀맛 같은 자유시간이었다.

박철민은 테라스의 화초를 바라보며 말했다.

"일은 적응됐나? 이제 1년쯤 됐잖아. 생각보다 시시하지 않던?"

"괜찮습니다. 지금 일이 마음에 들어요. 세상일이라고 늘 재미만 넘칠 수는 없잖아요. 그리고 간간이 의뢰가 들어오는걸요. 조금 전에도 하나 들어왔고요. 이번 일은 그렇게 시시한 일은 아닐 것 같아요. 그래서 문제겠지만 말이에요."

이광호가 말했다. 어두운 밤에 구름 한 점 없이 보름달이 떠 있었다.

"그놈의 연구는 왜 하는 건지. 아무리 나한테 발전이 된다고 해도 말이다. 실전을 통해서 배우면 안 되냐 이 말이야. 저번에 강한별 대표의 일도 있는데 찜찜해서 원. 연구를 왜 해야 하는지."

"어쩔 수 없죠. 그렇다고 배트맨처럼 범죄자를 소탕하고 다닐 수는 없잖아요. 여기가 고담 시도 아니고."

"그것도 재밌겠는데."

박철민이 눈을 빛내며 말했다.

초능력자가 세상에 드러나면 안 된다고 강두호 총수는 말했다. 그렇게 되면 모든 범죄의 소탕을 직접 맡아야 한다는 설명이 붙었는데, 결국은 돈 문제였다. 자잘한 문제까지 신경을 쓰게 되면 보다 더 돈이 되는 의뢰를 할 시간이 없어질 거란 소리였다.

하지만 다른 이유가 더 있는 눈치였다.

"물론 범죄율은 현저히 줄어들 것 같지만요."

이광호가 말했다. 박철민은 화초를 매만졌다.

"우리 총수님은 팔자도 좋아. 돈이 얼마나 많은 거야. 앉아서 명령만 내려도 다달이 돈을 벌어와 주는 우리도 있고."

박철민이 말했다.

"인복이 많으신 거죠."

"인복은 인마……."

"형님, 그런데 말입니다."

박철민이 화초를 만지던 손을 내렸다. 갑자기 진지해진 이광호의 목소리였다. 그는 어딘가 골똘히 생각하는 모습이었다. 그리 심각한 것은 아닌 것 같지만 뭔가 고민되는 이야기를 꺼내려는 것 같았다.

한참 후에 이광호가 말했다.

"연인 사이에도 조건이라는 게 성립될 수 있는 건가요?"

"조건? 있을 수야 있지. 왜? 무슨 일인데 그래?"

박철민이 모자를 추켜올리며 이광호를 보았다.

그에게서 사랑 이야기를 듣는 것은 처음이었다. 짧지 않은 시간 동안 알아왔지만 여자에 관련된 이야기를 꺼낸 적은 없었다. 업무에 대한, 삶에 대한 심도 깊은 이야기. 하지만 가장 재미있는 이야기는 빠진 대화를 나눴다. 이성에 대한 질문을 해보려고 해도 피하기만 하던 그가 먼저 말을 꺼내다니.

박철민이 오묘한 눈으로 그의 다음 말을 기다렸다.

"오늘 남녀 사이의 조건에 대한 이야기를 들었어요. 대충 남자가 여자를 만날 때 자기랑 급이 맞는 사람을 만나려고 하냐는 말이었는데. 그렇다고 하기에는 뭔가 어려운 이야기 같아서요. 형님은 어떻습니까?"

"나? 그냥 여자면 땡큐지."

"이상형이라도 없습니까?"

"그냥 섹시한 여자. 치마만 두르면 되긴 하지만 말이야."

이광호가 웃었다.

"너는 어떤데. 이상형이 있어?"

"글쎄요. 생각해본 적이 없어서요."

"지금 생각해보면?"

이광호가 다시 생각에 잠겼다. 잠시 후에 그가 말했다.

"웃는 모습이 예뻤으면 좋겠습니다."

적잖이 부끄러운 모습이었다.

"이 녀석도 외모를 보네."

박철민이 말했다. 그러자 이광호가 말없이 웃었다. 그러다가는 주머니에서 휴대폰을 꺼내 가만히 들여다봤다. 계속해서 진동이 울리고 있었다.

"누구야?"

박철민이 물었다.

"친구 놈입니다."

"왜?"

"만나자는 것 같습니다. 내일 바로 일을 시작해야 하는데 어떻게 거절할까요? 잠은 해결할 방법이 있다지만 그래도 중요한 일을 앞두고 만나러 가도 되는지 모르겠네요. 일도 있으니 친구 놈 만날 시간에 계획이라도 세우는 편이 좋지 않을까요? 한두 번도 아니고 계속 거절하기에도 미안하긴 한데……."

"그냥 만나러 다녀와."

박철민이 말했다.

"여태까지 네가 친구 만나러 가는 꼴을 못 봤다. 너야 하루가 멀다 하고 일이 들어오는 거는 알고 있지만. 너무 몸을 혹사시키는 것도 안 좋아. 일억씩 받는다며. 아무튼 오늘은 가서 친구랑 놀아라. 머리 좀 식히고 와."

이광호가 고개를 끄덕였다.

그는 테라스 밖으로 걸어 나갔다. 이광호의 모습이 멀어지는 것을 보며 박철민은 벤치에 앉았다.

"청춘이라. 좋지."

박철민이 중얼거렸다.

사랑에 대해 의문을 품을 수 있는 그가 내심 부러웠다. 이제 삼십 대 초반. 시간이 흘러 이십 대는 지나간 지 오래였다. 누군가를 사랑한 적이 있었지만 성공적이지 못했다. 그 조건이라는 놈 때문이었다.

그녀가 지금 자신을 본다면 돌아올 수도 있을 것이라 생각한다. 하지만 이미 지나간 일이었다. 또한 지금은 따로 마음에 두고 있는 여인도 있었다. 고백할 마음은 없었다. 그때처럼 조건이라는 놈 때문에.

"한 살만 더 어렸어도."

05.

　유흥가에 자리한 포차집이었다. 김상현은 루돌프 선배와 함께였다. 들어온지로 꽤나 시간이 흐른 듯이 술병이 빼곡했다. 그들이 마라톤 경주라도 하듯 대작을 하던 것이 아닌지 문득 의문이 들었다. 그러나 의문점을 억누르고 이광호는 일단 착석했다.

　"학교도 때려치우고 취업했다면서. 신수가 훤해졌네?"

　루돌프 선배가 말했다.

　역시나 빨개진 코는 변함없는 그의 모습을 대변하고 있었다.

　"선배는 여전하시네요."

　이광호가 웃으며 말했다.

　"브라디! 얼마나 기다렸다고."

　김상현이 팔을 벌리며 말했다.

　"꼴에 정장 차림으로 일하네. 나쁜 자식."

　"너 보려고 급하게 오다 보니. 일하던 그대로 왔다. 차는 놓고 왔어. 그런데 오래는 못 있어. 금방 들어가 봐야 하니까."

　이광호가 말했다. 오랜만에 사적으로 아는 이들을 보자 긴장이 풀리고 있었다. 바로 다음날, 최근 이슈로 떠올랐다는 바이러스에 대한 정보를 얻기 위해 떠나야 하지만, 일단은 머릿속에서 미뤄두자고 생각했다.

　루돌프 선배가 술잔을 건네며 말했다.

　"형아, 첫 잔은 원 샷이겠죠?"

　그의 말에 김상현이 웃었다.

　"뭐예요. 형. 징그러워요."

　"여자 버전으로 해주리?"

　"치우라고요. 진짜."

"언니, 첫잔은 원 샷……."

이광호가 순식간에 술잔을 비웠다. 김상현이 박수를 쳤다.

"고마워. 저 소리 그만 듣게 해줘서."

이광호가 말없이 웃었다.

"그런데 요즘은 어떠냐? 취업했다고는 들었는데 하는 일이 정확히 어떻게 돼? 경호 같은 일을 한다고 들었는데 말이야."

"호텔 경호."

이광호가 테이블 위의 안주를 먹으며 말했다. 불고기 볶음과 조개탕, 안주는 비교적 간소했다. 남자 두 명이 소주병 다섯 병을 깔 때까지 음식을 먹은 흔적이 없는 걸 보면, 빈속에 술만 마셨다고 해도 무방했다. 그나마 시켜둔 것도 곧 도착할 자신을 위해 시켜둔 것으로 생각되었다.

"네가 경호원을 한다고? 그런 건 배운 적도 없는 놈이 말이야."

김상현이 말했다.

"솔직히 말해봐. 어떻게 들어갔냐? 특별한 건 필요 없냐? 그 호텔 호화스럽기로 유명해서 들어가기 빡셌을 텐데."

"빽을 썼겠지."

루돌프 선배가 끼어들어 말했다.

"나도 대충은 눈치가 있다고. 네가 대한 그룹 회장과 일면이 있다는 소문이 돌아. 광호 네가 들어간 호텔이 뉴 프리아 호텔이잖아. 한국에서 제일 유명하고 값비싼 호텔. 상현아, 이 새끼 나중에 초고속 승진 길을 밟을지도 모른다. 호텔을 통째로 집어 삼킬 수도 있어. 미리 잘 보여 둬라."

"설마요."

김상현이 말했다.

"왜 그렇게 봐?"

"설마 진짜냐? 회장이랑 얼마나 친한 거야?"

말없이 웃고만 있는 이광호의 모습에 술자리가 고조됐다. 루돌프 선배의 주도 하에 김상현이 조금씩 들뜨고 있었다. 혹시나 자신 또한 취업의 길이 열리는 건지 기대하는 눈빛이었다. 갑자기 그의 눈에 이광호가 다르게 보이고 있었다.

"우리 학과가 솔직히 전공 살려서 취업하기엔 무리잖아. 네가 회장이랑 정말로 친한 거면 나 좀 살려줘라. 친구야."

김상현이 말했다.

"글쎄."

이광호가 입을 열었다.

"네가 나한테 하는 거 봐서?"

"이 새끼 허세도 부릴 줄 알고. 조금 멋있어졌는데?"

김상현이 감탄하며 이광호를 봤다.

그를 빤히 보던 김상현이 대뜸 불만을 터뜨렸다.

"안 그래요, 형? 취업을 하려면 알아서 제 살길을 찾아야 해요. 우리 과에는 미래가 없어요. 전공을 살릴 방법이 도무지 없어. 남들 눈에 멋있어 보이기나 하면 다행이지. 철학 한다고 한심하게 쳐다보는 인간들도 가끔 있는 것 같고."

"배운 놈이라는 인상이라도 주자. 점잖게 행동하자고. 일단은 술이나 먹자."

다시금 술잔이 채워졌다. 김상현이 소주 한 병을 추가로 주문했다. 콧노래를 흥얼거리는 루돌프 선배를 이광호가 쳐다봤다.

"선배는 이제 곧 졸업이죠?"

"말도 마라. 나도 취업이 걱정이야. 상현이는 내년이면 4학년이지만 나는 사회인이 돼야 한다고. 나야말로 네가 일하는 호텔에 들어가고 싶다.

거기 직원들 대우도 좋다던데. 야, 광호야, 난 좀 안 되겠냐?"

루돌프 선배가 말했다.

"요즘 바이러스다 뭐다 시끄러워도, 나한테는 전혀 안 들려. 우리 엄마 잔소리처럼 무섭지 않아서. 차라리 이대로 사회에 내팽개쳐질 바에는 바이러스에나 걸렸으면. 아, 물론 농담인 거 알지?"

"형도 바이러스 소식 들었구나?"

"내가 원시인인 줄 아냐? 자식아."

바이러스. 강두호 총수는 바이러스가 맞는지 확실하지 않다고 말했다. 처음 보는 물질들이 대거 발견되었지만, 바이러스 때문에 사람들이 뇌사 판정을 받고 심하게는 죽음에 이르렀다고 보기가 어렵다는 말이었다. 활동성이 위협적이지 않은 물질일까? 아직 확실한 정보는 없었다. 일반인들이 보기에 바이러스라는 말로밖에 설명이 불가했기에 뉴스에도 그렇게 보도됐을 것이다.

술자리가 무르익고 시각은 한 시가 넘어 있었다. 슬슬 일어나야겠다고 생각할 쯤, 루돌프 선배가 말을 꺼냈다.

"광호가 일하는 호텔에 구경이나 가볼까?"

"지금은 볼거리가 충분하지 않을 거예요."

"호텔이 무슨 문을 닫아. 갑자기 폐업을 할 리도 없고. 그냥 구경만 시켜줘라. 우리가 택시비는 낼 테니까. 꼭 취업을 바라는 건 아니니까. 부담 갖지는 않아도 돼. 설마 그 호텔 아니면 취업할 곳도 없겠냐. 그냥 아끼는 동생 일하는 곳이 어딘지 보고 싶어서 그래. 알겠지?"

루돌프 선배가 말했다. 취업이 걱정이라는 그는 내일 모레면 서른에 접어든다. 결혼을 약속한 연인도 있었고 외동아들로 두 집안을 책임져야 한다. 취업을 시켜줄 수 있다면 좋은 일이다. 물론 그 후에 조금의 번거로움이 따르겠지만 확실하게 일자리를 만들어 줄 수 있을지는 의문이었다. 하지만 구경쯤이야 시켜줄 수 있었다.

"택시비는 제가 낼게요. 까짓것 구경하러 가요. 회장님한테 취업에 대한 이야기도 한번 말씀드려 볼게요. 적어도 채용 일자는 말해줄 수 있지 않겠어요?"

새벽 1시 30분, 포차집에서 나와 택시를 잡았다.

택시에 올라서 이광호가 말했다.

"뉴 프리아 호텔이요."

06.

7월 15일 목요일 am 2:21

비가 내리고 있었다. 가로등 빛에 반사된 물방울이 땅을 적시고, 호텔 안쪽 길로 진입한 차량이 타이어 소리를 내며 멈춰섰다.

"여기야?"

루돌프 선배가 말했다.

"끝내주는데? 큰 호텔은 가본 적이 없지만 단연 여기가 최고일 것 같아."

셋은 호텔 로비로 들어섰다. 은은한 조명이 반짝거리고 있었다. 낮보다는 조금 적어진 인원이 경호를 맡고 있었다. 경호팀은 대통령이 호텔을 떠나기로 정한 오후 4시쯤에 철수할 예정이었다.

"사람들 겁나 많네. 저거 다 경호원이야?"

김상현이 주변을 둘러보며 말했다.

"경호원이야. 그렇게 쳐다보면 촌티 나니까 그냥 조용히 가자."

이광호가 말했다.

그는 둘을 2층으로 안내했다. 대통령이 머무는 객실이 있는 층이었다. 리진만 이사가 머무는 곳은 대통령의 바로 옆 객실이었다.

"2층에 로얄 층이 몰려있는 이유가 있지."

이광호는 앞의 조형물을 가리켰다. 벤치에 앉아있는 소녀 석상 뒤로 분수대가 하나 있었다. 로마의 트레비 분수를 동양식대로 재해석한 축소판 같은 느낌이었다. 분수대 뒤로 중국풍의 불교 석상이 눈에 띄었다.

"소녀 석상은 무슨 의미인지 알고 있지?"

이광호가 물었다.

"그렇지. 알고 있지. 분수대가 작지도 않고 멋있네."

김상현이 말했다.

2층의 에스컬레이터를 타고 올라와, 바로 앞에 있는 분수대였다. 중앙에 분수대가 있고, 갈림길처럼 객실로 통하는 복도가 4개 있었다.

"복잡하게 생겼어. 여기서 일하다가는 길 잃기 십상이겠다."

루돌프 선배가 갈림길을 보며 말했다.

"초반에는 길 잃은 적이 많아요. 다른 곳도 둘러보게 해줄게요. 가요."

이광호가 말했다.

3층은 큰 연회장이 있었다. 벽으로 막힌 곳 없이 탁 트인 연회장은 서양식으로 꾸며져 있었다. 큼직한 여러 개의 기둥이 천장을 받히고 있었다. 기둥을 타고 새겨진 용이 승천하듯 위로 뻗어 있었다.

"회장님이 용을 좋아하셔."

이광호가 기둥을 매만지는 김상현을 보며 말했다.

"부자들이 왜 용을 좋아하지? 아무튼 구경할 거리가 없기는. 많다. 차고 넘치네."

김상현이 말했다. 연회장으로 오는 길에 석조물을 많이 보았다. 복도와 벽에 그려진 휘황찬란한 벽화와 무늬들도 구경할 거리가 되었다. 눈을 어디서부터 둬야 할지 모를 정도로 처음 보는 볼거리가 많았다.

감상하듯 그가 덧붙였다.

"나는 언제 이런 데서 자고 가고 그래보나?"

"광호, 너는 여기서 지낸다고 하지 않았냐?"

루돌프 선배가 끼어들어 말했다.

"그렇죠. 빡빡한 스케줄 때문에 회장님이 배려해주셨어요."

이광호가 말했다. 루돌프 선배가 미간을 찡긋거렸다.

"너무 빡빡하게 부려먹는 거 아니냐? 물론 돈이야 두둑하게 알아서 주겠지만. 그리고 또 이런 데서 먹고 자고 하는 게 좋긴 하겠지만. 몇 시부터 몇 시까지 일하는데? 경호원 일이 교대로 하는 거 아니었어?"

"아뇨, 선배. 그렇진 않아요. 저희는 스케줄 제로 해요. 아직까지는 신입이라 배울 거리가 많아서 쉬지는 못하고 있어요. 하루에 어림잡아 16시간 정도 일한다고 생각하시면 돼요. 그렇지만 피곤하지는 않아요."

연회장 밖으로 발길을 돌리며 이광호가 말했다.

루돌프 선배와 김상현이 뒤따라왔다.

"16시간 정도나 일한다고? 그럼 남는 8시간으로 휴식이며 식사며 잠까지 다 해결해야 하는 거네? 얼마나 받고 그렇게 일하는데?"

김상현이 말했다.

"350정도 받고 있어."

이광호가 말했다. 사실은 모두 축소해서 말한 것이다. 16시간 업무에 시달리는 게 아니고 20시간 정도 되었다. 4시간은 휴식 및 식사 시간으로 잠은 시간의 바다에서 해결했다. 월급도 350이 아니라 1억 정도였다. 거기에 인센티브가 더해졌다. 거짓말은 안 좋지만, 그래도 이들에게 사실대로 말할 수는 없었다.

"줄만큼은 주고 부려먹네. 광호 너도 힘들겠다. 신입이 지나면 어떻게 조정이 되는 거야? 월급은 오르겠고, 휴식은 많이 준대?"

"2년째면 월급 인상시켜주고 근무 시간도 줄어들어. 12시간 정도로. 맞교대 해야지."

물론 거짓말이었다. 계속 천연덕스럽게 거짓말하는 것은 성격에 맞지 않았다. 이광호는 얼른 화제를 돌렸다.

"회장님이 지금 호텔에 계셔."

김상현이 눈을 빛냈다.

"주무시고 계시겠지?"

"아마도 그럴걸."

"우와, 씨. 인사드리고 싶네. 나 오늘 네 방에서 자고 가도 되냐."

이광호가 어깨를 으쓱했다.

"고맙다, 새꺄. 내가 앞으로 너 은인으로 모시고 살게."

김상현이 말했다.

갑자기 굉음이 들렸다. 고개를 돌려보니 루돌프 선배가 무릎을 붙잡고 주저앉아 있었다. 바닥에 도자기 조각이 널브러져 있었다. 길목에 있는 것을 잘못 건드려 깨뜨린 모양이었다. 그로 인해서 부상을 입은 것처럼 보였다.

"괜찮아요? 선배?"

이광호가 달려가서 부축하며 물었다. 바지 위로 피가 스며들고 있었다.

"야, 나보다는 도자기가 걱정인데?"

"괜찮아요. 내 월급으로 까면 돼요. 일단은 옮기죠. 제 방에서 쉬세요. 오늘 하루 머물다가 가시고요."

김상현이 다가와서 루돌프 선배의 부축을 도왔다.

"네 월급으로는 어림도 없어. 어떻게 하냐. 비싸 보이는데? 저거 얼만지 알아?"

루돌프 선배가 말했다.

"어느 쪽으로 가야 돼?"

김상현이 말했다.

"4층으로 가야 돼. 엘리베이터 타고 가자."

"도자기 얼마야? 광호야, 미안해서 어떡해. 내가 배상할게. 너는 가만히 있어라."

"선배야말로 가만히 있어요. 지금 환자예요."

이광호가 말했다.

엘리베이터에 도착해서 4층을 눌렀다. 기계가 멈춰서고 밖으로 나가 복도를 걸었다. 다리가 불편한 루돌프 선배 때문에 걷는 것이 더뎠다.

"이제 여기예요. 407호."

문을 열고 루돌프 선배를 안으로 안내했다. 테이블 옆의 의자에 루돌프 선배를 앉힌 뒤에, 구급상자를 가져왔다.

"방 좋다. 야."

루돌프 선배가 말했다.

"다행이네요. 상처가 심하진 않아요."

"난 걱정 마라."

"걱정은 안 해요. 염증 생길 수 있으니까. 술은 당분간 먹지 말아요. 의사라도 불러올까요? 아무리 상처가 심하지 않다고 해도 그게 좋을 것 같은데."

이광호가 말했다. 벗어둔 바지에 피가 흥건했지만 상처는 생각보다 심하지 않았다. 넘어지면서 조각에 베었는지 길게 그어진 상처가 있었지만 그렇다고 깊게 베이지도 않은 상처는, 지혈을 하고 응급처치만 마치면 자연히 치료가 가능할 것 같았다.

"아니야. 됐어. 나 때문에 어떡해. 나는 여기서 쉬고 있을 테니까 나가서 상현이 구경이나 더 시켜줘라. 얌전히 술도 안 먹고 있을게."

루돌프 선배가 말했다.

"알겠어요. 움직이려 하지 말고 최대한 가만히 있으세요."

이광호가 말했다. 루돌프 선배가 손을 흔들었다.

이광호는 김상현을 데리고 5층으로 향했다. 건물의 끝 층인 8층을 제외하고서라도 5층은 꼭 보여주고 싶었다. 처음 호텔에 왔을 때, 테라스 뒤편의 작은 온실이 아주 아름답다고 생각했다. 사시사철 생생한 꽃 냄새를 맡을 수 있는 곳이었다.

"여기 꽃이 아주 예뻐."

이광호가 말했다.

"소녀 감성 납셨네. 그래, 예쁘기는 하다, 야."

김상현이 말했다. 이광호는 온실 안으로 그를 안내했다.

"회장님이 꽃을 좋아하셔서."

"그래, 꽃이랑 용이랑. 둘 다 좋아하시겠지. 참 고상한 취미야. 우리 회장님이 되시면 극진하게 모셔야겠어. 꽃도 매일 사다가 바치고."

이광호가 웃었다. 그는 손목시계를 내려다봤다. 새벽 4시가 가까워지고 있었다. 시간을 확인하자 자연스럽게 하품이 나왔다.

"졸리지? 이만 구경하고 쉴까? 내일 근무도 해야 하잖아. 몇 시부터 냐?"

"7시쯤 일어나서 회장님 보고. 8시쯤부터 일하지 않을까?"

"근무 시간이 일정하진 않은가 보네. 그나저나 대단하다. 회장님 알현까지 한단 말이야? 그 정도로 친한 거면 승진은 걱정 없겠다. 부러운 새끼."

김상현이 이광호의 어깨에 팔을 둘렀다.

"이제 나가자고. 회장님은 내일 같이 뵙도록 하고. 나 떨려서 어떻게 하냐. 너는 왜 왔냐고 하면 뭐라고 대답해야 하지?"

김상현이 왁자지껄하게 웃었다.

"니미럴. 죽이기야 하겠냐."

"회장님이 그러실 성격은 아니야."

이광호가 말했다.

둘이 온실을 빠져나와 엘리베이터로 향하는 순간이었다. 갑자기 직원들이 쏟아져 나와 복도를 빠르게 지나다녔다. 급한 용무인 것은 맞지만 경호원까지 계단을 달려 내려가는 것을 보니, 아주 긴급한 일인 것으로 보였다.

"무슨 일 난 거 아니냐? 가 봐. 나는 네 방에 가 있을게."

김상현이 말했다.

이광호는 직원들을 따라 계단을 내려갔다. 그들은 2층의 어딘가로 향하고 있었다. 열려진 문이 보이고, 그 근처로 직원들이 모여 있었다.

"무슨 일인가요?"

이광호가 객실로 향하려는 경호원 한 명을 붙잡고 말했다.

"리진만 이사님께 변고가 생겼습니다."

경호원이 속삭였다.

"어떤 변고가 말인가요?"

"그것이……."

경호원이 이광호를 객실로 안내했다. 212호 객실. 그 안에서 리진만 이사가 배를 보이고 쓰러져 있었다. 입 근처에 검고 진득한 무언가가 잔뜩 묻어 있었다. 까뒤집힌 눈에, 한 눈에 보기에도 괴로워했던 몰골로 그녀는 쓰러져 있었다.

"최근에 유행하는 바이러스 때문인 걸로 보입니다. 내부로 들어간 자는 아무도 없었고, 비명이 들려서 들어가 보니 이미 쓰러져 있었다고 합니다."

경호원이 말했다.

"구급차는요?"

"불렀습니다."

"잘하셨습니다. 들어가 봐도 되겠습니까?"

"물론입니다."

밖으로 열려진 창문과 휘날리는 커튼이 보였다. 내부 침입자는 없다.

이윽고 박철민이 도착했다. 그가 망연자실하게 이광호를 응시했다.

07.

am 1:00

이광호는 에스컬레이터를 타고 2층으로 올라갔다. 틈틈이 교대를 하는 경호원의 특성상 피곤해 보이는 이는 없었다. 저들의 눈에 띄지 않게 리진만 이사의 방으로 들어가야 했다. 과거와 미래는 골치가 아픈 구석이 있어서, 과거가 달라지면 그에 맞게 미래도 변화했다. 그녀의 방으로 들어가는 자가 없었다는 경호원의 기억에 혼란을 주어서는 안 되었다. 그것마저도 적당하게 수정을 하면 되겠지만, 굳이 멀리 돌아가고 싶지는 않았다.

212호 앞에 멈춰 서서 그는 경호원들을 불렀다.

"수고들 많으십니다."

이광호가 넉살 좋게 웃으며 말했다.

"이상 없으십니까?"

"아직까지 별일 없습니다. 이사님은 잠이 드신 모양입니다."

경호원이 말했다.

"정말인가요?"

"취침하신다는 말씀 이후로 아무 기척도 안 들립니다. 아마 맞을 겁니다. 혹여 주무시지 않는다 해도 저희에게 참견할 권리는 없으니까요."

경호원이 말했다.

"그게 언제쯤이었죠?"

"12시쯤입니다."

12시면 이광호가 친구들을 만나러 출발했을 시간이었다. 그 뒤로 1시간이 흘렀으니 벌써부터 업무의 지루함에 시달리고 있을 리는 없었다.

"그렇군요. 그런데 혹시 용변은 안 마려우십니까?"

"예?"

"내일 긴히 외근이 있어서 오늘은 빨리 잠이 들 것 같습니다. 그런데 가기 전에 문득 생각이 들길, 경호원 분들께서도 지루하실 것 같아서요. 오늘 몇 시부터 근무하셨죠?"

"오후 6시쯤 교대했습니다."

"7시간이나 지났는데 소변 안 마려우십니까?"

이광호가 물었다. 경호원들은 문제없다는 얼굴이었다.

"교대로 다녀오고 있습니다."

이광호가 헛기침을 했다.

"그 용무가 아니라요. 동료들끼리 간단하게 일을 봐야 할 때도 있는 거 아니겠습니까. 잠들기 전에 잠시만 대신 봐드리겠습니다. 그럼, 일들 보고 오세요. 대신 10분 안에 와 주십시오."

"그렇지만……."

만류하는 경호원들을 이광호가 등 떠밀었다. 그러자 그들이 웃으며 뒤를 부탁했다.

"잠깐만 다녀오겠습니다."

경호원 중 한 명이 말했다. 그들은 기다란 복도를 지나서 테라스 쪽으로 향했다. 이광호는 주변을 살피고 212호 객실 안으로 들어갔다. 리진만 이사는 의자에 앉아 창문 밖을 바라보고 있었다.

불이 꺼진 방을 은은한 노란색 조명이 비추고 있었다.

"누구시죠?"

리진만 이사가 돌아봤다.

"아, 아침에 봤던 그 분이시군요. 안녕하세요. 취침한다고 밖에다가 이야기 드렸는데 긴히 나눌 말이 있던가요?"

리진만이 말했다.

"네, 있습니다. 이사님."

이광호가 살며시 문을 닫았다. 현재 시각은 1시 3분이었다.

"그러시군요. 일단은 앉으시죠."

리진만 이사가 반대편 의자를 가리켰다. 창가 바로 앞에 비치된 테이블 의자였다. 폭이 좁고 둥근 모양의 테이블에 노란색 자수가 담긴 식탁보가 둘러져 있었다.

"긴히 나누고 싶은 대화를 한번 들어볼까요?"

리진만 이사가 요염한 자세로 말했다. 그녀가 뭔가 야찔한 생각을 하고 있다고 느껴지자 이광호는 곧바로 본론을 꺼냈다.

"리진만 이사님, 오해 말고 들으십시오. 이사님이 지금 위험합니다."

"위험하다고요?"

그녀의 눈빛에 묘한 빛이 감돌다가 사라졌다.

"대통령님과 바이러스에 대한 이야기를 나누셨죠. 이사님도 지금 위험하십니다."

리진만 이사가 웃었다.

"재밌네요. 하지만 그 이야기는 이미 끝났어요. 수법이 너무 뻔한 거 아닌가요? 물론 저도 사람이니까. 바이러스에서 안전할 수는 없겠죠. 하지만 제 능력 밖이라서 거절했어요. 실패했을 시의 리스크도 너무 크고요."

"그 말이 아닙니다."

이광호가 말했다. 어디서부터 설명해야 할까. 아니, 설명이 필요하지 않을지도 몰랐다. 애초에 그녀를 설득하기 위해서 들어온 것이 아니었다.

"바이러스에 대한 도의적 책임을 물리려는 것이 아닙니다. 리스크를 감당하면서까지 연구에 합류해달라고 부탁드리는 것도 아닙니다. 한국 내에 바이러스가 퍼져있는 이상, 이곳도 안전하지가 않습니다. 그리고 바이러스가 맞는지도 의심스러운 상황이니 집단적인 연쇄살인일 가능성도 배제할 수는 없습니다. 해서 오늘 밤은 제가 여기 있어야 하겠습니다."

"당돌하네요. 이봐요, 이광호씨. 제 나이가 이제 오십이 다 됐어요."

리진만 이사가 말했다. 그녀는 빙긋 웃더니 말을 이었다.

"하지만 뭐라 할 수는 없는 말이네요. 그래요. 하지만 괜한 짓은 하지 말아요."

"걱정하시는 일은 없을 겁니다."

이광호가 말했다.

"남자가 있어서 쉽게 잠에 들 수는 없지만, 이제 졸린데요. 제가 자는 중에도 계속 경호를 맡으실 건가요? 이 방에서?"

"그럴 겁니다."

이광호가 말했다.

리진만 이사는 조명 불을 그대로 둔 채로 침대에 몸을 뉘였다. 그녀가 침대에 누워 머리끝까지 이불을 끌어올리는 것을 보고, 이광호는 손목시계를 보았다.

1시 24분. 리진만 이사는 곧바로 잠이 들었다.

그녀가 마시고 있던 것은 화이트 와인. 그리고 간식을 즐겼던 것으로 보이는 식기와 그릇들이 보였다. 한쪽으로 치워져 있지만 메이드에게 치워달라고 요청하지 않았던 것으로 보였다. 오히려 거부했을 가능성이 컸다. 손님이 잠이 들기 직전이면 메이드가 먼저 방문해서 객실을 깨끗이 청소하는 것이 관례였다.

별다른 것은 없었다. 리진만 이사가 쓰러졌던 시각은 대략 4시쯤이었다. 경호원의 말대로 방문하는 이들이 없었다.

4시가 가까워지고 있었다. 이광호는 손목시계와 리진만을 번갈아 쳐다봤다. 그리고 몇 분이 더 지난 후였다. 조용하던 리진만이 갑자기 몸을 구부리며 일어났다. 목에 뭔가가 걸린 듯이 발을 구르며 답답해하던 그녀가 이광호를 쳐다봤다.

리진만 이사가 불안한 눈빛으로 입을 벌렸다. 뭐라고 말하려는 것 같았다. 하지만 입을 열어 소리를 낼 수는 없었다. 경호원이 들으면 일을 망칠 수 있었다.

한 순간, 리진만 이사가 비명과 함께 입에서 검은 액체를 왈칵 토해냈다. 피가 아닌 것으로 보이는 액체가 바닥을 수놓았고, 이광호는 그 모습을 가만히 응시했다. 그러다가 이상한 움직임을 발견했다. 꿈틀대면서 리진만의 목덜미에 붙은 검붉은 무언가.

"리진만 이사님. 무슨 일이십니까."

밖에서 경호원이 말했다.

이광호는 열려진 창문 밖으로 몸을 날렸다. 그리고 10분 전으로 시간을 되돌렸다.

리진만의 목덜미에 붙어있던 검붉은 형체는 창문 밖으로 나가 어딘가로 향하고 있었다. 주차장에서 승용차를 가지고 와서 대기하던 이광호가 그 형체를 따라 도로를 내달렸다. 다행스럽게도 움직임이 느렸다. 그 형체를 놓치면, 시간을 되돌려 다시 뒤쫓았다.

승용차는 공동묘지 앞에 멈춰 섰다.

공식적인 묘지로 지정되지는 않았지만, 암암리에 고인을 묻어두는 마을의 묘지. 그러한 자리로 보였다. 차는 꽤나 먼 거리를 달려왔다. 뒤쫓던 형체는 묘지를 한 바퀴 돌더니 땅속으로 가라앉듯이 사라졌다.

이광호는 차에서 내려 형체가 사라진 장소로 향했다.

"이게 대체……."

이광호가 땅바닥을 응시했다.

잡초가 뽑혀나간 자리로 보이는 비포장 길목. 그 위에 이상한 무늬가 새겨져 있었다. 더욱 기묘한 것은, 이 땅을 지금 처음 보는데도 이제 막 그 땅 위에 표시가 생겨났다고 확신하는 자신이었다.

이광호는 무늬 위에 손바닥을 올려두었다.

주변의 지면과는 달리 아릿한 통증과 함께 열기가 피어오르고 있었다.

그는 불현듯 그 무늬를 어디선가 봤다는 사실을 떠올렸다. 어린 시절, 딥웹 사이트를 뒤지다가 보게 되었던 악마의 시진과 닮아 있었다.

08.

낮에는 길가를 거닐고 밤에는 골목 어귀에 웅크렸다. 소녀는 혼자서 걸어 다녔다. 보호해주는 이 하나 없이, 누군가의 통제도 받지 않고 자유롭게 다녔다. 혼자였지만, 외롭지 않았다. 부재로 인한 외로움을 겪기보단 하늘을 올려다보며 감상에 빠지는 것이 소녀가 선택한 삶의 방식이었다.

이른 오후였다. 소녀는 전선줄 위의 새들을 바라봤다. 두 마리씩 짝을 지어 날아가는 새들을 보며, 소녀는 두 팔을 휘저었다.

'이런다고 잡히지는 않아.'

새를 잡을 수 없다는 사실을 알아도 슬프지는 않았다. 그저 이런 식으로라도 생물과 교감을 나누는 것이 즐거웠다. 삶과 죽음을 공유하는 다른 생물체와 한 자리에 있다는 것만으로도 재미있는 일이었다.

소녀는 그때를 떠올렸다.

그녀의 삶에서의 첫 번째 기억. 어느 날 갑자기 눈을 떠보니 길가에서 있었다. 누군가 옆에 있는 것도 아니었고, 알아보고 말을 거는 이도 없었다. 무심하게 지나치는 사람들 속에서, 누구의 관심도 받지 못한 채로 버려져 있었다.

그때 소녀는 생각했다. 자신은 어느 외딴 세상에서 이곳으로 떨어지게 된 것이라고. 그게 아니라면 설명이 되지 않는다고 생각했다.

오후가 지나서 밤이 왔다.

길고양이가 차 밑에서 기어 나와 담벼락을 올랐다. 장마철 비에 홀딱 젖은 털을 담벼락 위에서 말리려는 듯 자리잡았다.

소녀는 그 앞에서 고양이를 응시했다.

"얘, 이리로 와 볼래?"

소녀가 말했다. 고양이가 담벼락을 타고 내려왔다.

“말 잘 듣는데 이름이 뭐야? 네 이름은 없니?”

소녀가 말했다. 고양이가 몸을 털었다.

“나도 이름이 없어. 그러니까 너무 슬퍼하지 마.”

고양이가 작게 울었다.

“배가 고픈가 보구나.”

소녀는 고개를 갸웃거리며 생각했다.

“너는 뭘 좋아하니?”

그때 이전의 기억이 없었다. 삶에 대한 정보도 남아 있지 않았다. 눈앞의 고양이가 고양이인지도 모르는 소녀는, 그 생물이 어떤 음식을 좋아할지 알 수가 없었다. 소녀는 길거리를 지나다니며 보았던 음식들을 떠올렸다.

“이건 어떠니?”

소녀가 말했다. 고양이 앞에 바게트 빵이 나타났다. 그러나 고양이는 입으로 조금 뜯어볼 뿐, 더 이상 입에 대지 않았다.

“그럼 이건 어떠니?”

고양이 앞에 알록달록한 과일들이 나타났다.

“오! 이건 잘 먹는구나.”

소녀는 기뻐했다.

“조금 더 맛있는 걸 줄게.”

소녀가 말했다. 고양이 앞에 시장에서 봤던 것과 비슷한 물고기들이 나타났다.

“싱싱한 음식들을 좋아하는구나. 많이 먹으렴.”

소녀가 웃으며 말했다.

밤이 지나서 아침이 왔다. 소녀는 고양이와 헤어져 공원길을 걸었다. 하얀색 하늘거리는 원피스가 바람에 흩날렸다.

아침이면 해가 뜨고 밤이면 달이 뜬다.

소녀가 눈을 뜨고, 기억하는 짧은 시간 동안 알아낸 고정적인 사실이었다. 아침이면 햇빛과 구름이 하늘을 수놓았고, 밤이면 금빛의 노란 가루가 뿌려졌다. 거리에는 사람들이 지나다니고, 물건을 사고 파는 사람들이 있다.

사람들과 말을 나눠본 적은 없었다. 그렇지만 그들을 관찰하는 것은 흥미로웠다.

생물 자체에 관심이 있는 건지도 몰랐다.

소녀는 공원길 한쪽에서 세잎클로버 하나를 뽑아들었다. 그것을 찬찬히 흔들면서 주변을 바라봤다. 기뻐 보이는 사람들부터, 표정이 좋지 않은 이들까지 다양했다. 하지만 그들의 심정과는 상관없이, 그들 모두가 찬란해 보였다.

생물체란 것은 언제나 반짝반짝 빛이 났다.

소녀는 팔꿈치를 감싸 안았다. 오한이 들었다. 빛처럼 찬란한 저들을 지켜내고 싶다. 그러나 방법은 알 수 없었다.

부쩍 무서운 기분이 들었다.

모두가 죽고 없는 세상이 계속해서 떠올랐다.

09.

7월 15일 목요일 am 9:13

리진만 이사는 SPC 산하의 연구소로 옮겨졌다. 북한의 고위 인사가 남한을 방문했다는 사실이 밝혀지면 파장이 예상되었던 이유였다. 표면적인 까닭은 그러했지만 리진만 이사 본인이 다른 감염자들과 같은 취급을 받고 싶지 않다고 입장을 표명했던 이유가 있었다. 그들과 같은 취급을 받게 되면, 자신의 찬란한 삶 또한 그 사람들과 같이 거기서 끝이 나게 될 거라고 생각하는 것 같았다.

대통령은 청와대로 돌아갔다. 잘 부탁한다는 말을 남기고 떠난 그는, 경호실을 통해서 연락을 나눌 것을 요청했다.

"흐음……."

강두호 총수는 호두알 두 개를 손안에서 굴리고 있었다. 리진만 이사의 변고 또한 예상 밖이었지만, 그의 마음을 복잡하게 하는 것은 더 있었다.

"미친 호랑이…… 이훈철이는 다루기 쉬워 보이는데 따져 보면 어렵고, 이광호는 다루기 어려워 보이면서도 쉽고, 또 마냥 그렇다고 하자니, 내가 말려드는 느낌이고. 쯧, 둘은 다른 것 같으면서도 비슷하단 말이야."

강두호 총수가 중얼거렸다.

이광호는 새벽 6시경, 혼란스러운 틈에 연락을 해왔다. 그와 만나서 듣게 된 사실은 믿어주기 어려웠다. 휴대폰으로 찍은 사진을 보여줬기에 믿었던 것이지, 말로만 들었다면 '마음도 뒤숭숭한데 농담하지 말라'며 타박했을지도 모를 일이었다.

"내, 이것 참."

리진만 이사와는 이렇다 할 친분이 없었다. 단지 같은 재계의 사람이기 때문에 알고 지냈던 것이다. 사적인 친분관계는 대통령 쪽이지 리진만 이사가 아니었다. 리진만 이사가 대통령의 사람이기 때문에 특별한 것이지, 사실 그녀의 변고는 큰 문제가 아니었다. 다만 골치가 아픈 게 문제였다.

이광호는 사진과 함께 직접 목격했던 것을 일러주며 다른 피해자들을 만나보고 오겠다고 했다. 만남이 아닌, 멀리서 지켜보는 것이라 했다. 어째서 '피해자'라고 지칭했는지는 그가 대화 도중 여러 번 언급했던 '괴물 같은 형체'라는 단어에서 추측할 수 있었다. 바이러스가 아닌, 미지의 존재로 인한 참변이라는 소리였다.

"왜 나서서 변을 당하려는 건지. 원."

강두호는 이광호가 전쟁터에 나가는 것이 내키지 않았다. 그래서 위험한 업무는 가능한 피하면서, 그에게 최적화된 임무들만 내려주었다. 모든 의뢰를 선별해서 받았다. 대통령이 부탁한 바이러스에 대한 의뢰를 수락한 이유는, 장비만 갖추면 그저 목격하기만 하면 되는 아주 간단한 일이었기 때문이다.

그런데 미지의 존재라는 말은 다분한 위험성을 내포하고 있었다. 더군다나 그가 보여준 사진이 문제였다.

"히어로가 나섰어. 쯧."

강두호 총수가 중얼거렸다. 그는 상당히 불편한 표정으로 창가로 가서 문을 열었다. 휘파람을 불고 기다리자 하얀 공작새가 바람을 가르며 날아왔다.

"불렀어?"

유달수가 방 안으로 내려서며 말했다.

"달수야, 이것 좀 봐라. 이광호가 보여준 건데."

강두호가 휴대폰 어플을 열어 보이며 말했다. 그는 채팅창의 사진 몇 개를 유달수에게 들이밀었다.

"영감님, 이게 뭐야? 어디서 많이 본 것 같은데."

유달수가 말했다.

"그렇지? 어디서 많이 본 것 같은데. 전에 그런 괴짜가 있었잖아. 우리랑 5년 정도 함께하던 늙은 구렁이. 그 자가 자주 보여줬던 그림이랑 비슷한 것 같지 않냐? 기억이 가물가물해서 네 의견이 필요할 것 같아서 말이야."

강두호가 말했다.

"확실히. 차길수라는 자가 있었지. 유능한 사람이었는데 그냥 죽어버리다니. 그것도 그런 식으로 죽을 줄이야."

유달수가 감상하듯 말했다.

"그런데 이 사진은 뭐야? 그 자의 예언에는 좋은 것만 있던 게 아니었던 것 같은데. 그 사진 속 이미지는 좋은 기분이 아니란 말이지."

"이광호가 찍어 보내준 사진이야. 지금 피해자들을 만나서 이 사진 속 그림들을 확인해보고 온다더군."

"이광호가?"

유달수가 놀라서 물었다.

"피해자들이라니? 광호가 찍은 사진이라고? 이걸 확인해보고 온다는 게 무슨 말이야."

"흐음……."

강두호 총수는 침묵했다.

답답해하던 유달수가 소파에 앉았다.

"올 때가 됐는데."

강두호가 말했다.

때맞춰 문이 열리는 소리가 들렸다. 강두호가 조금 풀어진 표정으로 미소 짓는 동안, 이광호가 다가와 인사했다.

"총수님, 돌아왔습니다."

"이제야 오는가. 얼마나 기다렸다고."

강두호가 말했다.

"광호야, 사진은 대체 뭐냐? 피해자들이라니?"

유달수가 물었다. 이광호가 그를 응시했다.

"리진만 이사님의 일이 터지던 새벽, 그 자리에 가서 직접 목격했습니다. 검은 액체를 토하던 이사님의 목 뒤로 이상한 형체가 보였어요. 그래서 그걸 쫓아가 봤습니다. 공동묘지로 꾸며진 동산 근처에서 형체가 땅 밑으로 사라졌고, 그 자리에 그 사진 속 그림이 남아 있었습니다. 그걸 사진으로 찍어둔 겁니다."

이광호가 말했다.

"형체? 어떤 형체였는데."

"가까이서 봤지만 워낙 짧은 시간이었습니다. 그 뒤로는 멀리서 쫓아가서, 정확히 어떤 형체였는지는 기억나지 않습니다."

"그게 땅 밑으로 꺼져서 사라졌다고?"

유달수가 물었다.

"네, 그렇습니다."

"말이 되냐, 새끼야."

"제가 직접 눈으로 목격했습니다. 믿지 않아도 하는 수 없습니다."

이광호가 말했다. 농담을 하는 것처럼 보이지는 않았다.

"정말이야?"

유달수가 물었다. 이광호가 고개를 끄덕였다.

"그래서, 확인해본다는 것은 어떻게 됐나? 다른 피해자들에게서도 동일한 현상이 있었는가?"

강두호가 물었다.

"네, 그렇습니다."

이광호가 말했다.

"어떤 점이 비슷했나?"

"검붉은 형체가 모습을 숨긴 장소는 제각각이었습니다. 하지만 그 형체가 모든 피해자들에게서 나타났다는 점이 동일합니다. 이상한 것은, 다른 사람들의 눈에는 그게 보이지 않았던 것 같습니다."

"마찬가지로 사라진 뒤에 이 사진 속 그림이 나타났는가?"

강두호가 물었다.

"그렇습니다. 총수님."

"알겠네."

"어떻게 할까요?"

이광호가 물었다. 총수는 머리가 지끈거리는 것을 느꼈다.

"확인할 것이 있으니 방에 들어가 쉬고 있게. 생각할 거리도 있고."

"일은 언제 시작하면 됩니까?"

"내가 부르겠네."

강두호가 말했다.

이광호가 나가고 나서 총수는 곧바로 몸을 돌려 책장으로 향했다.

"그 구렁이가 예언집을 만든다고 낙서해놓은 게 여기 있을 텐데."

강두호가 중얼거렸다. 그의 곁으로 유달수가 다가갔다.

"나도 도와줄까?"

"아니야, 너도 나가 있어. 정신 산만하니까. 이따가 부르면 들어와라."

강두호가 말했다.

그의 말에 유달수가 입을 삐죽 내밀며 공작새로 모습을 바꿨다.

"나가 있을 테니까. 이따가 불러. 근처에 있을게."

유달수가 창문가로 날아갔다.

혼자 남겨진 강두호는 책장을 뒤적거리며 골머리를 앓았다. 한참을 씨름한 끝에, 예언 능력자였던 차길수의 노트를 찾을 수 있었다. 그런데 찾았어도 문제였다. 워낙에 방대했고 글씨체가 엉망으로 쓰여 있어 알아보기가 어려웠다. 얼핏 천재의 히스테리를 농축시켜놓은 일기장처럼도 보였다.

"글씨라도 똑바로 써야지. 이 사람은."

강두호가 노트를 넘기며 말했다.

흡사 지렁이가 기어가는 듯한 글씨다. 미간을 찌푸리며 차길수가 휘갈겨놓은 글을 읽고 있던 강두호가 신경질이 나 책장을 덮었다. 예정대로 진행되더라도 골치 아팠을 의뢰를 괜히 수락했는지 후회가 되었다.

"그래도 이미 수락은 해버렸으니. 그에게는 받아낼 것도 있고."

강두호가 다시금 침착하게 노트를 열었다. 그리고 뒷장을 넘겨보던 순간, 그는 멈칫하며 노트에 그려진 그림을 응시했다.

찢겨져나간 네잎클로버, 또는 거꾸로 세운 사랑의 열매를 연상시키는 그림이었다.

그 밑에 차길수가 적어놓은 글이 빼곡했다. 강두호는 그 중 일부를 읽었다.

[수많은 갈림길이 도래하고 있다. 그때가 되면 여러 가지 표식이 나타나리라.]

제 2장
표식

타 임 워 커 2 : 꿈 을 꾸 는 아 이

10.

7월 16일 금요일 pm 6:00

강두호 총수는 이광호를 자신의 저택으로 불렀다. 미리 기다리고 있던 손님이 있었다. 사이코메트리의 능력을 가진 여자였다. 그녀의 이름은 유화. 유화는 이광호를 마주하자 반갑게 손을 내밀며 인사를 건넸다. 오세나와 달리 여성적인 면모가 두드러지는 여자였다. 긴 생머리에 길게 뻗은 팔다리가 시원스럽게 보였다.

"반갑네요. 삼촌한테 이야기는 많이 전해들었어요. 이제야 보게 되네요."

유화가 말했다. 매우 사교적인 성격으로 보였다.

"여기 오기 전에 커피를 마셨어요? 저는 카페모카 좋아하는데, 다음번에는 제 것도 부탁드려요."

"제 기억을 읽으셨군요. 신기하네요."

"저는 당신이 더 신기해요."

유화가 말했다.

"광호군, 유화는 지금 눈치챘겠듯이 사람의 기억을 읽는다네. 사람뿐만이 아니라 사물 속에 담긴 기억마저도 읽을 수 있지. 이번 일에 그녀가 함께 할 거야."

강두호가 말했다. 그는 브라운색 니트 조끼를 입고 있었다. 옆으로 부드럽게 넘긴 앞머리에 편안한 복장이 오늘따라 중후한 모습이었다. 여태까지의 모습이 그저 돈 많은 기업 회장의 그것과 닮았다면, 오늘은 사적으로 알고 지내는 50대 후반의 중년처럼 보였다. 굳이 할아버지처럼 느껴지지 않는 이유는 그가 지닌 기품에 있었다.

이광호가 가만히 자신을 관찰하자 강두호가 웃었다.

"집에서는 이러고 있다네. 광호군, 자네를 이곳으로 부른 것은 처음이었지. 그래서 적응이 안 되는 모양이군. 앞으로는 자주 보게 될 거라네."

강두호가 말했다. 그가 부드럽게 미소지었다.

"일은 내일부터 시작하도록 하게. 알맞은 복장을 갖춰야 할 테니까. 자네까지 의미 불명의 병에 걸린다면 정말로 되돌릴 수가 없어져. 원인 파악에 끝나고 알맞은 해결법을 찾아낸다면. 광호군, 자네가 시간을 되돌려서 모두 없던 일로 만들어주게."

"그렇게 해도 괜찮을까요?"

"물론 일반인들 중에서도 일부 사람들에게는 기억이 남을 거네. 하지만 대부분의 사람들은 두통만 느낄 뿐 기억하지 못할 거야. 나도 간신히 떠올렸었는걸."

강두호가 호탕하게 웃었다.

"역시 자네는 돈이 되는 인물이야."

"과찬이십니다."

"내가 뭐 틀린 말 했는가? 안 그러느냐, 유화야?"

"시간을 조정하는 능력은 흔하지 않으니까."

유화가 말했다.

"일단 오늘은 둘을 소개해주려고 불렀네. 호텔에서 친해지라고 하면 뭔가 느낌이 이상해질 것 같아서. 편한 분위기를 만들어주려고 여기로 초대했어. 그러니까 부담 갖지 말고 마음껏 대화를 나누도록 하게나."

강두호가 말했다.

친해지라고는 했어도, 어떤 말을 꺼내야 그녀가 좋아할지 알 수가 없었다. 처음 만난 여성과 친해지는 기술이라고는 눈곱만치도 없었다. 왜인지 아무 말 안 하고 있어도 여성들이 먼저 다가오고는 했다. 어디에서 기인한 결과인지 알 수는 없어도, 결국에는 별다른 노력 없이 어느 정도 선까지 친해질 수 있었다. 그것도 특별한 재능이라고, 딱히 사교성을 개발하려는 생각은 해본 적이 없었다.

그런데 유화는 어쩐지 달랐다. 물끄러미 보고만 있을 뿐, 먼저 말을 꺼내지 않았다. 하염없이 그렇게 시간만 축내는 것은 아닌가. 그렇게 생각하고 있는데 유화가 돌연 강두호를 바라봤다.

"삼촌, 집에서 뭘 하고 놀아. 게다가 까마득한 총수님 앞에서 친하게 놀아봐라 하면, 나라도 부담돼서 도망가고 싶어질 거야."

유화가 말했다.

강두호는 잠시 생각에 잠기더니 품에서 두꺼운 지갑을 꺼냈다.

"현금으로 줄까. 아니면 카드로 줄까?"

"카드는 됐고. 현금으로 줘. 두둑하게."

강두호는 지갑에서 5만원권 10장을 건넸다.

"고마워. 놀다가 올게. 그런데 요새 너무 짠 거 아니야?"

유화가 말했다.

"내가 네 가족도 아닌데 용돈까지 줘야 하냐?"

강두호가 말했다. 유화가 돈을 챙겨 지갑에 넣고 일어났다.

"밖에 나가서 오늘은 머리 좀 식혀요. 놀이동산 갈래요?"

"이 밤에 말입니까?"

이광호가 말했다. 유화가 그의 팔을 붙잡아 이끌었다. 현관문을 나서는데 그녀의 머릿결에서 과일 향기가 풍겨왔다.

출퇴근 차량이 복잡하게 도로를 수놓고 있었다. 한여름이라 아주 어둡게 느껴지지 않았지만 해가 조금씩 질 준비를 하고 있었다. 도착할 무렵에는 해가 떨어지고 밤이 찾아올 것 같았다. 굳이 가까운 놀이공원을 두고 멀리까지 가려는 이유가 이해가 되진 않았다. 그녀의 말로는 더 크고, 걸어 다닐 공간이 많은 유익한 놀이공원이었다.

차를 타고 놀이공원으로 향하는 도중 유화가 말했다.

"놀이기구 잘 타요?"

"웬만큼은 탑니다."

"언제까지 존댓말 할 거예요?"

"편해질 때까지요."

"우리 비슷한 나이예요. 내가 더 나이가 적은데. 원래 연하한테도 그렇게 존댓말을 쓰시나요?"

유화가 손가락을 만지작거리며 말했다.

점점 좁아지는 차량의 행렬에 이광호는 브레이크 페달을 밟았다. 그러고는 아까부터 빤히 보고 있는 유화를 바라봤다.

"심심하면 노래라도 틀어줄까요?"

"오글거리지 않아요? 친해지고 싶은데, 내가 먼저 말 놓아도 돼요?"

"편하신 대로 하세요."

이광호가 말했다. 그는 볼륨을 크게 높이고 최신 가요를 재생시켰다. 신나는 노래가 나오자, 노래에 맞춰서 유화가 조금씩 몸을 움직였다.

"구닥다리인 줄 알았는데 나름 취향이 좋네."

"최신 가요는 계속 다운받아 듣고 있습니다. 아무래도 구식 취급을 받는 건 좋지 않으니까요."

말하면서 기분이 썩 좋지 않았다. 나이가 어린 여자가 반말을 하고 있는데, 본인은 존댓말을 하고 있는 꼴이 이상해보였다.

"내가 편해지면 말 놓을 거지?"

유화가 말했다.

"아마도 그러겠죠."

이광호가 말했다.

8시가 거의 다 돼서 놀이공원에 도착했다. 주차를 마치고, 셔틀 버스에 탑승해 놀이공원 입구에 도착했다. 표 결제를 마치고 안으로 들어섰다. 솜사탕과 팝콘, 그밖에도 먹거리와 볼거리가 다양한 모습이었다. 사람들이 놀이공원을 좋아하는 이유가 따로 있는 게 아니었다. 분위기에 취하거나, 놀이기구를 타고, 먹을 것을 사 먹고, 기념품을 구입하는 소소한 재미가 있을 것으로 생각되었다.

"재미있게 놀자. 줄이 많이 길 것 같지만."

유화가 말했다. 한 손으로 팔을 잡아끌며 그녀가 뒤돌아보았다. 그녀의 얼굴이 가로등 조명에 반사되어 은은하게 빛났다.

"원래도 스스럼없이 사람들을 대합니까?"

이광호가 물었다.

"친해지고 싶은 상대에 대해서만."

둘은 바이킹 탑승을 기다리는 줄 뒤로 가서 섰다.

"생각보다 빨리 줄어드네. 이제 두 번만 기다리면 탈 수 있을 것 같아."

"금요일이라서 사람이 많을 줄 알았는데 말입니다."

"여기는 놀이기구가 듬성듬성 있어서 그래!"

"그렇습니까?"

이광호가 말했다. 놀이기구를 무서워하지도 않지만 그렇다고 즐기는 것은 아니었다. 바이킹 안전 바에 몸을 맡긴 채로 팔을 추켜올리는 사람들이 보였다. 바이킹이 상승과 하강을 반복할 때마다 사람들이 함성을 질러댔다.

언젠가 놀이기구 타는 것을 저들처럼 즐기게 될 수 있을까. 가볍게 감상에 빠져있는데 어느덧 그들의 차례가 왔다.

"바이킹은 맨 뒷자리가 제일 재밌지. 알고 있지? 바이킹은 맨 뒤, 롤러코스터나 후룸라이드 같은 건 맨 앞자리야. 기억하고 있어. 인생을 재미있게 즐길 수 있으려면 놀이기구도 잘 탈 줄 알아야 해."

유화가 말했다. 그녀는 맨 뒷자리에 앉았다. 이광호도 그녀의 옆에 앉아서 기다리는 동안, 안전 바가 내려왔다.

출발 준비를 마치고 유화가 안전 바를 손바닥으로 두드렸다.

"재미있겠다. 오빠도 손 들고 타?"

"아니요, 그런 짓은 하지 않습니다."

"그럼 이번엔 들고 타봐!"

"예?"

바이킹이 출발했다. 그녀의 말은 곧바로 이해할 수 있었다. 가속도가 붙고 나자 유화가 이광호의 손을 잡아 팔을 번쩍 올렸다. 기분 좋은 바람이 가슴을 스치고 지나갔다. 사람들의 고함 소리에 묻혀서 유화가 뭐라고 말하고 있었다.

바이킹이 멈추고 둘은 출구 밖으로 빠져나갔다.

"어때, 재미있지?"

유화가 말했다.

"재미가 없지는 않네요."

이광호가 말했다. 그의 입가에 희미하게 미소가 지어졌다.

"좋았어. 다음은 롤러코스터를 타러 가자. 여기가 그렇게 재미있다더라. 나는 두 번 타고, 세 번 타고, 계속 탈 거야!"

그녀가 다시 팔짱을 껴왔다.

"너무 붙는 거 아닙니까?"

이광호가 말했다. 연인 사이도 아닌데 이렇게 붙어 다니다가 오해라도 사는 건 아닌가 했다. 한 편으로는 별 것도 아닌 일에 자신만 오버해서 생각하는 것도 같았다. 단지 친근해지려고 노력하는 거라면 그녀에게도 실례였다. 말하고 나서 아차 했지만 유화는 상처를 받은 것 같지 않아

보였다.

"친해지려면 이 정도는 해야 하는 거야."

유화가 말했다.

롤러코스터를 타려고 기다리는 사람들은 좀 전보다 훨씬 많았다. 이것을 두 번, 세 번 타고 나면 시간이 다 갈 것 같았다. 놀이공원도 마감 시간이 버젓이 있는데 굳이 자유이용권을 끊은 것 같았다.

"맨 앞에서 타도록 하고. 안전 바는 잡으면 안 돼. 팔을 위로 뻗고 가만히 있지 말고 마구 흔들어봐. 그게 재미있어."

차례를 기다리는 동안, 그녀는 많은 이야기를 했다. 자신의 취향 이야기, 그 동안 살아오면서 재미있었던 이야기 등이었다. 질문은 하지 않고 자기 이야기만 하는 것이 남들에게는 불쾌할 수도 있으나 이광호는 차라리 그게 편했다.

이광호는 앞 사람들을 따라 걸으며 멀리서 보이는 레일을 바라봤다. 바이러스, 그때 보았던 정체불명의 연기, 사람들의 죽음. 상황이 이런 지경인데도 놀고 있어도 되는 건지 의문이었다.

"일은 나중에 가서 하고. 일단은 즐기자고."

유화가 대뜸 말했다.

"이제 그 다음번이 우리 차례야."

"그러네요. 놀이기구 타는 걸 많이 좋아하나 봐요?"

"어릴 때부터 좋아했어. 나는 겁이 없어서."

유화가 웃으며 말했다.

타이트하게 붙는 골지 티셔츠에 육감적인 몸매를 자랑하는 그녀는 한 눈에 보기에도 자유분방해 보였다. 어렸을 적이라고 다를 것도 없었을 것이다.

"옷이 어울리네요."

"고마워. 근데 그런 소리는 많이 듣는데."

유화가 작은 목소리로 말했다.

"그런데 강두호 총수님이랑은 어떤 관계인가요? 삼촌이라고 부르는 것 같던데요."

"아, 그거? 그냥 그게 편해서 그렇게 부르는 거야. 달수 오빠도 영감님이라고 부르는데 나라고 못 부를까 싶어서."

유화가 웃으며 말했다.

"이제 다음이 우리 차례야. 가서 기다리자."

캐스트가 다음 손님들을 탑승시켰다. 유화가 먼저 가서 자리를 찜해놓는 바람에 맨 앞자리의 줄에 가서 기다리게 되었다.

"정말 재미있다고."

유화가 말했다. 삼분 여가 흐르고 둘은 탑승을 마쳤다. 열차가 움직이려는 찰나, 캐스트가 두 손을 빙글빙글 흔들었다. 열차가 움직이기 시작했다.

"손 놓고 있어."

신이 난 얼굴로 유화가 속삭였다. 이광호는 손을 놓고 열차가 하강지점까지 올라가는 것을 바라봤다. 알게 모르게 긴장되었다. 그냥 놓고 타는 수준을 넘어서 마구잡이로 흔들어 보라고 하니 가늠도 되지 않았다.

드디어 열차가 바로 서고, 하강 지점에 가까워졌다.

"이광호 대원, 준비 됐습니까?"

유화가 두 손을 들며 말했다.

열차가 하강했다. 빠르게 움직이는 레일 속에서 그녀의 머리카락이 흩날렸다. 기분 좋은 향기가 나는 것까지는 좋은데 머리카락이 뺨을 계속 스쳤다. 유화는 춤을 추듯 팔을 흔들며 박수까지 치고 있었다.

열차가 멈추고 유화가 먼저 내렸다.

"어때, 재미있었어?"

유화는 소지품을 챙겨들고 걸음을 옮겼다. 길목을 지나 계단을 내려갔다. 조금 전 놀이기구에 대한 감상을 이야기하는 사람들의 목소리로 소란했다. 주로 20대가 많았다. 간간이 학생들도 보였지만 연로한 이들은 보이지 않았다.

"제법 괜찮네요."

이광호가 말했다.

"다음에 탈 때는 나처럼 해봐. 이제 또 가서 기다리자."

유화가 말했다. 이광호는 앞서 가는 사람들을 바라봤다. 계단을 밟고 내려가 땅을 디디는 사람들 사이로 다리가 풀렸는지 휘청하는 남자가 보였다. 그는 애인으로 보이는 여자의 부축을 받으면서도 눈에 띄게 힘들어 했다. 남자가 길목을 막고 비켜서지 않던 이유로 그는 잠깐 걸음을 멈췄다.

"남자가 간담이 약한가 보네."

유화가 감상하듯 말했다. 하지만 그렇다고만 하기에는 뭔가 부족했다. 전부터 속이 안 좋았거나, 몸 상태가 좋지 않은 것으로 보였다. 가벼운 멀미로는 보이지 않았다.

"왜 저러는 거지?"

"몸이 안 좋은 것 같은데?"

"겁이 많은 거 아니야? 무리하게 탔던 거 같은데. 옆에 여자친구 있잖아."

앞 사람들이 대화를 나눴다.

그리고 그 순간이었다. 남자의 몸이 크게 비틀리며 땅바닥으로 고꾸라졌다. 뒤에 서있던 사람들이 물러나고 금세 소란해졌다.

"자기야, 괜찮아? 무슨 일이야! 도와주세요!"

연인으로 보이는 여자가 소리쳤다.

남자가 검은 액체를 울컥울컥 토해내고 있었다. 뒤로 물러나는 사람들 때문에 이광호가 계단 가로 바짝 붙으며 유화를 감쌌다. 전염될 수도 있다고 사람들이 소리치고 있었다.

"세상에. 그냥 놀 시간을 안 주네."

유화가 사람들을 헤집고 남자 가까이로 다가갔다. 눈물을 흘리며 비켜주는 여자를 다독이고 유화는 남자의 몸을 부축하듯 일으켰다. 짧은 시간 동안 그녀는 남자의 기억을 읽었다.

놀이기구를 타던 중, 남자는 무언가를 목격했다. 그것이 몸으로 빨려들어와서 남자는 장기가 헤집어지는 고통을 느껴야 했다.

구급 요원들이 오고 나서야 유화는 자리를 비켜줬다.

"남자의 기억을 봤습니까?"

이광호가 물었다.

"봤어. 오늘은 쉬려고 했는데. 하늘이 우릴 내버려두지 않는 것 같네."

유화가 말했다.

"다음 행선지가 정해진 것 같아."

"일단 총수님께 가야 하는 것 아닙니까?"

"일일이 다 보고하는 것보단 우리가 나서는 편이 낫지 않아?"

"그래도 보고가 우선입니다. 보호복도 필요하고요."

유화가 웃었다.

"하긴, 오빠 성격에 그럴 법도 하지."

그들은 셔틀버스를 타고 주차장으로 향했다. 주차해놓은 차량 앞으로 다가가서 차 문을 열고, 이광호가 운전석에 앉았다.

"무슨 기억이었습니까?"

이광호가 물었다.

유화가 옆 좌석에 타며 말했다.

"삼촌한테 직접 들어. 내가 설명해봤자 자세히는 모를 거야."

그녀는 남자의 기억 속, 그 형체를 떠올렸다. 이광호에게서 이야기를 전해들은 총수는 형체가 완전하지 않은 것 같다고 말했지만 사실은 달랐다.

한 번 전해들은 적이 있었다. 실제로 어떻게 생겼는지 묘사를 듣기까지 했었다. 그것이 사실이 아닌 농담이라고 생각하고 넘겼지만 실제로 보니 진짜였다는 것이 실감이 났다.

차길수. 그가 말하고는 했다.

어둠 속에 사는 존재. 땅 아래에서 울부짖고 모든 사람들을 죽이려 한다는, 악령과 악마라는 존재들에 대해서 말이다.

11.

새벽 1시가 지난 무렵, 유화가 강두호와 함께 저택에 방문했다. 그들의 설명을 듣고 예상되는 바가 있었다. 아마도 차길수의 노트에서 봤던 그 그림과 관련이 있을 것이다. 초능력자들의 미래와 관련이 꽤나 깊을 것 같은 예감에 강두호는 머리가 아팠다.

강두호는 창가로 다가가 유달수를 호출했다.

"영감, 우린 어떻게 되는 거야."

강두호의 설명을 들은 유달수가 말했다. 그는 사람으로 변하지 않고 총수와 대화를 나눴다.

"차길수, 그 늙은 구렁이가 미래를 예측한다는 건 알았지만, 장난처럼 떠들던 말들이 전부 사실이었을 줄은 몰랐군."

강두호가 말했다.

"괴짜이긴 했어도 능력이 좋았잖아."

유달수가 말했다.

능력이 좋아서 문제였다. 미래의 일들을 속속들이 안다고 해서 편리할 것처럼 느껴지지만, 그가 보는 미래들은 반드시 도래할 현실이 되었다. 시간 능력자처럼 상황 자체를 바꿀 수 있는 것도 아니었다.

"그러니 그리 느물느물한 성격이 되었지."

강두호가 말했다. 늘 진지한 사람이었다. 이상한 사이비 교단을 창설하긴 했어도, 그럭저럭 괜찮은 사람이기도 했다. 상대방을 놀려먹는 심보 고약한 버릇만 없었으면 말이다.

"그런데 그 사이비 종교에 연락을 해야 할 것 같으니, 원."

사이비 종교라고 못박아두긴 했지만, 원래는 가톨릭교였다. 제법 큰 성당이었던 그 교단에서 차길수는 본인의 능력을 이용하여 사이비 교단으로 탈바꿈해두었다. 사이비라고 칭하기에 그들의 행보가 바르긴 했지만, 종교적 입장으로 보면 사이비가 맞았다. 물론 개중에서 본인이 신이라고 주장하는 사람은 없었다.

"악령이나 악마와 관련되었다. 이거지?"

유달수가 말했다.

"그 영감님 예언 중에서 유일하게 의심했던 부분이 그거였는데. 악령이나 악마 같은 심령이 진짜로 존재할까?"

"그렇게 따지면 달수 네 존재도 설명은 안 되지."

강두호가 침울하게 말했다.

"그 사이비 교단은 음침해서 들어가기가 싫은데."

"영감도 가만 보면 겁이 많다니까. 그냥 가는 길만 알려주지 그래?"

"어떻게 그래. 자식아. 내 자식 같은 새끼들 안전하게 모셔달라고 부탁해야 하는데. 허튼 짓 못하게 말이야."

강두호가 말했다.

그는 교단의 모습을 떠올리고 고개를 흔들었다. 평범하게 도심부에서 계속 있으면 좋았겠지만, 차길수가 들어가서 개종을 시켜놓은 이후로 웬 산골짜기에 터를 잡았다. 건물을 올릴 때 옆에 있었는데, 무슨 징조인지 까마귀가 길게 울어댔다.

"차길수가 죽은 뒤로 더 음침해진 것 같단 말이지."

강두호가 중얼거렸다. 그의 기억 속 마지막 교단의 모습이다. 차길수의 뒤를 이어 교주가 된 그는, 유령처럼 걸어 나와서 강두호를 맞이했다.

"어서 오시오."

그렇게 인사를 건네며 빙긋이 웃는데 마치 방문을 예상이라도 한 뉘앙스였다. 밤이었고 가로등 하나 없이 어두운 교단은 커다란 나무에 파묻힌 요새처럼 보였다. 차길수가 죽은 뒤로 관리를 전혀 안 한 것 같았다.

엑소시즘을 주로 하는 종교로 변질되어 있었는데 그 모습이 무척 기괴했다. 보통 신부들처럼 성수만 뿌리거나 하지 않았다. 각양각색의 도구들이 즐비했다. 그 도구를 써서 악령과 악마를 퇴치한다고 하였는데 무슨 성전 비슷한 것을 준비한다고 들었다.

그 설명을 들은 직후 방문한 적은 없었다.

"그 영감님이 괴짜긴 했어도. 생기는 넘치는 사람이었잖아."

유달수가 말했다.

"내가 먼저 가서 기별을 넣어둘까?"

"그래, 네가 대신 수고 좀 해줘라."

강두호가 말했다.

"몇 시에 간다고 할까?"

"눈 좀 붙이고 가야 하지 않겠냐."

"오후 1시쯤 방문한다고 해둘게. 그건 그렇고 리진만 이사는 상태가 어때?"

날개를 퍼덕이며 유달수가 말했다.

"뇌사 상태가 지속되다가도 간혹 깨는 걸 보면, 다른 이들과는 뭔가 다른 점이 있는 것 같더구나. 리진만, 그 여자가 토해내는 그 이상한 물질을 분석 중에 있다. 역시나 활동성은 거의 없는 정도야."

강두호가 말했다.

연구 중에 쉽게 풀리지 않을 의문이 있었다. 활동성이 없지만 분명한 형체가 있었다. 동그란 모양의 작은 박테리아 같은 것이 아주 조금씩 움직이고 있었다. 같은 물질과의, 다른 물질과의 연계 반응은 보이지 않았다.

"그럼 나는 다녀올게. 영감님, 마치면 바로 호텔방으로 갈 테니까. 내일 보자고."

유달수가 말했다.

그는 날개를 펼치며 하늘 위로 날아갔다.

유화는 집에 도착해서 핸드백을 내려놨다. 그리고 핸드백에서 노트를 한 권 꺼냈다. 노트를 만지자 차길수의 기억들이 쏟아져 들어왔다.

총수에게서 노트를 받아온 참이다. 노트를 쓰며 느꼈을 그의 고뇌가 정해져왔다. 수많은 기억 속에서 유화는 한 가지를 선택했다. 악한 존재와 관련되어 초능력자들의 행보에 큰 영향을 끼칠 예언을 적을 당시.

차길수가 볼펜 촉을 조심스럽게 노트에 갖다 대었다. 심각한 표정으로, 탁상시계를 한번 응시한 후에 그가 볼펜을 움직였다.

맨 처음 그는 그림을 그렸다.

이광호가 보여주었다는 검붉은 형체가 남긴 문양, 지금은 노트에 적혀 있는 그림이다.

"수많은 갈림길이 도래하고 있다……."

차길수가 중얼거렸다. 중얼거림을 펜으로 적었다.

차길수는 다시 탁상시계를 응시했다. 시계 초침이 일정하게 돌아가고 있었다. 그 당시 그는 극심한 두통을 느꼈다. 손아귀에 쥐어있던 펜이 부러졌다. 그는 다시 볼펜을 꺼내 적기 시작했다.

"일렬로……."

차길수는 창밖을 바라봤다. 떠오른 별들이 구름에 가려 반짝였다.

유화는 기억을 더듬는 것을 멈췄다.

12.

7월 18일 일요일.

강두호는 차창 너머로 보이는 커다란 건물을 바라봤다.

깎아지른 절벽 끝에 위치한 건물. 뭐라 표현해야 할지 모를 웅장함에 그는 마른 침을 삼켰다. 빛이 바랜 회색의 건물과 대조된 크고 작은 깨끗한 석탑들이 건물 주변에 즐비했다. 불교 사찰에나 있을 법한 석탑들은 건물과 조금 떨어진 데에 위치해 있었고, 아기 예수를 품에 안은 커다란 마리아상은 건물 가까이에 놓여 있었다.

'불교도 기독교도 천주교도 아니군.'

강두호의 생각처럼 그곳은 한눈에 봐서 정체를 알아차리기 어려울 정도로 소속감이 불분명했다. 의도해서 그런 것이든, 아니면 교단의 정체성이 진짜로 그러하든, 그의 눈에는 그저 교단의 인테리어 모두가 사이비 교주의 만행이 낳은 결과물처럼 보였다.

"여기가 총수님이 말씀하셨던 나트교군요."

이광호가 차에서 내려 말했다.

"그렇지."

강두호가 말했다. 그는 시동을 끄고 차에서 내렸다. 그리고 유화와 유달수, 오세나를 차례대로 바라봤다. 파트너로서 유화와 이광호를 붙여뒀지만, 오세나가 따라나서겠다고 나오는 바람에 함께 데리고 온 참이었다.

"재미있네요. 차에 매달려서 오는 건 오랜만인데요."

아무것도 없는 허공에서 남자의 목소리가 들렸다.

투명인간 능력을 지닌 권유성. 교단의 특이성이 의심되어 데려온 사람이다. 아무리 차길수가 개종시킨 교단이라지만, 지금은 다른 이가 맡아서 하고 있었다. 어떤 식으로 변질되었을지 알 수 없고, 생전 차길수의 꿍꿍이 또한 알 수가 없었기에 불가피한 선택이었다. 모습을 숨긴 채로 상황을 지켜봐줄 인재가 필요했다.

"자리가 없었으니 이해해주게."

강두호가 말했다.

"물론, 이해합죠!"

권유성이 대답했다.

"그런데 팀장님, 우리가 온다고 말한 거 맞죠? 아무도 안 보이는데요?"

오세나가 말했다.

"아니야. 자세히 봐봐."

"어디 있어요?"

유달수가 석탑 아래를 가리켰다.

석탑 근처에 하얀 옷깃이 보였다. 아주 느린 움직임으로 흔들거리고 있었다. 흔들거림이 커지더니 젊은 남자의 얼굴이 삐죽 바깥으로 나왔다. 많이 쳐봐야 40대 중반이 안 넘어 보이는 남자가 방문객들을 보며 미소지었다.

"교주 녀석, 드디어 오는군."

강두호가 말했다.

"저 사람이 교주라고요?"

오세나가 덧붙였다.

"나이가 어려 보이는데, 한 삼십 대?"

"그거보단 더 먹었겠지."

유달수가 말했다. 그들이 교주의 나이를 추정하고 있는 사이에 남자가 다가왔다.

"강두호 형제님, 오셨습니까?"

남자가 말했다. 그는 방문객들을 보며 자신을 소개했다.

"안녕하세요. 나트교를 맡고 있는 신현재, 인사드립니다. 차길수 전 교주님의 뒤를 이어서 부족하지만 열심히 교단을 이끌고 있습니다."

"반갑습니다. 이광호입니다."

"말씀만 들었지 처음 뵙네요. 유화라고 해요."

"오세나라고 합니다."

신현재가 방문객들을 이끌고 건물 내부로 발길을 옮겼다. 관리되지 않아 무성히 자란 잡초와 나무가 건물을 에워쌀 듯 놓인 것을 바라보면서 이광호가 건물 내부로 들어갔다. 건물에 들어서서 교주는 내부 전등을 켰다. 창문이 없었기에 다소 어두웠던 건물이 환하게 밝아졌다.

"강두호 형제님, 매번 저희 교단을 지원해주시는 덕택에 신도들이 편안하게 보내고 있습니다. 그 점 감사드립니다."

신현재가 말했다.

"차길수와의 의리를 지키고자 하는 것이니 부담 가지실 필요 없습니다. 아무쪼록 이번 일에 우리 아이들을 잘 보듬어 주십사 하네요."

강두호가 말했다.

"당연한 말입니다. 게다가 이 일은 비단 남의 일만이 아니죠. 형제자매님들, 이쪽으로 와주십시오."

신현재는 문이 없는 방으로 그들을 안내했다. 코를 찌를 듯 역한 냄새가 풍겨오고, 오세나가 저도 모르게 코를 틀어막았다.

"저희 신도들입니다. 이 근처에서 변을 당한 이들도 여기에 있습니다."

방 안의 모습은 참담했다. 커다란 방 안 침대에 누운 이들이 모두 인공호흡기를 단 채로 생명을 연장하고 있었고, 신도들로 보이는 이들이 그들을 간호하고 있었다. 간혹 깨어있는 채로 앉거나 누워있는 이들은 고통을 호소하며 뭐라고 떠들고 있었다. 두서없이 말을 던지는 그들의 모습에선, 곧 다른 이들처럼 인공호흡기를 달게 될까봐 두려워하는 기색이 역력했다.

"이게 무슨 냄새죠?"

오세나가 물었다.

"이번 바이러스 사태 말이죠. 그 검은 액체에서 나오는 냄새랍니다. 사실 저희는 이 사태가 바이러스 때문이 아니란 걸 알고 있죠."

신현재가 말했다.

"차길수 전 교주님은 이번 일이 있을 것을 미리 알았습니다. 그 기록이 우리에게 있고 어렴풋하지만 미래에 있을 일들과 그 해결 방안에 대해서 알고 있죠. 우리는 아주 오랫동안 이런 일이 있을 것에 대해서 대비하고 있었습니다."

"바이러스 때문이 아니라는 말인가?"

"예, 전염성은 없으니 안심하셔도 좋습니다."

"그렇군."

강두호가 병상을 사이에 두고 지나다니는 신도들을 바라봤다. 그들은 마스크도 착용하고 있지 않았고, 이렇다 할 위생복도 입고 있지 않았다.

"우리가 행선지를 잘 찾은 것 같군. 그럼 나는 가보겠네. 이광호군, 무슨 일이 있으면 곧바로 연락하도록 하고. 신현재씨, 우리 아이들을 잘 부탁드립니다. 해야 할 일이 생각나서 여기에 더 있진 못할 것 같군요."

강두호가 말했다.

"형제님, 배웅해드리겠습니다. 모두들 여기 잠시만 있어주시죠."

신현재가 말했다. 그는 강두호와 유달수를 데리고 방을 나섰다.

"유화씨."

이광호가 말했다.

"알고 있어."

유화가 대답했다. 그녀는 병상 앞에 다가가서 누워있는 환자의 몸 위로 한 손을 올렸다. 그리고 눈을 감고 한동안 가만히 있었다.

손을 뗀 후에 유화가 고개를 끄덕였다.

"그때와 비슷해. 놀이공원에서 쓰러진 남자 때와 같아. 교주의 말처럼 바이러스가 아니라 다른 뭔가가 개입한 것 같아."

유화가 말했다.

"다른 뭔가?"

이광호가 물었다.

"나도 모르지. 악령이나, 악마, 사탄…… 뭐 이런 게 아닐까 생각되는데? 그냥 괴물 같기도 하고."

"아, 답답해. 귀신이나 악령, 심하면 악마일 수도 있지. 뭘 그래. 과학적으로 설명 불가능한 일도 있는 거잖아. 아무튼 해결 방안이 있다고 하고, 충분히 대비하고 있었다니까 믿어볼 만하잖아."

오세나가 말했다.

그녀의 말대로 해결방안은 존재할 것이다. 총수의 말에 따르면 차길수는 예언 능력을 지니고 있었고, 그렇다면 믿어볼 만했다. 교단 자체는 수상해도 지금은 찬물 더운물을 가릴 때가 아니었다.

이광호는 병상에 누운 사람들을 응시했다.

어린 아이도 있었고, 젊은 사람, 노인도 있었다. 깨어있는 이들은 모두 4명, 나머지는 모두 인공호흡기를 단 채로 미동도 보이지 않고 있었다.

그들을 가만히 바라보고 있는데 교주가 다시 모습을 드러냈다.

"그 뒤에 이야기를 나누기에는 적당한 장소가 아닌 것 같군요. 이쪽으로 오시죠."

그는 계단을 여러 차례 올라갔다. 4층의 좁은 방이었다. 신현재는 그곳에 들어가기 전, 옷매무새를 가다듬고 합장을 하고 기도를 올렸다. 짧은 목례를 마치고 그는 안으로 들어갔다. 불교에서 볼 수 있을 법한 물품들이 방 안에 빼곡했다.

"들어오시죠."

신현재가 말했다.

13.

신현재는 나트교에 대해서 이렇게 설명했다.

"저희 교단은 종교를 굳이 나누지 않습니다. 지혜로운 자는 모든 진실에 의심을 품기 마련이죠. 차길수 전 교주님이 즐겨 하셨던 말씀입니다.

세상에 대표되는 불교, 천주교, 기독교 등 모든 종교들은 모두 한 분의 뜻인 겁니다. 다만 교리를 중요시하고, 따르고, 공통점을 찾아보면 알게 되는 것이 많죠. 전 교주님은 미래를 볼 수 있던 분, 우리는 주로 그분의 기록을 통해 많은 것을 사유하고 공부하고 있습니다."

"알겠습니다. 하지만 늑장부릴 시간은 없습니다. 바이러스 때문이 아니라 정말로 정체불명의 다른 무언가 때문이라면 빨리 해결방안을 찾아야 합니다. 아까 해결방안이 있다고 하셨죠. 어떤 것인지 들을 수 있습니까?"

유화가 물었다.

"시간 능력자라고 하셨죠."

신현재가 이광호를 보며 물었다.

"세상엔 바꿀 수 없는 미래도 있습니다. 과거와 미래, 그리고 현재는 공통선상을 타고 있죠. 과거로 인해 현재가 있고, 현재의 선택으로 인해 미래가 있습니다. 현재의 선택이나 과거의 행적을 바꾸면 미래나 현재가 바뀔 것으로 사유할 수 있으나. 신께서는 반드시 있어야 할 일을 만들어 두셨죠."

그는 책장에서 노트 한 권을 뽑아 왔다.

"차길수 전 교주님이 기록해두셨던 것입니다. 이번 사태에 대해서 교주님은 악마의 소행으로 간주하고 있습니다."

신현재가 말했다.

"세상에는 악한 영혼을 지닌 존재들이 많습니다. 우리는 차길수 전 교주님의 뜻을 이어서 그 악령들의 행적을 쫓고, 소소하지만 세상을 구하는 일에 일조하고 있습니다. 이광호씨, 표식을 보셨나요?"

"예, 봤습니다."

이광호가 말했다.

"불에 데인 듯 뜨거운 표식이었을 겁니다."

신현재가 말했다. 그는 노트를 펼쳐 모두에게 보여줬다.

"이 표식입니다."

거기에 이광호가 봤던 표식과 똑같은 그림이 그려져 있었다.

"기독교 성경에 보면 예언들이 참 많습니다. 하지만 모두 단편적이고 알기 어렵게 적혀져 있죠. 차길수 전 교주님은 보다 더 자세하게 적어두고 가셨습니다. 하지만 혼란이 올 것을 대비해서 이렇게 숨겨진 곳에 교단을 세우고 기록들을 정리해두고 가셨죠."

노트에는 표식뿐만 아니라 다른 내용들도 적혀 있었다.

"표식은 단지 시작에 불과할 뿐입니다."

신현재가 말했다.

"사람들이 뇌사 상태에 빠지고, 정체불명의 병에 걸리기 직전 전조가 있었습니다. 모든 별이 일렬로 정돈되는 밤에 있었죠. 그때 우리는 유성이 비처럼 쏟아지는 것을 보았습니다. 언뜻 보기에는 아름다운 장면일 수 있으나, 우리는 기록을 통해 그것이 전조라는 것을 알고 있었습니다. 신도들을 모두 교육시키고, 이 일에 대비해서 사람들을 보살필 수 있도록 의료기구 등을 구입해 뒀습니다."

"악마의 소행이라면 막을 수 있는 방안이 있습니까?"

유화가 말했다. 신현재는 그녀를 가만히 응시했다.

"물론, 있습니다. 하지만 해석 불가능한 부분도 있어서 저희로서도 이번 일은 도박에 가깝습니다. 하지만 아무것도 하지 않는 것보다는 낫겠죠."

"악령과 악마의 차이점이 뭔가요? 엑소시즘 같은 거로는 해결이 불가한가요?"

"악령은 악한 영혼들 전부를 말합니다. 악귀, 사탄, 악마, 모두를 포함

하죠. 하지만 악마라는 것은 애초에 인간의 영혼이 아닙니다. 주로 매개체를 이용하여 현생에 나타나죠. 만약 악마가 별다른 매개 없이 세상에 나오게 된다면 결과는 참담할 겁니다."

신현재가 말했다.

"매개체를 찾는 것이 관건입니다."

"어떻게 찾을 수 있습니까? 찾은 다음에는 어떻게 해야 하나요?"

이광호가 물었다.

"생물이라면 엑소시즘을 해야 하고, 불가능하다면 죽여야 합니다. 무생물을 매개로 했다면 의식을 거친 후에 불에 태워야 할 겁니다."

"현재로선 매개체가 무엇인지 알 수가 없다는 말이군요."

"안타깝게도 그렇습니다."

그는 덧붙여 설명했다.

"매개체를 찾더라도 문제가 있습니다. 바로 죽이거나, 바로 태워버리면 안 됩니다. 충분한 의식을 거친 후에 행해야 합니다. 그렇지 않으면 악마는 또 다른 적당한 매개체를 찾아서 몸을 옮길 겁니다."

"알겠습니다. 차길수씨가 남긴 기록 중에 단서라 할 만한 게 있습니까?"

이광호가 물었다. 신현재는 노트를 한 장 넘겼다.

"이겁니다."

차길수가 적은 것으로 보이는 예언의 내용이 적혀 있었다.

모든 별들이 일렬로 지새우는 날.
유성이 비처럼 쏟아지고 그 중에 가장 큰 별이 붉게 빛날 것이다.
사람들이 원인 모를 병에 걸려 엎드릴 것이나,
그들은 푸른 불빛이 도시를 뒤덮는 날에 다시 눈을 뜨게 될 것이다.

모든 초능력자들과 사람들의 운명에 수많은 갈림길이 도래하고 있다.

그때가 되면 표식이 나타나리라.

그리고 한 가지 표식이 더 나타날 것인데 그것은 숫자 '666'과 관계가 있다.

악마의 수장이 지하에 엎드려 울 때에 누군가 선택의 기로에 놓이게 될 것이다.

"악마의 수장이라면 루시퍼를 말하는 걸까요?"

이광호가 물었다.

"이제 한 배를 탔으니 말을 편히 하도록 하지. 성경을 토대로 해석하자면 그럴 가능성도 있어. 하지만 사탄과 루시퍼의 정의가 애매한 구석이 있지. 동일한 존재로 보는 의견과 다른 존재로 보는 의견이 있다는 거야. 사탄의 천사일적 이름이 루시퍼와는 다르다는 의견이야. 하지만 지금 중요한 건 그게 아니야."

신현재는 다시 앞장으로 넘겨 그림을 가리켰다.

이광호가 목격했던 표식과 같은 것이다. 악마의 시진과 비슷한 종류의 것.

"우리는 이 악마를 루시퍼의 아이로 보고 있어. 타락 천사가 최초로 낳은 순수한 악마를 가리키지. 문제는 이름이 불분명한 만큼 엑소시즘으로 활용할 구절 또한 불확실하다는 점이야. 그래서 우리는 수많은 대책을 강구해왔지. 이광호군, 아직 이건 본 적이 없겠지?"

신현재가 뒷장으로 넘겨 차길수의 예언 아래에 그려진 그림을 가리켰다. 네잎 클로버에서 뚝 잘려나간 듯 보이는 그림이었다.

"생명의 열매라고 예전에 성행하던 것이 있었지. 우리는 이 표식을 생명의 열매라고 칭했어. 하지만 역설적이게도 이 표식이 나타날 쯤에 수

많은 생명이 위험에 놓이게 되는 거야. 숫자 666을 겹치도록 그리면 이 그림이 나온단다."

"악마의 이름을 모르면 어떻게 되는 건가요? 이 표식이 나타날 때면 모두 그 원인 모를 병에 걸리게 된다는 말씀인가요?"

오세나가 물었다.

"아니야. 상황은 더 심각해."

신현재가 말했다.

"병에 걸린 이들이 눈을 뜨게 되는 날이 문제야. 이 부분에 대해서 해석을 해봤는데 그들 모두가 악령에 사로잡힐 가능성이 있어. 사람의 몸으로 사람들을 죽이려 들 수도 있는 거지. 악마가 원하는 것이 그거야. 신이 창조한 이 세상이 모두 지옥으로 변하는 거지."

"우리가 이 일을 해결할 수 있을까요?"

유화가 말했다.

"이광호군이 우리에게 있으니 승산은 있어. 우리는 그들보다 매개를 빨리 찾아서 가능한 없애야 해. 부탁한다. 이광호군. 우리를 도와줬으면 해."

신현재가 말했다.

"저에겐 선택지가 없어요. 돕는 수밖에 없습니다. 하지만 최선을 다해 보겠습니다. 우리가 뭘 하면 됩니까? 매개체를 찾을 단서는 어디에 있죠?"

이광호가 물었다.

"그걸 부탁한다는 말이야. 내가 말했던 그들이란 악마 추종자 집단을 의미해. 그들은 우리의 얼굴을 알고 있어서 그동안 잠입은 불가능했어. 어떻게 해서든 알아보기 위해서 그들의 눈에 띄지 않은 첩자들을 보내왔으나 모두 죽임을 당했지. 위험한 부탁이지만 이광호군의 능력이라면 죽임을 당하기 직전에 시간을 되돌릴 수 있을 거야."

신현재가 말했다.

"위치는 말해줄 수 있어. 하지만 근처까지 데려다 주는 건 불가능할 거야. 그곳에 들어가서 쓸 만한 정보를 빼내와 주길 바란다. 우리에게 성경과 불경, 수많은 예언을 기록한 것들이 있다면, 저들에게도 악마의 성경이란 게 있어. 아주 오래 전에 뜯겨 나갔다는 마지막 장을 아마도 가지고 있을 거야."

"악마의 성경이라는 게 있군요."

"예전 불교의 승려가 악마에게 부탁해 만들었다는 성경이지. 하지만 그게 전부일 거라고는 생각하지 않아. 가능한 선에서 그 악마의 정체라도 알아왔으면 해. 매개가 그들의 손에 들어간다면 해결법이 사라지는 거니까. 아마 그들도 매개를 찾고 있을 거야."

신현재가 말했다.

그는 책장에서 오래된 지도를 꺼냈다. 변색되어 갈색 빛을 띠는 지도였다.

"여기야."

지도를 펼쳐 보이며 신현재가 말했다.

놀랍게도 지도는 서울시 한복판을 가리키고 있었다.

"이렇게 눈에 띄는 장소에 있었나요?"

"그들의 의도는 우리도 몰라. 하지만 신도들은 꽤나 많은 것으로 알고 있어. 찾아가는 데 무리가 없을 거야. 내일이 마침 새 신도들을 모집하기 위해 그들이 문을 여는 날이야. 일단은 여기서 하루 쉬고 떠나주게. 정보가 모이면 바로 빠져나와 여기로 오게. 아마도 세례를 받아야 할 거야."

신현재가 말했다.

그는 3층의 객실로 방문객들을 안내했다.

14.

모두가 잠든 시각, 신현재는 차길수의 기록물을 보고 있었다. 그의 예언에 의하면 다양한 갈림길이 존재했다. 이광호 일행에게는 말하지 않았지만 그 갈림길에 대한 자세한 내용이 적힌 기록물이 있었다. 모두 세가지 정도였다. 한 가지는 세상의 종말을 의미했고, 다른 한 가지는 일부만이 살아남는, 또 남은 한 가지는 가장 이상적인 결과지만 피해가 있었다. 신경 쓰이는 부분이 있어서 말해주지 못한 정보였다.

'바로 이 부분.'

신현재는 노트에 적힌 마지막 문장에 주목했다.

다만 변수가 있다.
모든 선택을 뒤흔들 만한 파장을 지녔다.

혹시나 싶어서 말하지 못했다.

신현재는 무거워진 눈가를 움켜잡고 눈을 감았다.

전 교주, 차길수는 어떤 생각이었을까. 이 수많은 예언들을 유일하게 해석할 수 있는 자였다. 그러나 죽고 없었다. 확실하게 전하는 기록이 있는가 하면 이처럼 설명이 빠져있는 부분도 존재했다. 살아있을 적에 어떠한 이유가 있어서 상세히 기록하지 못했을 거라고 추론하고 있지만, 그 정확한 이유에 대해선 알 수 없었다.

신현재는 신도들을 불렀다.

"부르셨습니까. 교주님."

신도들이 말했다.

"성전을 준비해야 한다. 저들이 떠나고 나면 우리는 세 번째 계획대로 진행할 것이다. 그들에게 피해가 가더라도 우리는 최소한의 피해만을 감수해야 할 거야. 힘들고 고된 밤을 여러 번 지새워야 할 테니, 만전을 기하면서 준비하도록."

신현재가 말했다.

최소한의 피해. 목적은 어디까지나 보다 많은 생명을 구하는 데 있었다.

"알겠습니다."

신도들이 물러갔다.

신현재는 한 사내를 떠올렸다. 유달수, 그에 대한 기록이 차길수의 예언집에 적혀 있었다. 알면서도 침묵해야 하는 데에는 다 이유가 있었다.

쉽게 찾기 어려운 장소에 교단을 설립한 이유.

"전 교주님, 당신에게 갈 준비를 서둘러야 하겠습니다."

신현재가 중얼거렸다.

제 3장
등 돌린 자들

타임 워커 2 : 꿈을 꾸는 아이

15.

7월 19일 월요일.

도심의 한복판. 이광호는 특이할 점 없는 건물을 바라봤다. 크지도, 작지도 않은 독립된 회사처럼 생긴 건물은 사람들이 많이 지나다니는 유흥가에 위치해 있었다. 여타 회사들과 다른 점을 꼽자면 그 흔한 카페나, 편의점도 존재하지 않는다는 거였다.

추종자들이 돈을 모아서 지었다는 건물 밖에, 그 신도들로 보이는 이들이 전단을 나눠주고 있었다. 바자회를 개최하고 있다는 수상한 말과 함께 사람들을 안으로 끌어들이는 모습이었다. 신도들의 정체를 모르는 이들이 건물 안으로 속속들이 들어서고 있었다.

"들어가는 것까지는 수월할 것 같아."

오세나가 말했다.

"그럼 일단은 자연스럽게 안으로 들어가면 되겠어."

유화가 말했다.

이광호는 그녀들을 데리고 신도들 앞에 섰다. 말끔한 차림새와 성실하게 생긴 번듯한 인상의 사람들이었다. 그들이 사실은 악마들을 신처럼 떠받들고 있다는 사실을, 평범한 사람들은 모를 것으로 보였다.

"안녕하세요. 우리 회사에서 바자회를 개최 중에 있어요. 잠깐 들어가서 이야기 좀 듣고 가세요."

앞머리를 단정하게 옆으로 넘긴 남자가 말했다.

"어떤 회사인데요?"

이광호가 말했다.

"우리 회사는 구호 단체라고 생각하면 돼요. 유기 동물들을 보호하고 적당한 가정에 입양해주는 일을 하고 있답니다. 후원도 받고 있어요. 후원자들 사이에서 친목도모를 할 수 있게끔 동아리나 산악회 활동도 하고 있고요. 바자회는 무료니까. 잠깐 들어와서 구경하다가 가시면 됩니다. 후원에 대한 압박은 없으니 부담 가지지 마세요."

남자가 말했다.

"그럼 잠깐 들어갔다가 나올까?"

유화가 이광호를 보며 말했다.

"그러지, 뭐."

이광호가 대답했다.

남자 신도는 환하게 웃으며 바자회가 열리는 2층으로 안내했다. 평범한 바자회처럼 보이는 모습에, 새로운 신도들을 모집하고 있다는 사실은 거짓말처럼 느껴졌다. 과자나 사탕 종류, 우유, 빵, 과일 등으로 간단하게 바자회가 진행되고 있었다.

자리에 앉아서 대화를 나누는 사람들을 지켜보다가, 이광호 일행은 함께 들어온 남자 신도에게 이끌려 테이블에 자리하고 앉았다.

"차린 건 많지 않지만 하나씩 드시면서 이야기를 나누도록 하죠."

남자가 말했다.

대화의 내용은 생각보다 평범했다. 혹시나 잘못 찾은 것은 아닌지 의구심을 품던 와중에 남자가 말을 꺼냈다.

"버려진 유기견, 유기묘들이 많아요. 하나님은 모든 생명을 다 똑같이 생각하고 만들었습니다. 그 점에 동의하시나요? 이러한 실태가 계속되고 있다는 걸 아신다면 하나님의 자녀로서 외면하면 안 된답니다. 후원이 아니더라도 작은 보탬이 되는 일을 할 수 있어요. 혹시 관심 있으십니까?"

"어떤 건데요?"

오세나가 관심 있는 얼굴로 말했다.

"작은 성의예요. 일단은 자리를 옮겨야 해요. 그 전에 한 가지 질문을 드릴 건데, 혹시 하나님의 진정한 뜻에 관심이 있으십니까?"

남자가 물었다.

"진정한 뜻이요? 궁금하긴 한데."

오세나가 대답했다. 남자는 고민하는 얼굴이었다.

"일단은 합격이에요. 그럼 자리를 옮기도록 하죠. 지금 바로 가능할까요?"

남자가 말했다.

"그럼요. 인신매매만 아니라면 괜찮아요."

"그렇군요. 우리는 수상한 사람들이 아니니 안심해도 좋습니다."

남자가 젠틀하게 웃었다.

이광호는 바자회에 모인 이들을 응시했다. 저마다 대화를 나누고는 있지만 수상한 움직임이라든가 하는 모습은 보이지 않았다.

"저희만 가는 건가요?"

유화가 물었다.

"아니요, 관심 있는 분들을 추려서 함께 움직일 겁니다."

남자가 말했다.

"바자회가 끝나는 오후 4시경에 함께 가도록 할 거예요. 다시 말씀드리지만 인신매매단이나 그런 것은 정말 아니니 걱정 마십시오."

"일단은 알겠습니다."

이광호가 대답했다. 남자는 나가볼 일이 있다며 밖으로 나갔다.

"어떤 것 같아?"

오세나가 물었다.

"괜찮은 것 같은데. 일단은."

이광호가 대답했다.

잔잔한 노래가 바자회장 안에 울리고 있었다. 사람들의 긴장과 의심을 풀기 위한 장치로 보였다. 유기견과 유기묘를 구호하는 일을 하고 있다고 하면서, 어떤 식으로 악마를 추종하게 만들지는 예상되었다. 하나님의 진짜 뜻이라는 걸 자신들의 입맛대로 탈바꿈해둘 것이 분명했다.

조금 기다리자 바자회가 끝이 났다. 무심하게 밖으로 나간 이들이 있는가 하면, 이광호 일행처럼 가만히 자리에 앉아 대기하는 사람들도 있었다.

무늬만 구호 단체의 직원들이 모두를 안내했다.

"모두 9분이시고요. 3분씩 나눠서 3조로 이동하면 될 것 같아요. 귀한 시간 내주셔서 감사합니다."

이광호를 처음 데려왔던 남자가 말했다. 그는 자신을 '박 팀장'이라고 소개했다. 이광호 일행은 박 팀장과 같은 차를 타고 가게 되었다.

"목마르지 않으십니까?"

박 팀장이 말했다.

그가 생수 한 병을 건넸다. 오세나가 생수병을 따서 물을 마시고 유화에게 건넸다. 유화와 이광호가 차례로 물을 받아마셨다.

"도착하시면 알겠지만 우리는 구호 단체이기 이전에 작은 교회를 운영하고 있습니다. 원래는 교회였는데 하나님의 뜻을 알고 크고 작은 일들을 하게 되었죠. 회사 내에서 박 팀장이라고 불리고, 교회에서는 유치부 아이들을 가르치고 있습니다."

박 팀장이 말했다.

"그렇군요. 그런데 언제 도착하죠?"

이광호가 말했다.

"한 숨 푹 자고 일어나면 도착해 있을 겁니다."

박 팀장이 말했다.

오세나와 유화는 이미 잠들어 있었다. 물에 뭔가를 탄 듯이 졸음이 쏟아졌지만, 이광호는 창 밖을 보며 졸음을 몰아냈다.

"졸리시면 자도 됩니다. 하지만 그건 개인 선택일 뿐이죠."

박 팀장이 웃으며 말했다.

차가 달려 도착한 곳은 작은 시골 마을이었다. 제법 규모가 큰 교회 건물 앞에 차가 멈춰 섰다. 박 팀장이 룸미러를 응시했다.

"이광호씨, 일행 분들을 깨워주시겠습니까?"

박 팀장이 말했다. 이광호가 그녀들을 흔들어 깨웠다.

"도착했어? 미안해. 갑자기 졸음이 쏟아지는 바람에."

오세나가 말했다.

"그러게. 내가 멀미를 하는 편도 아닌데 말이야."

유화가 머리카락을 정돈하며 말했다.

"이쪽으로 오시죠."

박 팀장이 말했다.

이광호는 그녀들을 데리고 팀장의 뒤를 따랐다. 진돗개가 개집 앞에 묶여선 채 꼬리를 천천히 흔들었다. 뒤따라온 사람들도 차례로 내려서 오고 있었다.

교회당에 사람들을 모아놓고 박 팀장이 말했다.

"우리 교회는 밤낮없이 매일같이 기도를 드린답니다. 예배에 시간 구분을 따로 두지 않아요. 여러분들은 모두 이곳에 관심이 있어서 온 것으로 생각되는데 어떠십니까? 오늘 밤에 예배가 있는데 한번 듣고 가시겠습니까? 물론 집까지는 다시 태워다드리니 불편한 점은 없으실 겁니다."

그러고는 교회 주변을 안내하기 시작했다.

"이 마을 사람들 모두가 사실상 우리 교회의 신도들이랍니다. 모두 그분의 자녀들이죠. 아시겠지만 이런 작은 동네일수록 결집력이 커서 말이에요. 여러분처럼 이곳에 와서 설명을 들은 후에 교회 근처에 마련된 집에서 지내는 분들도 꽤 되시죠."

박 팀장이 말했다.

"다 같이 농사도 짓고, 날을 잡아서 놀러 다니기도 해요. 여기서 살게 되신다면 돈 문제나 여러 모든 문제에서 자유로울 수 있을 겁니다."

박 팀장은 마을 주변을 소개하고 나서 모두를 교회 근처의 작은 집으로 안내했다. 마을 사람들이 모이는 사랑방 같은 구조였다. 마을 사람들 세 명이 그곳에서 쉬고 있었다. 그들 모두가 친절한 태도로 외지인을 맞이했다.

"여기서 잠깐 쉬고 계시죠. 8시쯤 지나서 슬슬 오시면 됩니다."

박 팀장이 말했다.

이광호와 오세나, 유화는 방 한 구석에 마련된 방석을 꺼내와 앉았다. 예배 시간은 1시간쯤 뒤에 있었다.

이광호는 2시간 뒤의 미래로 시간을 옮겼다.

16.

7월 19일 월요일 pm 9:08

교회당에 인적이 없었다. 8시에 예배를 시작한다던 박 팀장의 말이 사실이 아니었던 것이다. 마을 전부를 수색했지만 인가에도 사람이 없었다. 모두가 어떤 곳으로 자리를 옮겨갔다는 것인데, 아무래도 악마 추종자들의 집단인 만큼 비밀스러운 장소로 몰려가 있는 것 같았다.

그래도 암흑 속에서 수상한 의식을 진행하진 않을 것이다. 이광호는 어둠 속에서 불빛을 좇았다. 나무 사이로 멀리서 희미하게 불빛이 비쳐오고 있었다. 불빛을 똑바로 보고 계속해서 걸어가니 건물 한 채가 나왔다. 붉은 벽돌로 쌓아 올린 건물이었다. 창문이 드문드문 있었고 출입문은 하나였다.

이광호는 창문 너머를 응시했다.

"……것은 모두 그 분의 뜻이니. 우리들의 행동은 전혀 부끄러운 것이 아닙니다."

누군가의 목소리가 들려왔다.

그 안을 자세히 들여다보니, 무릎을 꿇고 앉은 이광호 자기 자신이 보였다. 그 옆에 오세나와 유화도 함께 있었다. 함께 따라온 사람들도 있는 것으로 봐서 모두가 이곳으로 옮겨져 온 것으로 보였다.

이광호는 시선을 돌려 박 팀장을 찾았다.

그는 깍지를 끼고 잠깐 목례를 마친 후에 제단처럼 꾸며진 곳 앞에 다가가 섰다. 악마 추종자들답게 제단은 음산하게 꾸며져 있었다. 잘려나간 염소의 목이 중앙에 놓여 있고, 제단 옆으로 염소의 몸통이 보였다.

'우리들 모두가 순순히 여기로 들어왔을 거란 생각은 안 드는데.'

이광호가 건물의 느낌을 평가하며 생각했다.

붉은 벽돌로 된 집은, 쉽사리 들어서기 꺼림칙한 분위기가 있었다. 이광호 일행은 모른 척 들어왔을지 모르는 일이지만, 다른 이들까지 함께인 것으로 봐서 아마도 반강제적으로 끌려왔을 가능성이 컸다.

하지만 적어도 오늘 죽임을 당하진 않을 것 같았다. 박 팀장 외의 추종자들은, 신현재의 말처럼 새 신도들을 모집하려는 것 같았다.

이광호는 다시 2시간 전으로 시간을 돌렸다.

"왜 멍 때리고 있어?"

오세나가 물었다.

"잠깐 어떤 생각 좀 하느라."

이광호가 말했다.

그는 마을 사람들을 바라봤다. 모두 세 명. 마흔 살 정도로 되어 보이는 중년 여자 한 명. 그리고 마을 이장이라는 60대 노인, 중년 여자보다 젊어 보이는 남자 한 명이었다.

17.

8시가 되기 10분 전에 박 팀장이 도착했다. 그는 아까 전과 같은 친절한 미소를 보이고 있었다.

"이제 나가 보시죠."

박 팀장이 말했다.

이광호는 일어서는 오세나의 팔을 잡아끌고 속삭였다.

"밖으로 나가면 아무 일 아닌 것처럼 행동해. 저들이 수상한 움직임을 보이더라도 반항하면 안 되고. 아마도 머리가 아플 수 있을 건데, 그렇게 되어도 절대 당황하지 말고 한방에 기절하는 편이 좋을 거야."

"오빠, 벌써 보고 온 거야?"

오세나가 물었다.

"유화에게 알려줘."

이광호가 말했다.

그는 먼저 바깥으로 나섰다. 오세나가 유화에게 말하는 사이에 이광호는 박 팀장과 대화를 나눴다. 주로 예배와 관련된 이야기였다. 미래를 보고 온 것은 확실한 것 같은데, 의외로 평온하게 대화를 나누고 있었다.

오세나는 유화에게 설명을 마친 후에 밖으로 나섰다.

"미래를 보고 온 것 같다 이거지?"

유화가 오세나에게 말했다.

"그런 것 같아. 아마도. 그러니까. 되도록 태연하게 행동해."

오세나가 말했다.

박 팀장 외에 마을 사람들이 많이 있었다. 그들 모두가 예배 이야기를 나누고 있었다. 오늘 예배에 대한 이야기들. 별다를 것이 없는 이야기였다.

밖으로 나오니 이광호가 그녀들을 쳐다봤다.

"이제 가도록 하죠."

박 팀장이 말했다.

마을 사람들을 이끌고 박 팀장은 교회 근처로 향했다. 이광호가 박 팀장의 옆에서 오늘 예배의 내용에 대해서 듣는 사이에 오세나가 마을 사람들을 주시했다. 갑자기 머리가 아파져도 한방에 기절해버리라는 그의 말은, 기습을 암시하고 있었다.

모두 착하게만 생긴 그들이 한 순간에 돌변할 거란 생각에 위축되는 느낌이었다. 하지만 잠입에 성공해 정보를 얻으려면 일단은 그들의 의도대로 따라줘야 했다.

"잠깐 모두 멈춰 서세요."

박 팀장이 교회 앞에 멈춰서 말했다.

"예배에 앞서 기도를 드립시다."

마을 사람들이 그들의 말에 따라 깍지를 끼고 묵념했다.

오세나는 그들을 따라 눈을 감는 척했다. 실눈을 뜨고 사람들을 주시하는데, 갑자기 마을 사람들이 눈을 뜨고 교회 근처에서 각목을 갖고 다가오는 것이 보였다. 그리고 한 순간이었다. 그들이 사람들의 머리를 향해 각목을 휘둘렀다.

한방에 기절하라는 그의 말을 따라 오세나는 정신을 놓았다.

18.

눈을 뜨자 보인 것은 피 묻은 제단이었다. 어두컴컴한 건물을 벽에 매달린 작은 횃불이 밝히고 있었다.

박 팀장이 염소를 끌고 와 제단 앞에서 목을 잘랐다. 피가 흩뿌려지고 염소의 울음소리가 멎었다. 하나둘씩 깨어난 사람들은 정신이 몽롱해보였다. 이광호는 약간 어지러운 머리를 부여잡고 제단과 조금 떨어진 장소에 무릎 꿇려 있었다.

"여러분께 범례를 범해 죄송하게 생각하고 있습니다."

박 팀장이 말했다. 그리고 그는 교주를 사람들 앞에 내세웠다.

"제가 이 교회를 이끄는 사람입니다. 사람들은 흔히 교주라고 부르지만 저는 그 호칭을 싫어하니 그냥 이장이라고 불러주십시오."

이장이 말했다. 사랑방에서 함께 있었던 60대의 노인이었다.

"하나님의 진정한 뜻이 뭔지 정답을 구하러 오셨다는 것 압니다. 기쁘게 생각하고 있습니다. 여러분은 이 시간부로 우리의 가족이 될 것이니, 부디 이 의식을 성공리에 마쳐주십시오. 낯설지 않도록 설명과 함께 의식이 진행될 겁니다."

마을 사람들은 모두 뒷자리에 앉아 있었다. 교회 예배당에서 볼 수 있는 기다란 의자가 뒤에 늘어서 있었다. 성가대가 채우고 있어야 할 자리에, 이광호를 포함한 외지인들이 무릎 꿇려 앉혀져 있었다.

"하나님께서 완전한 분이란 걸 아신다면 천사와 악마 둘 다 모두 그분의 뜻이란 걸 알고 있으실 겁니다. 그렇다면 둘 다 꼭 필요한 존재일 터. 우리는 천사의 반대편에서 하나님의 뜻을 돕고 있습니다. 예전 루시퍼를 불러들이려던 어리석은 교회를 아실 겁니다. 우리는 악마를 불러들이지 않으면서 편견 없이 꼭 해야 할 일들을 한답니다. 세상에 선이 있다면 꼭 필요한 악도 있는 법입니다. 모두 아시겠습니까?"

"아멘."

마을 사람들이 대답했다.

'완전 미쳤군.'

이광호가 속으로 생각했다. 사이비는 진저리나게 많이 봤지만 이런 곳은 처음이었다. 굳이 이곳에서 답을 찾아야 한다는 사실이 마땅찮게 느껴졌다.

하지만 필요한 일이다. 이광호는 앞을 응시했다.

"새로운 신도들을 받습니다."

이장이 말했다.

"악마가 탄생한 것은 모두 그 분의 뜻이니. 우리들의 행동은 전혀 부끄러운 것이 아닙니다. 모두 믿습니까?"

"아멘."

이광호는 옆을 바라봤다. 깨어난 사람들이 당황한 얼굴로 그들의 움직임을 보고 있고, 오세나와 유화는 침착하게 상황을 주시하고 있었다. 함께 잡혀온 사람들이 도망가지 않는 것은 움직임이 불편한 데에 있었다. 그들은 모두 손을 뒤로 한 채 밧줄로 묶여 있었다.

"오늘, 새로운 가족들을 받는 의식을 진행하니, 위대한 사탄이시여. 새로운 가족들을 받아들이소서."

이장이 말했다. 외지인들 뒤에 서있던 박 팀장이 금빛의 큰 잔을 들고 이장의 곁으로 다가갔다. 이장이 죽은 염소의 목을 움켜잡아 피를 잔에 받아냈다.

이장이 가득 담은 피를 가져와 외지인들 앞에 섰다. 그리고 억지로 그들의 목을 잡아 받아낸 피를 차례로 마시게 했다. 유화의 차례가 지나고 오세나가 그 피를 마시고 있었다. 그녀는 힘들어하면서도 마지못해 삼키는 모습이었다.

"이제 마지막 사람입니다. 이장님."

박 팀장이 말했다. 이장이 들고 있던 금빛 잔에 담긴 염소의 피를, 이광호는 군말없이 모두 삼켰다.

"별다른 반항을 하지 않는 모습을 보니, 아주 기쁘군요. 이제 우리 가족이 되었으니. 형제여, 이름이 무엇입니까?"

이장이 물었다. 이광호는 아무 말도 하지 않고 그를 바라봤다.

"괜찮습니다. 이제 곧 당신도 우리 형제들처럼 저에게 마음을 열 수 있겠죠."

그는 새로 온 사람들을 좁은 방으로 안내했다. 햇빛도 들지 않고 창문도 없는 방이었다. 3인 1실로 구성된 방으로, 세 명씩 한방에 집어넣고 문을 닫았다. 동굴 같은 방에 사람들을 집어넣고 밖에서 문을 잠근 후에 그들은 다음 사람들을 방으로 들어가게끔 유도했다. 이광호 일행은 가장 마지막으로 방에 들어가게 됐다.

잠긴 문을 보며 이광호가 말했다.

"다행히도 밖에서 걸쇠로 잠그는 구조인 것 같아. 별다른 열쇠는 없으니 들킬 일도 없을 거야. 세나야, 아까 힘들어 보이던데 괜찮아?"

"너무 역했어. 생피를 마시다니. 처음이야."

오세나가 말했다.

"나는 어릴 적에 먹어본 적이 있긴 해서 괜찮았어. 유화씨는 어땠어요?"

"우리만 남으니까 또 존댓말 쓰네. 저도 괜찮았어요."

유화가 말했다. 그녀는 오세나와 마주봤다. 그리고 마주보며 빙긋 웃었다.

"잠입에 성공했다!"

그녀들이 작게 소리치며 박수를 쳤다. 놀이를 하듯 즐거운 모습이었다. 겨우 몇 살 차이인데도 자신과는 다르게 해맑은 모습이다.

이광호는 복도 쪽 문에 달린 작은 창틀로 밖을 내다봤다. 신도들과 박 팀장은 보이지 않고 있었다. 오직 이장만이 복도를 둘러보며 전등을 하나씩 끄고 있었다. 그도 조만간 모습을 감출 것처럼 보였다.

"오빠."

오세나가 말했다.

이광호가 그녀를 돌아봤다.

"뭐해? 일하러 갔다 와. 오빠가 멍 때릴 동안 우리는 이곳의 기억을 읽고 있을게. 내가 밖을 살피고 언니가 기억을 읽을 거야. 오빠는 잠깐 미래든 과거든 다녀와. 가서 우리가 언제까지 여기에 있을 건지도 좀 알아 오고."

오세나가 말했다.

"알았어. 잘들 놀고 있어."

이광호가 웃으며 말했다.

오세나가 이광호가 서있는 문가로 다가오고, 유화는 침대가로 다가가 한 손을 얹었다. 수상한 움직임을 보이면 안 되기에, 이광호도 방 한편에 놓인 의자에 앉아 타임 워킹을 시도했다.

7월 19일 월요일. pm 7:00

이광호는 사랑방 안에 머물고 있는 이장을 바라봤다. 그는 중년 여자와 함께 대화를 나누고 있었다. 주변에 누가 없다고 생각하는지 큰 소리로 대화를 나눴다. 덕분에 말소리가 정확하게 들렸다.

"이번에도 열흘 정도겠지."

이장이 말했다.

"이장님, 이제 곧 그때가 될 거예요. 바깥세상 좀 봐 봐요. 난리 아니에요?"

중년 여자가 말했다. 그녀는 깔깔 웃었다.

"하지만 아직 매개를 못 찾았어."

"분명 사람이었죠?"

"그래요. 사람이었죠. 매개가 사람이라니. 엑소시즘도 통하지 않을 겁니다. 이름을 정확히 알아야 엑소시즘을 성공적으로 완료할 수 있다니. 인간이란 참 연약하죠. 매개를 없애려면 죽여야 할 것인데 그럴 수 있을까요?"

함께 있던 남자가 말했다.

"진짜 죽일 수도 있어. 그들이라면."

이장이 말했다.

"진짜 죽이면 어떡하죠?"

중년 여자가 말했다.

"그냥 죽이고 끝난대도 우리에겐 나쁠 것이 없어."

이장의 푸근한 인상이 순식간에 험악하게 변했다. 아주 비열한 웃음이 그의 입가에 걸려 있었다. 그들이 원하는 바가 뭐든, 좋은 것은 아닐 것 같았다. 하나님의 진짜 뜻을 운운하며 이곳으로 굳이 새 신도들을 데려온 이유도 의문이었다.

제압 가능한 최소한의 인원만 데려온 것으로 봐서, 어쩌면 차후에 제물로 쓸 생각일 수도 있었다. 하지만 형제라고 칭한 것으로 보아, 그들 나름대로의 배려일 수는 있었다. 무엇이 됐든, 악마를 숭배한다는 점에서 좋아 보이지는 않았다.

이장이 창 너머를 건너다 봤다. 이광호는 몸을 숨기고 잠시 기다렸다가 다시 안을 들여다봤다.

이장이 문가 쪽으로 다가가고 있었다.

"이제 올 시간이네요."

남자가 말했다.

"자연스럽게 행동해."

중년 여자가 말했다.

이광호는 손목시계를 내려다봤다. 7시 8분. 그가 오세나, 유화와 함께 사랑방에 방문했던 시간이었다.

그는 갇혀있던 방을 떠올리고 시간을 되돌렸다.

19.

유화는 사이코메트리로 방 안의 기억을 읽고 있었다. 그녀가 방 안을 구석구석 돌아다니며 기억을 살피는 동안, 오세나가 문에 달린 창틀 너머로 망을 보고 있었다.

"열흘 동안 갇혀있게 될 거라는 말이지?"

이광호에게 상황을 전해들은 오세나가 물었다.

"이장의 말에 의하면 적어도 그래."

"그 뒤로는 어떻게 되는 거야?"

"그건 잘 모르겠어. 하지만 열흘 뒤까지는 우리를 살려두겠다는 말이겠지. 아마도 우리를 세뇌시켜서 자기네 팀으로 만들거나, 제물로 쓸 작정일 거야. 하지만 우리가 죽을 일은 없을 테니까. 걱정하지 않아도 좋아."

"열흘 동안 가능한 정보를 수집해야 돼. 매개에 대한 정보는 없었어?"

오세나가 유화를 살피며 물었다. 그녀는 벽면을 짚은 채 눈을 지그시 감고 있었다.

"매개가 사물이 아니라는 데 감사해야겠지."

이광호가 말했다.

"그럼 동물이야?"

오세나가 물었다.

"아니, 사람이야. 엑소시즘 없이 매개를 죽게 만들면 다른 사람으로 옮겨갈 거란 이야기를 들었어."

이광호가 말했다.

"나트 교 사람들이 있으니까. 괜찮겠지? 그럼 아직 이곳에서는 매개를 찾지 못한 거겠네. 그런 말은 안 하는 걸 보니까."

"이곳에서도 찾고 있는 것 같아."

"그렇구나. 그럼 그 사람을 어떻게 찾지?"

"아마도 특별한 단서도 없이 매개를 찾을 생각은 아닐 거야. 찾는 것에 급급하지 않은 걸 보니까. 그럴 필요는 없는 것 같아. 아마도 먼저 찾아내서 보호하려는 작정이겠지. 그 사람에 대한 단서를 찾게 되면 곧바로 이곳을 나가자."

이광호가 말했다.

"하긴, 엑소시즘은 나트 교에서 알아서 하겠지. 알겠어."

오세나가 말했다. 그때 유화가 기억을 읽던 것을 중단하고 다가왔다.

"언니, 뭐 알아낸 것 좀 있어?"

오세나가 물었다.

"쓸데없는 정보들뿐이야. 밥이나 간식은 꼬박꼬박 챙겨 줬던 것 같아. 그때만 문을 열어주고 나머지 시간에는 주로 갇혀 지냈어. 이곳에 들어온 사람들은 모두 평범한 사람들이었던 것 같아."

유화가 말했다.

"왜 새로운 신도들을 받는 걸까?"

오세나가 이광호를 보며 물었다.

"매개를 찾으려는 걸 수도 있어. 하지만 그게 아닐 수도 있지. 신도들에게 돈을 받는 것도 아니니까. 아마도 사람들이 조금이라도 더 필요한 이유가 있을 거야. 어쩌면 저들 입장에서의 나름대로 기회를 준 것일 수도 있지."

이광호가 말했다.

"기회를 줬다고?"

오세나가 물었다.

"여기에 오기 전에 질문을 했었잖아. 그 대답을 듣고 통과한 사람들만 자기네들이 구해주겠다는 입장이었을 수 있다는 말이야."

이광호가 대답했다. 그리고 덧붙여 말하려는데 어지럼증이 덮쳐왔다.

"왜 그래?"

오세나가 물었다. 이광호가 손으로 이마를 짚으며 대답했다.

"그냥 갑자기 머리가 아픈 것 같아서."

"사실, 나도 머리가 조금 아픈 것 같아. 속이 울렁거리는 것 같기도 하고."

오세나가 말했다.

"그럼, 일단은 앉자."

유화가 말했다. 그녀는 오세나를 침대로 데려가 앉혔다. 현기증이 나는

지 괴로운 모습이었다.

"많이 힘들면 잠깐 누워 있어."

유화가 오세나를 눕히며 말했다. 이불을 목까지 덮어주고 그녀가 눈을 감는 것을 지켜본 뒤에, 유화가 이광호를 응시했다.

"오빠가 다녀오는 데 걸리는 시간이 있어. 길지는 않고 3분 정도인 것 같아. 시간을 정확하게 설정하지 않으면 대충 3분 정도의 시간 뒤에 다시 돌아오게 되는 것 같아. 세나는 잘 모르겠다고 하지만 내가 보기엔 그래. 참고하라고."

유화가 말했다.

"알겠어요. 또 다녀올 테니. 세나 좀 부탁해요."

이광호가 말했다. 그는 닷새 뒤로 시간을 옮겼다.

20.

7월 24일 목요일 am:8:00

이장은 건물 뒤에 있었다. 박 팀장과 함께 대화를 나누는 듯이 보였는데 단 둘이서만 있는 걸로 보아 중요한 이야기인 것 같았다. 이광호는 몸을 숨긴 채로 그들의 대화를 엿 들었다. 작은 말소리여서 최대한 청각을 곤두세워야 간신히 들을 수 있었다.

"그녀가 정말로 맞을까요?"

박 팀장이 말했다. 신중한 목소리였다.

"그렇다면 우리가 보호해야 해. 그들의 눈에 띄지 않게."

이장이 말했다. 그는 두리번거리며 인기척을 살폈다.

"불편한 점이 없도록 정성껏 모셔야 돼. 몸을 추스를 수 있도록 잘 도와줘."

"알겠습니다."

박 팀장이 말했다.

"그런데 천운입니다. 이렇게 빨리 찾게 되다니요."

"아닐 수도 있어. 김치 국 들이키지 말라고."

"네, 물론이죠. 너무 안심하지는 않도록 하겠습니다. 그런데 마을 사람들은 어떻게 할까요?"

박 팀장이 말했다. 그의 얼굴 위로 난감한 기색이 조금 묻어났다.

"순진한 사람들이지."

이장이 말했다.

"너 같으면 하나님의 뜻이라고 우기면서 악마와 손을 잡겠어?"

"아니요."

박 팀장이 웃었다.

"그 말을 믿다니. 우스워. 하지만 그분에게 바칠 영혼이 늘어난다면 우리야 좋은 거지. 일이 끝나고 죽은 뒤엔 한 자리 톡톡히 얻게 될 거야."

그들이 비릿하게 웃었다. 이광호는 자세를 낮추고 손목시계를 들여다봤다. am 8:08.

"일단은 여태까지 해왔던 것처럼 대응하라고. 이제 곧 모든 게 끝날 거라고. 일부는 숨기면서 입맛에 맞게 잘 바꿔서 말하도록 해."

이장이 말했다.

"알겠습니다."

박 팀장이 대답했다. 그는 주머니 속에서 돈뭉치를 꺼냈다. 만 원권 뭉치였다. 돈뭉치 위에 묻은 붉은 액체를 옷깃으로 닦은 박 팀장이 그것을 이장에게 건넸다.

"저번에 도망치다가 잡힌 놈에게서 인출한 돈입니다. 사체를 처리하려다가 피가 조금 묻었지만 잘 닦아서 쓰면 문제없을 겁니다."

박 팀장이 말했다. 이장이 돈뭉치를 건네받아 주머니 속에 넣었다.

"매개가 여자라니. 나트 교 놈들은 그것도 모르고 있겠죠?"

박 팀장이 말했다. 갑자기 이장이 눈빛이 차게 변해 그를 응시했다.

"누가 들으면 어쩌려고."

이장이 말했다. 그들이 또다시 두리번거렸다.

"에이, 이장님도. 아무도 없잖습니까."

박 팀장이 너스레를 떨며 말했다.

"하지만 우리라고 앞서나간 것도 없어. 단지 여자라는 것만 알 뿐이지. 나이도 정확하게 모르니까."

이장이 두리번거리는 것을 멈추고 말했다.

"시간이 없어. 다시 그녀에게 가 보자. 표식이 생기는지 확인해 봐야 해."

이장이 걸음을 옮기며 말했다.

표식. 매개인 것을 한눈에 알 수 있는 뭔가가 생겨난다는 것 같았다. 이광호는 조심스럽게 그들을 뒤따랐다.

"이름이 뭐라고 했었지?"

이장이 박 팀장에게 물었다.

"오세나라고 했던 것 같습니다."

박 팀장이 말했다.

이광호가 걸음을 멈췄다.

그녀라면, 조금 전 머리가 아프다며 침대에 누웠다. 그들의 말에 따르면 닷새 동안 어떤 일이 벌어진 것인데, 세나 혼자만 따로 격리돼 있을 가능성이 높았다. 조금의 정보를 더 찾아야 할까. 지금은 불필요할 것으로 보였다.

이광호는 타임 워킹을 시도하기 전으로 시간을 되돌렸다.

21.

시간이 정말로 3분 정도가 흘러 있었다.

오세나는 여전히 누워 있었다. 그녀가 진짜로 매개라면 어떠한 표식이 나타날 것이라고 말했다. 그 표식이란, 차길수의 예언 노트에서 보았던 그림 중 하나일 수 있을 것이다. 그러나 아무리 생각을 해도 그녀를 통해 악마가 나타날 거라는 생각은 들지 않았다.

"세나는 좀 어때요?"

이광호가 물었다.

"아까부터 누워 있기는 한데, 땀을 너무 많이 흘려. 열도 있는 것 같고."

유화가 대답했다.

이광호는 이장과 박 팀장이 했던 행동을 떠올렸다. 매개라고 의심받을 수 있는 증상이 그녀에게서 보였기에, 그들이 그러한 대화를 나누었을 것이다. 일단 오세나는 의문투성이인 바이러스에 감염되지 않았다. 비감염자 중에서 매개를 추려낼 수 있는 방법이 있을까.

"우리가 여기에 와서 한 거라곤 그 피를 마신 것밖에 없어."

이광호가 말했다.

"무슨 말이야?"

유화가 말했다.

"매개라는 것을 확인하기 위해서 별도의 행동이 필요할 수도 있다는 말이에요."

이광호가 말했다.

"신현재씨는 이곳에도 악마의 성경이라는 것이 있을 수 있다고 했어요. 만약 거기에도 예언이라고 할 만한 것이 있다면, 그들은 애초에 나트 교보다 더 손쉽게 매개를 찾을 수 있었던 거예요. 거기에 매개체를 찾는 단서가 적혀져 있을 거예요. 우리는 그걸 지금부터 빼내야 해요."

"자세히 설명해줘. 어디로 다녀온 거야?"

"닷새 뒤의 미래. 이곳 사람들은 세나가 매개가 아닐까 생각하고 있었어요."

"어떤 걸 보고?"

유화가 물었다. 그녀가 지금 열병에 걸려 아픈 것이 증상이라면, 열병에 걸린 뒤 며칠이 지나 표식이 나타날 거란 말이 되었다.

이광호는 유화를 응시했다.

"얼마 후면 세나가 그들에게 끌려갈 거예요."

이광호가 말했다.

"어떻게 해. 오빠, 무슨 방법이 있어? 세나라면 자기 한 몸 지킬 수는 있을 테지만 지금은 아픈 상태잖아."

유화가 말했다.

"세나는 우리가 충분히 되찾을 수 있어요."

"알겠어. 그러면 그 동안 우리는 악마의 성경인가 그것만 찾으면 된다는 거지?"

유화가 말했다.

"그래요. 그런데 이 사람은 어디로 간 거야."

이광호가 중얼거렸다. 때마침 문 너머로 기척이 들렸다.

"이봐. 잘 지내고 있어?"

창틀 너머로는 아무도 보이지 않았다.

"권유성씨?"

이광호가 바깥을 보며 물었다. 문이 열리며 누군가 모습을 나타냈다. 알몸이라면 불쾌했겠지만, 다행스럽게도 번듯하게 옷을 입고 있는 남자였다.

"이 책을 찾느라 조금 오래 걸렸어."

권유성이 말했다. 그는 품 안에서 두꺼운 고서적을 꺼냈다. 그 안에 양피지 같은 뭔가가 접혀진 채로 꽂혀 있었다.

"오면서 봤는데, 이 책은 아무래도 장식용인 것 같고. 이게 진짜야. 원본은 아니고 필사본인 것 같지만."

권유성이 접혀있는 양피지를 가리켰다.

"나는 이걸 갖고 먼저 가볼게. 가서 무사히 전해줄 테니까. 대충 매개에 대한 정보만 모아 담고 바로 돌아와. 위험한 행동하지 말고."

권유성은 고서적을 다시 품안에 집어넣고 몸을 투명하게 만들었다.

문이 닫히고 걸쇠가 걸렸다. 그가 되돌아가는 발소리도 들려오지 않는 것을 확인하고 이광호가 유화를 응시했다.

"그건 이미 찾은 것 같은데. 매개에 대한 정보만 모으면 된다는 거지? 어떤 정보를 모아오라는 거야. 아이고, 진짜."

유화가 퉁명스럽게 말했다.

"세나가 매개가 아니란 사실을 확인해야 돼요. 그리고 저들이 어떤 식으로 매개를 확인할 수 있는 건지도 정확히 알아야 합니다."

이광호가 말했다.

"일단은 그 사람들이 올 때까지 기다리는 수밖에요."

그가 중얼거리며 오세나가 누운 침대의 옆 침대에 누웠다. 잠들어 있는 그녀의 이마 위로 땀이 맺혀 있었다.

22.

새벽쯤, 방을 지나가던 마을 사람들에게 오세나가 열병에 걸렸음을 알렸다. 그들은 이장에게 오세나의 변화를 알리고, 이장은 그녀를 데리고 방을 나갔다. 아마도 그녀는 제단으로 옮겨지고 있는 중인 것 같았다. 그 안에서 무슨 일이 벌어지는지는 모르지만, 정확한 것은 그들이 그녀에게 아무런 해코지도 하지 않을 거란 사실이었다.

조금 더 많은 정보가 필요했다. 시간의 흐름을 한 눈에 알 수 있을 만한. 이광호는 시간의 바다로 이동을 시도했다. 그러나 어찌된 영문인지 이동이 불가능했다. 시간 능력에는 문제가 생기지 않았으나, 시간의 바다로의 출입은 불가능했다.

발로 뛰어서 정보를 알아내야 했다.

"유화씨, 잠깐 동안 밖으로 나갈 거예요. 저들에게 들키지 않고 이곳의 기억을 모조리 빼앗은 후에, 세나를 데리고 나가기로 해요."

이광호가 말했다. 그는 문 쪽을 가만히 응시하고 있었다. 그리고 그때 걸쇠가 풀리는 소리가 나며 문이 열렸다. 놀랍게도 문 뒤편에 서있는 것은 이광호였다. 문 뒤로 보이던 이광호의 모습이 안개가 옅어지듯 사라졌다.

"무슨 짓을 한 거야? 저렇게도 할 수 있었어?"

유화가 놀라며 물었다.

"들키면 안 돼요."

이광호가 말했다.

그는 조심스럽게 복도를 지나치며 갇혀있는 사람들을 건너다봤다. 밀폐된 방 안에서 사람들은 잠을 청하거나, 지루하게 대화를 나누고 있었다.

"제단은 아마 통제가 돼 있을 거예요. 하지만 사람들이 지나다니는 이곳 전부에 정보가 숨어 있을 거예요. 유화씨, 부탁드려요."

이광호가 말했다.

"알겠어. 내가 해볼게."

유화가 말했다. 그녀는 복도의 벽을 짚으며 이광호의 뒤를 따랐다.

"가 봐야 할 장소는 많지 않아요. 우리는 금방 저 안으로 들어가 봐야 하니까. 세나를 무사히 데리고 돌아갈 동안은 특별한 움직임을 보이면 안 돼요. 최소로 합시다. 우선은 이곳 사람들이 자주 모이는 장소가 있을 거예요. 그들이 어디로 자주 움직였는지 알 수 있나요?"

이광호가 말했다.

"잠깐만."

유화가 더듬거리며 말을 이었다.

"특별한 곳은 없는 것 같은데. 여기를 지나는 동안은 별 다른 대화를 나누지 않았어."

"이장과 박 팀장의 행동을 봐줘요. 다른 사람들은 필요치 않으니까요."

이광호가 말했다.

"이장과 박 팀장은 마을 사람들하고 같이 식사를 하지 않았던 것 같아. 여기서 갈라져서 저 위로 올라갔어."

유화가 꺾어지는 계단을 가리키며 말했다.

"식당은 아래에 있고. 이장과 박 팀장은 저 위쪽에서 식사를 했다는 거군요. 알겠어요. 계속 봐줘요."

이광호가 말했다.

유화가 계단의 벽을 짚으며 앞장섰다. 그녀가 멈춰 선 곳에는 작은 문이 달린 방이 하나 있었다. 특별한 것 없이 가로로 널찍한 책상이 하나 있는 사무실 같은 방이었다. 침대가 없는 것으로 봐서 개인적으로 사용하는 공간은 아닌 것 같았다.

"여기서 식사를 하면서 대화를 나눴는데. 그게, 나눴던 대화가 조금 이상해. 마을 사람들을 속여 왔던 것 같은데? 욕이란 욕은 다 하고 그랬던 것 같아. 마을 사람들을 별로 좋아하지 않는 것 같아."

유화가 말했다.

"알고 있어요. 다른 정보를 말해줘요. 특별한 말은 나누지 않았던가요?"

이광호가 말했다.

"작게 대화를 나눴던 것 같은데. 잠깐만. 조금 더 가까이에 있던 사물을……."

유화가 책상에 손을 가져다 대며 말했다.

"어때요?"

"그분이라고 하면 사탄이나 마귀? 이런 거겠지? 그분의 아들이라고 했어. 매개를 통해서 세상에 나오는 존재가 사탄의 아들이라고 하는 것 같은데? 아무튼 그때가 되면 이곳이 자기들이 원하는 세상이 될 거래."

유화가 말했다.

"그분의 아들이라면 우리가 생각하는 게 맞겠군요. 더불어 나트 교에서 예상했던 부분과 일치해요."

이광호가 말했다.

"일단은 여기서 나가죠. 필요한 정보는 얻은 것 같고. 오랫동안 시간을 끌면 안 돼요. 거의 1시간 간격마다 보초가 오니까. 일단은 돌아가 보도록 하죠. 엑소시즘에 대한 정보는 없었죠?"

"없었어. 일단은 돌아가자."

유화가 말했다.

그들은 방에서 빠져나와 계단을 타고 내려갔다. 방으로 돌아가 기다리던 중에 걸쇠가 걸렸다.

"제가 한 거니까 놀라지 마요. 그럼 사탄의 아들이라는 건 알았고. 이 정도면 필요한 정보는 다 얻은 것 같아요. 악마의 성경도 권유성씨가 가져갔으니. 우리는 닷새 뒤에 여기서 세나를 데리고 빠져나가면 돼요."

"굳이 그때까지 기다려야 하는 이유가 있어? 오빠가 본 미래는 충분히 바꿀 수 있는 거라고 생각했는데."

"작은 두통 정도야 남겠지만. 충분히 바뀔 수 있죠. 하지만 확인해야 할 것이 있어요. 세나가 매개가 아닌 것을 확실하게 확인해야 하고. 그들이 어떤 수를 써서 매개인 것을 확인하려 했는지도 세나를 통해 알아내야 해요."

이광호가 말했다.

"그럼 그 동안은 쉬는 거야?"

"앞으로는 이렇게 조금씩 알아내야 해요."

"알겠어."

유화가 말했다.

발소리가 들렸다. 보초가 문 위쪽에 달린 작은 창 너머로 방 안을 들여다보고 지나갔다. 그가 지나가는 것을 가만히 지켜보다가 유화가 입을 열었다.

"세나한테 몹쓸 짓을 하지 않겠지?"

"그러길 바라는 수밖에."

이광호가 말했다. 그는 그녀를 걱정하고 있는 것 같았다.

"우선은 보초가 지나간 때로부터 10분 뒤마다 움직일 거야. 이곳을 전부 돌아다녀 봐야 하니까. 우리도 심심할 틈은 없어."

"그래?"

유화가 상기된 얼굴로 물었다.

그녀가 빤히 쳐다보자 이광호가 고개를 돌려 그녀를 보았다.

"왜 그래?"

이광호가 말했다.

"아니야."

유화가 대답했다.

그리고 10분 뒤에, 마찬가지로 걸쇠가 열렸다.

23.

닷새 뒤. 낮부터 밤까지 식사시간을 빼고 보초가 방으로 오지 않았다. 아무래도 오세나가 매개인지 아닌지 판별하기 위해 몰려간 것 같았다. 그들이 무엇을 하고 있던, 오늘은 그녀를 데리고 돌아갈 참이었다.

"준비 됐어?"

이광호가 말했다.

"응! 준비 됐어. 나 달리기 빨라. 걱정할 필요 없을 거야."

유화가 말했다.

"그럼 알겠어."

3분 뒤, 걸쇠가 열렸다. 이광호와 유화는 밖으로 나와 복도를 걸었다. 제단으로 가는 길에 인기척이 들리지 않았다.

첫날, 옮겨졌던 그곳으로 다시 가는 기분이 유쾌하지는 않았다.

"그런데 무슨 수로 구하게? 우리 둘 다 싸움 기술은 없잖아."

유화가 말했다.

"다 방법이 있어. 그러니까 우리는 싸울 생각 말고 탈출에만 집중하면 돼."

이광호가 말했다.

교회처럼 꾸며져 있는 제단이 존재하는 문 앞에서, 그들이 멈춰 섰다. 유화가 문짝에 손을 대며 문 너머의 기억을 읽었다.

"저 안에서 많은 일들이 벌어진 것 같은데. 세나 정신 건강에 안 좋겠어. 빨리 데리고 나가야 돼."

유화가 눈살을 찌푸리며 말했다.

"이제 3분 남았어."

이광호가 손목시계를 내려다보며 말했다.

"뭐가 3분이 남았다는 거야?"

"지원군이 올 시간까지."

"지원군?"

유화가 물었다.

그녀의 물음에 대한 대답은 3분 뒤에 되돌아왔다.

"형님이 와주시기로 했거든."

이광호가 복도 끝에서 걸어오는 박철민을 보며 말했다.

박철민이 검지를 입술에 댄 채로 다가왔다. 갑자기 나타난 그를 보고 유화가 어리둥절하게 둘을 번갈아 봤다.

"형님, 시간은 잘 지켜 주셨네요."

이광호가 작은 목소리로 말했다.

"안에 들리지 않을까?"

박철민이 말했다.

"저 사람들은 지금 정신이 없어요. 아마도 들리지 않을 겁니다."

이광호가 말했다. 박철민의 뒤로 누군가 뒤따라오고 있었다.

"최소 인원으로 한 명 더 데려왔지."

박철민이 뒤따라온 남자를 가리키며 말했다.

"손치환이라고 합니다."

남자가 자신을 소개했다. 이광호는 그에게 목례를 한 후에 문을 응시했다. 커다란 문 너머에서 오세나가 잡혀있음을 그들에게 귀띔해 놨었다.

"세나는 어쩌고 있어?"

박철민이 물었다.

"형님, 그건 저도 모릅니다. 일단은 정보를 다 얻었으니 세나를 데리고 여기서 탈출해야 합니다. 가능하겠습니까?"

이광호가 말했다.

"그럼, 가능하지. 이 친구가 해줄 거야. 치환이는 공간이동자거든."

박철민이 말했다.

"하나 둘 셋 하면 문을 열도록 하죠."

이광호가 말했다.

카운트가 끝나고 유화가 문을 열었다. 이장과 박 팀장을 포함한 마을 사람들이 기도문을 중얼거리다가 고개를 돌렸다. 그들 모두가 허공에 띄어져 몸을 버둥거리는 동안, 손치환이 제단에 뉘어져 있는 세나에게 다가갔다.

"먼저 가 있을게요."

손치환이 말했다. 그는 세나와 함께 모습을 감췄다.

"문은 안에서 열 수 있어?"

유화가 물었다.

"우리가 열고 들어왔는걸. 문 따는 것쯤은 쉽지."

박철민이 말했다.

이광호와 유화가 밖으로 달려 나가는 동안, 박철민이 사람들을 잡아놓았다. 그들이 어느 정도 도망갔다고 생각할 즈음, 박철민이 허공에 띄웠던 사람들을 벽 쪽으로 내던졌다. 충격이 컸던 것인지 그들은 곧바로 일어나지 못했다.

건물 앞에서 이광호가 주춤거리며 뒤돌아봤다.

"갇혀 있는 사람들은 내가 풀어줬어."

박철민이 말했다.

"잘하셨어요. 걱정되던 참이었는데. 차는 가져왔나요?"

이광호가 말했다.

"당연하지. 운전은 내가 할게. 둘 다 뒷좌석에 타. 난 앞쪽에 누가 있으면 운전에 집중을 잘 못하거든."

박철민이 말했다.

마을 입구에 그의 차가 주차돼 있었다. 입구까지는 제법 거리가 있어서 뛰어가야 했다. 뒤따라 나오는 사람이 없어서 의아했지만, 어떻게 보면 포기한 것으로 보였다. 오세나는 매개가 아니었던 것이 확실해졌다.

"가서 물어봐야 할 것이 산더미네요. 나트 교로 곧바로 가야 하겠죠?"

이광호가 차에 타며 물었다.

"그래야겠지. 그런데 사탄의 아들이라니 실화냐?"

박철민이 말했다. 둘은 마주보며 웃었다. 유화가 마저 타고 차가 출발했다.

"그 일 끝난 지가 얼마라고 이번엔 또 사탄의 아들이냐. 네가 들어오고 나서 내 인생이 참 버라이어티해서 좋다."

박철민이 룸미러를 보며 말했다.

"둘이 벌써 대화를 나눴던 거야?"

유화가 어리둥절해하며 물었다.

"문을 열기 전에 형님한테 다녀왔었지. 우리끼리는 힘이 들 것 같아서."

이광호가 말했다. 그제야 유화가 납득하며 웃었다.

"벌써 둘이 친해진 거야? 보기 좋네. 최대한 빠르게 도착할 테니까. 어디라도 꽉 잡고 있으라고."

박철민이 말했다.

밤중이라 속력이 붙었어도 사고를 당할 염려는 없어 보였다. 비 포장된 시골길을 지나 차가 도로에 진입했다.

"30분 안에 도착할 거야. 벌금 정도는 쿨하게 내면 되지."

박철민이 말했다.

"매개체에 악마를 붙잡아두고 죽여야 한답니다."

이광호가 말했다.

닷새 동안 알게 된 사실. 그것은 매개를 반드시 죽이되, 악마를 그 안에 붙잡아둔 채로 죽여야 한다는 사실이었다.

무고한 사람을 제물로 세상을 구한다는 사명감은 악마 추종자들의 논리와 다르지 않아 보였다. 어쩌면 그들다운 계획이었을지도 모른다. 누가 성공하든, 서로 다르지 않은 행동을 하게 되는 것이다. 악마를 세상에 풀어놓는 행동은 간접적이지만, 사람을 죽이는 행동은 직접적이다. 실제 악마가 존재한다면 그것은 아주 똑똑한 생물이리라.

"세나가 매개가 아니어서 다행이에요."

이광호가 말했다.

박철민이 웃음기가 가신 얼굴로 룸미러를 응시했다.

"빨리 가자."

시간이 지나 차가 도로를 빠져나와 비탈길에 접어들었다. 창문 너머로 나트 교를 둘러싼 울창한 나무들이 보였다.

24.

박철민이 차를 움직여 마을을 빠져나가던 시각, 이장은 그들이 마을을 벗어나는 것을 지켜보고 있었다.

"멍청한 것들."

이장은 박 팀장과 마주보며 웃었다.

"우리에게도 예언이 있었다는 것을 알면서도 저렇게 멍청할 수 있을까."

이장이 말했다.

"위기 상황일수록 사람은 단순해지니까요."

박 팀장이 말했다.

"신도들이 동요가 많습니다. 어떻게 할까요?"

"예정된 일이라고 전해줘야지. 뭐, 별 수 있나."

이장이 말했다.

"매개가 무엇을 뜻하는지도 정확히 모르고 있다니. 우리에게 잘 된 일이지."

"그렇겠죠. 성공할 수 있을까요?"

"모든 건 신의 뜻대로 되는 거야."

이장이 말했다.

"악마의 씨앗이 뭔지도 정확히 모르고 있으니. 우리의 계획대로 이뤄질 확률이 커."

"오세나는……."

"그녀도 적합하지. 초능력자 중에서도 그런 계열이니."

이장이 말했다.

그들은 마주보며 빙긋 웃었다. 가벼운 웃음이 아니라, 아주 긴 고생 끝에 잠깐 웃어보는 그러한 웃음이었다.

"저들에게 이번 일의 성공이란 우리랑 다른 개념이겠지."

이장이 말했다.

"나트 교도 예언자가 있었고, 우리에게도 예언자가 있었습니다. 신께서는 왜 이런 상황을 만드신 걸까요."

박 팀장이 말했다.

"너답지 않게 감성적이군."

"한번쯤은 이러고 싶을 때가 있어요."

차가 점차 멀어져 시야에서 사라졌다. 발길을 돌리는 이장을, 박 팀장이 뒤따랐다. 신도들이 기다리는 건물 안으로 들어서기 직전, 이장이 어두운 마을 어귀를 바라봤다.

"모든 것은 신의 뜻대로."

이장이 말했다.

25.

차길수는 생전 많은 예언을 기록했다. 하루에도 수십 번 떠오르는 예언들 때문에 그가 알게 모르게 괴로움이 많았다고 신현재가 말했다. 그가 괴로울 때면 찾던 레드 와인이 아직도 교단 안에 진열돼 있었다.

오세나는 도착하자마자 세례를 받았다. 성수로 몸을 흠뻑 적시고 1분여가 지난 뒤에 그녀를 꺼냈다. 악마 추종자들이 마시게 했던 염소의 피는, 일반적인 것과는 달라서 별도의 세례가 필요하다고 신현재가 설명했다.

이광호와 유화도 차례로 세례를 받았다. 세례를 하고 난 다음에 거북한 마음이 들었으나 이광호는 티를 내지 않았다.

"세나는 어떤가요."

이광호가 신현재에게 물었다.

오세나는 깨끗한 침실로 옮겨져 자는 듯이 누워 있었다.

"열은 내렸어. 이제 지켜봐야 해."

신현재가 말했다.

"그건 그렇고. 일단 자리를 옮기지."

그는 모두를 작은 방으로 안내했다. 처음에 긴히 대화를 나누었던 그 방이었다.

"사탄의 아들이라고 했지. 아직 이름은 확인되지 않았어."

신현재가 말했다. 손치환과 박철민도 함께 설명을 들었다.

"사탄의 아들이라면 대부분 루시퍼의 아들을 떠올리지. 하지만 그 반대야. 루시퍼는 타락천사로 알려져 있지. 실제로도 그래. 하지만 사탄이란 건 최초의 악마야. 신이 최초에 미리 예견했던 악마라고 기록돼 있어."

신현재가 말했다.

"순수한 악에 가까운 천사가 낳은 진짜 악마야. 천사로서의 선함과 갈등이 없고 진정한 악에 가깝다고 생각하면 돼. 어쩌면 사탄보다 위험한 것이 그의 아들이야. 혹시나 하고 생각하고 있었지만, 역시 그럴 줄은 확신하지 못했지."

"매개체에 봉인을 한 후에 완벽하게 죽여야 사라진다고 들었습니다."

이광호가 말했다.

"그렇지. 하지만 지금의 엑소시즘은 그저 쫓아내는 것에 불과해. 완벽하게 죽이진 못하지. 봉인하는 방법 또한 알려져 있지 않아. 하지만 차길수 전 교주님은 이 점에 주목했어. 그래서 우리들은 어설프게나마 봉인하는 법을 알고 있긴 하지."

신현재가 대답했다.

"나이대는 추정하기 어렵지만 여자라고 들었어요."

이광호가 말했다.

"일단 이름을 정확하게 아는 게 급선무야. 전 교주님이 어디라도 단서를 써뒀을 거야. 미리 이 모든 상황에 대해서 예견했던 분이시니까. 나는 그 자료를 찾아보도록 할게. 모두는 오세나 양을 특별히 보살펴주길 바라지. 그들이 쫓아오지 않았다면 일단 매개체는 아닐 거야. 하지만 만에하나의 가능성도 열어둬야 해."

신현재가 말했다.

대화는 종료됐다. 박철민과 손치환은 보고를 위해서 강두호 총수의 저택으로 돌아갔다. 이광호와 유화는 오세나를 돌보기 위해 그녀가 잠든 침실로 향했다. 언제부터 와있던 것인지 투명인간 권유성이 그녀를 돌보고 있었다.

"열은 내렸어도 그 안에서 수모를 당했다고 들었으니. 깨고 나서도 특별히 조심해야 할 거야."

권유성이 말했다.

"너희들도 염소의 피를 마셨다며. 세례는 괜찮았어?"

"하고 나니까 시원하고 좋던데요."

이광호가 말했다. 유화는 오세나의 침대에 앉아 그녀의 머리카락을 쓸어 넘기고 있었다. 몸이 불편한지 오세나가 몸을 움직였다. 그러나 잠에 빠졌는지 깨지는 않고 있었다.

"유화는 어때?"

권유성이 말했다.

"다짜고짜 반말이네요."

유화가 말했다.

"저는 괜찮아요."

"까칠하긴."

권유성이 귓불을 만지며 말했다.

"그럼 쉬고 있어. 너희들이 왔으니까. 나도 가 봐야겠어. 강두호 총수님이 내리신 명령도 있고."

권유성의 몸이 옅어졌다. 유화는 불쾌한 얼굴로 그가 사라진 자리를 가만히 응시했다. 조금 시간이 지난 뒤에 그녀가 입을 열었다.

"지금쯤 갔겠지?"

"왜 굳이 쌀쌀맞게 대해?"

"여탕 훔쳐보고 다닐 것 같아."

유화가 말했다. 그녀는 그의 능력이 마음에 들지 않는 것 같았다.

"발자국 소리도 안 나잖아. 기척도 없고. 몸도 투명하고. 여탕 훔쳐보기 딱일 것 같아서 싫어. 옷 갈아입을 때도 보고 있을지 누가 알아?"

유화가 양팔을 쓰다듬으며 말했다.

"세나가 깨면 잘 돌봐줘. 잠깐 확인해볼 것이 있어서."

이광호가 말했다.

"어디 다녀오게? 안심하고 다녀와. 나는 세나랑 있을게."

유화가 말했다.

"그리고 가능하면 이곳의 기억도 읽어줘."

"여기는 왜?"

"한 종교에 매어있다 보면 놓치는 것도 많은 법이야. 일단은 우리 편이긴 하지만 우리가 조금 더 객관적으로 상황을 주시할 필요가 있어."

이광호가 말했다.

유화는 고개를 끄덕거렸다. 그의 말에도 일리가 있었다. 같은 편이기는 하나, 강두호가 꺼리는 데에는 그 집요한 신념이 한몫 하고 있었다. 광신도 같은 그들에게 객관적인 시각이 남아있을지 의심하는 이광호의 태도도 이해가 되었다.

"알겠어."

유화가 대답했다.

이광호는 그녀와 대화를 마치고 교단 밖으로 나왔다. 그리고 2153년으로 시간을 이동시켰다. 아버지를 만나서, 시간의 바다로의 이동에 대해 물어볼 것이 있어서였다. 어째서 그곳으로의 이동이 불가한지, 어쩌면 실마리를 찾을지도 몰랐다.

2153년 5월 7일. 시각은 오후 3시로 설정했다. 사라시스템이 다시 안정권에 접어들고 아무런 문제가 없어야 할 그 시기.

"왜 이곳이……."

이광호는 앞을 보았다. 버려진 지 아주 오랜 시간이 소요된 것 같은 도시의 모습이 보였다. 떨어져 나뒹구는 간판과 관리되지 않은 건물 외벽에 부식이 생겨있었다. 더군다나 저번에 보았던 도시의 모습과는 사뭇 달랐다. 개발된 미래도시라고 부르기 민망할 정도로 황폐한 환경이었다.

폐허.

"이만큼 위험하다는 건가."

이광호가 눈가를 매만지며 말했다. 그리고 순간, 폐허였던 도시의 모습이 정상적으로 되돌아왔다. 경찰 로봇들이 걸어다니고, 인기척이 없던 도시에 사람들이 나타났다.

오래 지나지 않아 머리에 강한 충격이 오며 시야가 흐려졌다.

시간으로부터 거부당한 느낌이 강하게 들었다.

"지금이……."

이광호가 손목시계를 내려다봤다. 칼빈으로부터 받았던 그 시계. 미래로 시간을 옮기기 직전으로부터 3분이 지나 있었다.

제 4장
미혹의 악마

타임 워커 2 : 꿈을 꾸는 아이

26.

신현재가 이광호 일행을 다시 부른 것은 5시간이 지난 뒤였다. 그는 초능력자들을 불러 모아 악마의 이름에 대해서 말했다.

"미혹의 악마라는 별칭을 지니고 있는 악마다."

신현재가 말했다.

"세상에 알려진 정보가 거의 없지만 우리는 어렴풋이나마 알고 있다. 차길수 전 교주님이 적어둔 것이 있어서 다행이지. 하지만 전 교주님도 자세히는 몰랐던 거 같아. 이때에 나타날 악마의 이름에 대해서 적힌 직접적인 내용은 없지만, 전 교주님이 적어두신 단서에 의하면 상당수 일치하는 부분이 많아."

"매개를 찾아내면 죽여야 하나요?"

유화가 물었다.

"아마도 그래야 할 것 같아."

신현재가 말했다. 그도 탐탁찮은 얼굴이었다. 매개가 사람으로 밝혀진 이상 살인이 불가피하다는 사실을 알기 때문인 것으로 보였다.

"봉인에 대해서는 걱정하지 마라."

신현재가 말했다.

"매개에 대한 단서가 우리에게 없는 건가요?"

이광호가 물었다.

"너희들이 찾아온 정보가 가장 확실하다. 나이는 추정하지 못하지만 여자라는 단서가 있지. 우리에게도 아예 단서가 없는 건 아냐. 차길수 전 교주님은 매개가 한국에서 나타날 거라고 말했어. 미리 말해주지 못해서 미안하다."

신현재가 대답했다.

그는 신도 세 명을 불러 모았다.

"악마를 봉인할 준비를 해야 한다. 필요한 물건들은 알고 있겠지."

신현재가 그들을 보며 말했다.

"알고 있습니다. 교주님. 지금 당장 준비하겠습니다."

"시일이 걸릴 테니 빨리 확보해주게."

신도들이 인사를 하고 물러났다.

그들이 가고 나서 신현재는 이광호를 바라봤다.

"매개를 한시라도 빨리 찾아야 해. 우리에겐 시간이 없지만 이광호군에게는 다르겠지. 특별히 부탁하겠어. 오세나양에게 매개를 찾는 방법에 대해서는 들었는가?"

신현재가 말했다.

"대략적으로 들었습니다. 그리고 다른 방법도 있습니다. 걱정하지 않으셔도 좋습니다. 위험을 감수하면서라도 꼭 찾아내겠습니다."

이광호가 말했다.

"그래, 고마워. 혹시 모르니 오세나양은 우리가 보호하고 있도록 하지. 괜찮겠나?"

신현재가 물었다.

"그 편이 저희로서도 좋을 것 같습니다. 부탁드립니다. 신현재씨."

이광호가 말했다.

"고맙다."

신현재가 대답했다. 그는 차길수의 노트를 꺼내놓았다. 그리고 책장 아래쪽에서 낯익은 노트를 꺼냈다. 권유성이 빼내어두었던 것이다. 그 안에서 양피지 같은 종이를 꺼내 책상 위에 펼쳤다. 양피지에 그림과 함께 빼곡한 글씨들이 적혀져 있었다. 모두 외국어로 적혀 있어 읽기가 어려웠다.

"해석하는 데까지 시간이 많이 걸렸어."

신현재가 말했다.

"일이 진행되는 동안 이광호군은 매개를 찾아줬으면 해. 거의 동시다발적으로 발생할 가능성도 있어. 예언 속의 일들이 하나하나 벌어지고 있는 이 시간에도 악마는 깨어날 준비를 하고 있으니 말이야. 하지만 그건 우리가 알아서 할 테니, 우리는 신경 쓰지 말고 찾는 일을 계속해."

"알겠습니다. 그럼 독단적으로 행동하도록 하겠습니다."

이광호가 말했다. 유화가 곁눈질로 그를 보았다.

"혼자 하는 편이 편해. 너는 여기서 세나랑 교단을 도와줘."

이광호가 그녀를 보며 말했다.

"알겠어. 대신 몸조심해야 돼."

유화가 말했다.

"이것을 가지고 다니도록 해."

신현재가 이광호에게 작은 노트 한 권을 건네며 말했다.

"찾은 예언들을 간단하게 적어봤어. 그걸 토대로 찾으러 다니면 돼. 우린 걱정 말고, 단서만 찾으면 되돌아오도록 해. 오늘이 7월 25일 금요일. 시간은 오전 7시 23분 경이야. 찾아오기 쉽도록 오늘 시각을 기억해 둬."

"알겠습니다."

이광호가 말했다.

그는 노트를 받아들고 품안에 넣었다.

"오빠, 잘 다녀와."

유화가 말했다. 뒤돌아서는 이광호를 그녀가 뒤에서 안았다.

"편하게 대해줘서 고맙고, 돌아오면 다 같이 놀이동산에 다시 가자."

유화가 말했다.

"알았어. 다녀올게."

이광호가 말했다. 그는 유화의 손을 풀어낸 뒤 교단 밖으로 걸어나왔다.

현재 시각은 7월 25일 금요일 am7:41분. 이광호는 3개월 뒤의 미래로 시간을 옮겼다.

27.

3개월 뒤의 미래에 도착한 이광호는 직감적으로 무슨 일이 발생한 것을 깨달았다. 감각으로 전해지는 모든 것이 그렇게 말하고 있었다. 우선은 후각적으로 가스 냄새가 진동을 했으며, 간간히 청각적으로 들려오는 외마디 비명소리가 위험상황임을 인지시켰다.

인기척이 없는 도시의 모습이었다. 누군가 급히 뛰쳐나간 듯이 아무렇게나 열려진 상가 건물의 출입문을 지나 그는 도로를 건넜다.

정차된 자동차 밑에서 누군가 움직이고 있었다. 피를 흘리면서 조금씩 몸을 움찔거리는 모습으로 봐서 간신히 목숨을 부지하고 있는 상태인 것 같았다.

이광호는 그 사람을 향해 달려갔다.

"구급차…… 구급차를 좀 불러줘요."

한 남자였다. 그가 알아듣기 힘든 작은 목소리로 말했다. 이광호는 그를 일으켜 세웠다. 그리고 남자의 두 다리를 보고 놀랐다. 양쪽 다리가 짐승에게 물린 것처럼 뜯겨나가 없었다.

"왜 이렇게 되신 거죠?"

이광호가 물었다.

"그 미친 사람들이 나를 이 지경으로 만들었어요. 혹시 여기에 아직 남아 있을지도 모릅니다. 나 좀 구해주세요."

남자가 말했다. 이광호는 거의 비어있는 도시를 바라봤다.

"미친 사람들이라니요?"

이광호가 물었다.

"아직 모르는가본데. 어디 산골짜기에라도 숨어 있었나? 우리는 지금 전쟁 중이었습니다. 그 미친 사람들하고."

남자는 힘겹게 호흡을 내뱉었다.

"나도 이제 가야 할 때가 된 것 같은데. 구급차를 바라다니. 참 순진하지. 이봐요. 잘 들으십시오. 여길 돌아다니다가 제정신이 아닌 것 같은 사람들을 마주하면 무조건 피하세요. 맞서려고 들지 말고. 그들은 우리랑은 다릅니다."

남자가 이광호의 손을 덥석 잡았다.

"오랜만에 제정신인 사람을 보니 좋았습니다. 말동무를 해줘서 고맙군요."

남자의 숨이 멎었다.

정면을 응시한 채로 죽은 그의 눈을 이광호가 감겨줬다. 그리고 일어나서 기척 소리를 들었다. 우선은 안전한 장소를 찾아야 할 것 같았다. 남자를 공격한 '미친 사람들'이 이곳에 남아 있을지도 모르는 일이다.

이광호는 상가 건물 안으로 들어갔다. 매캐한 연기 사이로 부서진 채 방치된 물건들이 보였다. 사고가 났다기보다는 누군가 의도적으로 부순 느낌이 강했다. 부서진 판매대와 흠집이 난 대리석 바닥을 지나서 이광호는 인기척을 좇았다.

그리고 바닥에 널브러진 옷을 주워들던 때였다.

"거기 누구세요?"

어떤 여자의 목소리가 들려왔다.

이광호는 소리가 난 쪽을 바라봤다.

"감염자는 아니시죠?"

판매대 뒤에 숨어있던 여자가 조심스럽게 나오며 물었다. 실핏줄이 터져 붉어진 눈이었다. 그녀는 불안한 눈빛으로 손을 떨고 있었다.

"감염자는 아닙니다."

이광호가 말했다.

여자는 안도의 한숨을 쉬며 밝게 웃었다.

"다행이에요. 그런데 혼자서 다니고 계신 건가요? 저는 일행이랑 떨어져서 여기에 숨어 있었어요. 믿음직한 분들이었는데 제가 바보같이 한눈을 파는 바람에."

여자가 말했다.

"이광호라고 합니다. 이름이 어떻게 되시나요?"

이광호가 말했다. 우선은 안심을 시켜야 할 것 같았다.

"은정이라고 해요. 김은정이요."

여자는 오랜만의 대화인 듯 밝아진 모습이었다.

"좋아요. 은정씨. 저는 조금 전에 이곳에 도착해서 이곳의 상황을 잘 모릅니다. 감염자부터 시작하고 싶은데. 어떻게 된 일인지 설명해주시겠습니까?"

이광호가 물었다.

여자의 표정이 눈에 띄게 불안해졌다. 기억하고 싶지 않은 것이 떠오른 모양이었다. 그러나 이내, 그녀는 안정된 얼굴로 말을 꺼냈다.

"뉴스는 보셨죠? 저는 남의 일로만 남을 거라고 생각했어요. 바이러스가 늘 그렇듯 감염된 사람만 죽어나지. 금세 소리 없이 사라지잖아요. 철마다 유행하기는 해도 조심하면 그만이었죠."

"그 원인 불명의 바이러스 말인가요?"

"맞아요. 그냥 감기 바이러스에서 변종이 생긴 거라고만 생각했어요. 그렇게 생각해도 큰일이다 싶긴 했지만요."

여자가 말했다. 이광호는 밖에서 남자에게 들었던 말을 떠올렸다.

"감염자들에게 문제가 생겼나요?"

이광호가 물었다. 예상한 대답이 들려왔다.

"맞아요. 문제가 생겼어요. 뇌사 상태에 빠진 사람들이 전부 일어났어요. 축하할 일이 맞는데, 그 사람들이 일어나자마자 제 정신이 아닌 사람처럼 굴기 시작했어요. 같은 사람들의 살을 생으로 물어뜯고 씹어 먹고."

여자가 울먹거리며 덧붙였다.

"처음엔 병원 사람들부터 공격했다고 들었어요. 그 사람들이 병원 밖으로 나와서 사람들을 공격하는데……."

"좀비 같은 건가요?"

여자가 도리질을 쳤다.

"아니에요. 그렇다고 보기에는 물린 사람들한테서 반응이 없었어요. 심하게 공격당한 사람들은 그대로 죽어요. 똑같이 변한 사람들도 있기는 한데, 저도 잘 모르겠어요. 어떻게 된 영문인지."

여자가 말했다. 더 묻고 싶은 말이 있었지만, 그녀에게서 대답을 듣는 것은 힘들 것 같았다. 금방 떠나갈 입장에서 그녀의 두려움을 증폭시키고 싶지 않았다. 자신이 어떠한 방법을 써서 미래를 바꾼다고 해도, 그녀에게는 지금이 현재였기 때문이다.

"알겠어요. 은정씨. 고마워요. 일행은 어디서 잃어버렸죠?"

이광호가 물었다. 그녀에게 동료들을 찾아준 뒤에 떠나고 싶었다. 그러나 여자는 자리를 떠나고 싶지 않아 했다.

"제가 여기까지 버틴 건 모두 그 사람들 덕분이에요. 그렇지 않았으면 저는 진즉에 죽었을 거예요. 하지만 바깥보단 이 안쪽이 더 안전한 것 같아요. 편의점도 있어서 먹을 것 걱정도 없고. 동료들을 찾지 않아도 돼요. 부탁인데, 저랑 함께 있어주시겠어요?"

여자가 물었다.

"저는 다른 볼일이 있어서 여기에 남아있지 못해요. 죄송합니다."

이광호가 말했다.

"그럼 그 사람들을 찾을 때까지는 있어주실 수 있나요?"

여자가 물었다.

"찾을 때까지는 있어 드리겠습니다."

이광호가 말했다. 여자가 안심한 얼굴로 몸을 틀었다.

"가요. 그 사람들도 저를 찾고 있을지도 몰라요. 여기서 멀리 떨어진 곳은 아니에요. 서두르면 빨리 도착할 수 있을 거예요. 감염자들이 워낙 불규칙적으로 움직여서 안심할 수는 없지만요."

여자가 말했다.

두려움을 애써 억누르고 움직이려는 것 같았다. 그녀가 용기를 내는데 굳이 거론하는 것은 아니라는 생각이 들었다.

"잠깐만요."

이광호가 말했다.

그는 부서진 판매대 사이에 뒹굴고 있는 행거 잔해를 집어 들었다. 누군가 부서뜨려 놓았던 것인지 딱 들고 다니기 좋게 다듬질되어 있었다.

"무기는 가져가야죠. 그 사람들 달리기는 빠른가요?"

"달리기도 해요. 그걸로 될까요?"

"맨 손보다는 괜찮겠죠."

이광호가 말했다. 그는 똑같은 것을 그녀에게 건넸다.

"이제 가죠. 은정씨는 맞서지 말고 최대한 피하세요. 불가피할 때만 이걸 사용하시고요. 달리기 빠르신가요?"

이광호가 물었다.

"달리기는 자신 있어요. 그렇게 해서 도망쳐 다니기도 했는걸요."

여자가 말했다. 이광호는 손목시계를 내려다봤다.

am8:14분. 어떠한 일이 생겼을 시에 되돌아올 좌표였다.

"이제 가시죠."

이광호가 말했다. 그들은 닫힌 상가 문을 열고 밖으로 나왔다. 아직은 인기척이 없었다. 생존자도, 감염자도 없었다.

"감염자들이 어디로 향하는지 아시나요?"

이광호가 말했다.

"그들은 사람들을 쫓아다녀요. 아마도 산 사람들을 찾아서 떠난 것 같아요. 여기는 거의 버려져 있다고 해도 과언이 아니에요. 하지만 안심하면 안 돼요. 그들이 숨어있는 사람들을 찾기 위해서 다시 돌아오기도 하니까요. 소리에 민감한 것 같았어요."

여자가 말했다.

김은정. 이광호는 그녀의 이름을 되새겼다.

"일행들의 인상착의를 말해주세요. 저도 알아봐야 하니까요."

이광호가 말했다.

28.

김은정은 그들 덕분에 생존할 수 있었다고 말했지만, 그녀가 살아남을 수 있었던 이유는 특별한 관찰력 덕분인 것 같았다. 작은 움직임도 금세 알아차렸고 청각이 예민한 부분이 있었다. 그들도 알게 모르게 그녀의 도움을 받아 생존에 유리한 점을 얻었을 걸로 보였다. 그렇다면 그들도 그녀를 찾고 있을 확률이 높았다.

"한참을 더 가야 하나요?"

이광호가 말했다.

"돌아서 가야 해서 그래요. 그 길은 습격을 당했던 곳이니까. 안전하지 못해요."

김은정이 말했다.

"그렇군요."

이광호는 주변을 둘러봤다. 누군가 흘린 피로 칠갑된 콘크리트 바닥에 붉게 물들어 있었다. 말라붙은 피 위로 찢어진 옷가지가 보였다. 이곳이 비교적 안전한 곳이라면, 다른 데선 어떤 일이 벌어졌을지 가늠이 가지 않았다.

좀비는 아니지만 사람의 생살을 뜯어 먹었다는 사람들을, 눈으로 직접 보지 않는다면 믿을 수 없을 것 같았다.

"저길 통과해야 하는데…… 조심해요. 저 근처에 그 사람들이 자주 돌아다니는 것 같았어요."

김은정이 말했다.

"그 사람들이라면 감염자들을 말하는 건가요?"

이광호가 말했다. 그는 손목시계를 내려다봤다.

"잠깐 쉬었다가 가죠."

이광호는 정차된 차 중에서 문이 열린 차 안으로 들어갔다. 그러고는 편안한 자세로 몸을 뉘었다. 잠깐 눈을 붙이려는 듯이 보이는 그를 김은정이 당황한 얼굴로 응시했다. 상황이 급급한데 그 심각성을 모르는 사람처럼 무지몽매해 보였다. 그래도 계속 서 있는 채로 보고 있을 수는 없는 노릇이었다.

"자려구요?"

김은정이 차 안으로 들어와 말했다.

차 문을 닫고 바깥을 주시했다. 아직 감염자는 보이지 않지만 이대로 여유를 부리다가 쉽게 당할 수도 있었다. 한 명이라면 다행이지만, 힘이 비정상적으로 센 그들을 상대하기엔 그 한 명을 처치하기도 어려울 것이다.

하지만 도움을 받는 입장에서 가타부타 불평을 늘어놓을 수는 없었다. 그에게도 이곳으로 오기까지의 여정이 피곤했을지 모르는 일이다. 또한 그의 사정을 전혀 알지 못했다.

"그래요. 그러면 위험한 상황에 깨울게요. 그런 일이 없었으면 좋겠지만."

김은정이 말했다.

그녀는 자세를 낮추고 바깥을 응시했다. 감염자가 보이면 그 즉시 이광호를 깨울 생각이었다. 그런데 그가 5분도 안 되어 일어났다.

"이제 가죠."

"예?"

"충분히 쉬었어요. 가자구요."

이광호가 말했다. 그는 정말로 차 문을 열고 내리고 있었다. 김은정이 그를 따라 차에서 내리고 성큼성큼 걸어가는 이광호를 바라봤다.

"저기 말고 안전한 길이 있어요."

이광호가 돌아보며 말했다. 허접해 보이는 무기를 들고 앞장서는 그를 따라 걸으며 김은정이 고개를 절레절레 흔들었다. 저 성격에 만류한다고 해도 들어먹을 것 같지가 않았다. 자신감의 원천에 근거가 있기를 바랄

뿐이다.

"잘 따라와요."

이광호가 말했다. 그가 찾는 길목은 후미진 골목을 넘어가거나, 좁은 길을 통과해야 가까스로 지날 수 있었다. 가는 길이 순탄치는 않지만 신기하게도 감염자들이 한 명도 보이지 않았다. 그저 멀리서 감염자들이 내는 괴상한 소리가 들려올 뿐이었다. 신기하다는 생각을 하고 있는데 갑자기 이광호가 멈춰서며 그녀를 제지했다.

"잠깐 대기해야 돼요."

이광호가 어딘가를 가리키며 말했다.

조금 떨어진 곳에 다섯 명의 남녀가 모여 있었다. 옷가지에 얼룩덜룩 피가 묻기는 했지만, 감염자로는 보이지 않았다.

"저 사람들이 어쨌다는 거죠? 위험해 보이진 않아요. 보통 사람들이잖 아요. 혹시 동료들의 행방을 알고 있을지도 몰라요."

"알고 있을지도 모르죠. 하지만 조금 있다가 물어봐요."

이광호가 말했다.

그의 말대로 잠시 뒤에 문제가 발생했다. 멀쩡해보였던 사람들 중 한 명이 크게 몸을 비틀거리더니, 왈칵 검은 액체를 토해냈다. 그러더니 잠시 멍하게 서 있다가 일행들을 물어뜯으려 달려들었다.

혼비백산한 그들이 이광호와 김은정이 있는 골목을 향해 달려왔다.

"잠깐 있어 봐요."

이광호가 골목 바깥으로 몸을 빼내었다. 그러고는 무기랍시고 딸랑 하나 들고 있던 행거 일부를 도망치는 사람들을 향해 내던졌다.

"뭐하는 거예요? 그걸 그렇게 던져 버리면!"

김은정이 말했다.

그녀는 싸울 태세를 갖추고 전방을 주시했지만 이광호가 막아섰다.

"나설 필요 없어요."

이광호가 말했다.

도망치던 사람 중 한 명이 이광호가 던진 무기를 공중에서 받아 감염자의 이마에 내리꽂았다. 이마가 관통되자 감염자는 몸을 바르르 떨더니 털썩 쓰러져버렸다. 보고 있기 끔찍한 모습에 김은정은 눈살을 찌푸렸다.

이광호가 그들을 향해 다가갔다.

"같이 가요."

김은정이 그를 뒤따르며 말했다.

저쪽의 생존자는 이제 네 명으로 줄어 있었다.

"덕분에 살았습니다."

유난히 탄탄한 체구를 가진 남자가 말했다. 그가 무기를 다시 이광호에게 건네주었다.

"괜찮은 사람이었는데. 결국 이렇게 되었군요."

남자가 유감을 내비쳤다. 그가 입가를 샐룩거리며 일행들을 보았다.

"우리는 잠깐 정찰을 나왔어요. 이 근처에서 방어벽을 쳐두고 지내고 있죠. 저희랑 같이 가시겠습니까?"

"아니요."

"그러죠."

김은정과 이광호가 동시에 말했다.

"광호씨는 가 봐야 한다고 하셨잖아요. 게다가 저는 제 일행들이 따로 있어요. 그들만 찾으면 돼요."

김은정이 말했다. 그녀의 눈에서 낯선 이들과 함께 하고 싶지 않다는 뜻이 비쳐졌다.

"이 근처에 자리를 잡았다면 그 분들도 그곳으로 가봤을지 몰라요."

"아, 그 생각을 못했네요. 제가 이래요. 죄송합니다."

김은정이 말했다.

그들이 임시 거처로 정한 곳은 높은 빌딩 건물이었다. 차를 옆으로 뉘어 벽을 쌓아둔 것으로 봐서 건설 장비를 사용할 줄 아는 사람이 있는 것 같았다. 보초를 서던 사람이 낯익은 얼굴들을 확인하고 총부리를 아래로 내렸다.

"바깥 상황은 어떤가요?"

"무리를 지어서 다니는 감염자들은 여길 떠난 것 같아요. 한 명씩 따로 다니고 있더랍니다. 그리고 같이 갔던 사람 중에 한 명이 감염되어서 사살했어요. 상황이 나빴습니다. 특이 사항 있습니까?"

"민수씨가 잠깐 보자십니다."

"그분이요?"

"네, 잠깐 보자고 하시는데."

"알겠습니다. 이분들이 찾는 사람들이 있는 것 같은데 생존자들에게 안내해주고 가겠습니다. 그렇게 전해주시죠."

차벽을 넘어 내부로 진입했다.

안쪽으로 들어서니 침낭과 짐 더미들 사이에서 쉬고 있는 사람들이 보였다. 절망 속에서도 희망을 잃지 않으려고 노력하는 듯이 애써 덤덤한 표정이었다. 그러나 분명하게 삶의 목적을 잃은 걸로 보이는 사람도 있었다. 미래에 있을 이 일들을 정말로 없던 것으로 만들 수 있을까 의문이 들었다.

"생존자들이 이 근처로 모여들고 있어요. 다행이죠. 그런데 언제까지 수용할 수 있을지 걱정입니다."

안내해주던 남자가 빌딩의 사무실 곳곳을 보여줬다. 그러던 중 마침내 김은정의 일행을 찾을 수 있었다.

김은정이 이광호를 보며 말했다.

"우리랑 같이 있어도 돼요. 혼자 다니면 분명히 위험할 거예요. 굳이 바깥으로 향해야 하는 이유가 있나요?"

"저도 해야 할 일이 있습니다. 그 전에 물어볼 것이 있어요. 어떤 여자를 찾고 있는데 연령은 모릅니다. 그 여자를 찾기 위해 꼭 필요한 정보가 있는데. 혹시 감염자들이 이상해진 때가 정확히 언제인지 기억나십니까?"

이광호가 물었다.

"그때가 기억이 잘 안 나네요."

김은정이 말했다. 그때 그녀의 일행 중 하나가 말을 꺼냈다.

"두 달은 족히 넘었어요. 두 달 하고 보름은 지난 것 같습니다."

시간을 넘어오기 전으로부터 1~2주 사이에 감염자들이 깨어났다는 뜻이 되었다. 감염자들을 이상하게 만들어놓은 것이 악마의 소행이라면, 증상이 나타나고 그들의 체내와 정신 내부적으로 많은 변화가 있었을 것으로 생각되었다.

대통령에게는 감염에 대한 정보를 굳이 전해줄 필요가 없었다. 그러나 나트 교에는 매개를 찾아 넘겨줘야 하는 사명이 있었다.

"감염자들에게 공통점이 있었나요? 특이사항이라도 괜찮습니다."

이광호가 김은정의 일행들을 보며 물었다.

"뚜렷한 공통점은 없었어요. 특이사항이라면 있습니다. 저도 여기 와서 처음 목격한 건데. 여기 잠깐 있는 동안 감염자가 발생했거든요. 그런데 그 찝찝한 액체를 토해내기 전에 이상한 말을 했습니다. 어떤 여자가 자꾸 보인다고 하더군요. 어린애라고 했었는데. 딸을 잃은 지 얼마 안 된 사람이어서 크게 문제 삼진 않았습니다. 그리고 나서 그 사람이 증상을 보이고 말았습니다. 그런데 그 사람이 그만."

"스스로 자결을 했어요."

"맞아요. 환청이 들린다고 했죠. 사람들을 모두 잡아먹으라는."

"목숨이 끊어지기 전에 드디어 딸에게 갈 수 있다고 말했어요."

"그런데 그게 그들의 공통점이라고 확신할 수는 없습니다."

종합해보면, 감염자들이 환청과 환각 상태를 거친다는 이야기였다. 모두 공격적으로 변하는 것은 아니라는 결론도 나온다. 환각에서 보았다는 여자가 매개일 가능성이 높았다.

"알겠습니다."

이광호가 말했다.

"가실 건가요?"

김은정이 물었다.

"그래야겠죠."

이광호가 말했다.

작별 후에 그는 건물에서 빠져나와 노트를 꺼내보았다. 신현재가 지니고 가라고 했던 예언이 적힌 노트였다.

악마의 성경. 불교의 승려가 밤을 지새워 적었다는 그것의 뒷부분 내용이 수록된 것으로 추정되었다. 그것보다는 조금 더 체계적이고 방대해보였지만, 내용은 별반 다르지 않을 것으로 보였다.

이광호는 노트를 다시 품에 넣으며 시간을 되돌렸다.

주변 환경이 변화하는 것을 보며 이광호가 중얼거렸다.

"뜻대로 되게 하면 안 되지."

악마의 성경에 수록된 내용대로 흘러가지 않게 하면 뭔가 방도가 나올지도 몰랐다. 하늘이 준 이 능력으로 과거와 미래를 잇는 현재를 끊어놓으면 되는 것이다.

29.

7월 25일 am 11:43

이광호는 최필영 대통령이 머물고 있는 집무실로 그를 찾아갔다. 도착해서 그와 짧게 인사를 나눈 뒤에 그는 곧바로 본론을 전했다. 마침 감염자들이 격리된 병동 상황에 대해서 전해들은 뒤라 이야기는 빨랐다.

"그들을 모두 격리해야 한다고? 이미 충분히 격리조치하고 있다고 생각되는데. 일반인은 그 병원에 들어가지도 못하게 하고 있어. 그런데도 거기서 더 보안을 강화해야 하는 이유가 있나. 뇌사 상태에 빠진 그들이 무엇을 할 수 있다고."

최필영 대통령이 말했다.

"제 말을 믿기 어려우신 것 압니다. 하지만 한시가 급합니다. 그들이 깨어난 뒤엔 이곳부터 시작해서 한국 전체가 아수라장이 될 겁니다."

이광호가 말했다.

"이광호군의 말에 따르면 뇌사 상태에 빠진 그들이 깨어나 좀비가 될지도 모른다는 것인데 그 말을 곧이곧대로 믿을 수 있겠어?"

최필영이 말했다.

아무리 자신의 능력을 알고 있다고 해도 그가 쉽게 믿으리라고는 생각하지 않았다. 아주 작은 단서라도 제시해야 했다. 하지만 그는 개인적인 사고 때문에 미래에 있을 재난을 두고 볼 인물은 아니라고 생각되었다.

"감염자들이 토해낸 액체에 대한 성분 조사는 아직 이뤄지지 않았을 거로 압니다. 제가 미래에 가서 이미 확인하고 왔습니다. 사람들이 모두 감염자들을 피해서 은둔하고 있었고, 공격받은 사람들의 시체와 혈흔이

사방에 널려 있었습니다. 대통령께서는 이러한 문제가 있을 가능성을 사전에 차단해야 합니다."

이광호가 말했다.

긴 설득 끝에 최필영 대통령은 결단을 내렸다. 감염자들을 보호하고 있는 병동에 전화를 걸어 그들을 강두호 총수의 개인 연구실로 옮기기로 결정한 것이다. 강두호가 소지하고 있는 연구실 중에 가장 규모가 크고 시설이 잘 되어 있는 곳이었다. 게다가 이광호가 요구한 '그들을 안전하게 보호하되, 깨어난 그들이 자발적으로 나갈 수 없을 만큼 출입 통제가 가능한 곳'이라는 조건에 부합했다.

오후 8시쯤, 모든 감염자들이 안전하게 강두호의 연구실로 옮겨졌다. 하얀 유리 벽 너머로 호흡기를 낀 채 누워있는 감염자들을 보며 최필영이 말했다.

"저들을 난폭하게 만든 원인은 뭔지 알아냈나? 그걸 아직 모른다면 우리는 빠른 시일 내로 백신을 만들 수 없을 거야."

"대통령께서는 아무것도 묻지 마시고 감염자들을 추려내어 다른 곳에 머물지 못하도록 해주십시오. 그게 최선입니다. 해결 방법은 저와 총수님이 마련하고 있습니다."

이광호가 말했다.

"대한민국 대통령이라고 자부심을 가지고 있었어. 그런데 이런 위급 상황에 할 수 있는 게 아무것도 없다면 나는 존재가치가 없어. 뭔가 힌트라도 주게."

최필영이 말했다.

정치인들의 말을 곧이곧대로 믿지는 못하지만 최필영 대통령의 모습은 인간적으로 보였다. 적어도 그 말에 담긴 가식은 없을 것이다. 사실대로 말한다고 해서 그가 납득하리라는 보장은 없지만 털어놓는다고 해서 믿질 것은 없었다.

"미혹의 악마라고 들어보셨습니까?"

이광호가 말했다. 연구실을 내어준 총수는 잠시 자리를 비운 상태였다. 그가 없는 틈을 타서 조금의 설명을 해줄 셈이었다.

"악마의 짓이란 말이냐?"

최필영이 말했다.

"이름이 알려지지 않은 악마입니다. 별칭으로 불리우죠. 사탄의 하나뿐인 아들이라고 불리고, 악마 숭배자들에게는 그리스도라고 불린답니다."

이광호가 말했다.

"악마에게 그리스도라는 이름이 붙다니. 기분이 나쁘군. 나는 신실한 기독교인이야. 악마의 존재 또한 믿고 있지."

최필영이 말했다. 그는 예상보다 순순히 믿는 듯이 보였다.

"그럼 정말 내가 할 수 있는 일이 없겠네. 이번 일을 해결할 수 있는 이광호 군 같은 인물이 있다는 것도 다 주님의 뜻이겠지. 그게 사실이라면 나는 자네 말대로 감염자들이 외부에 존재하지 않도록 최선을 다해서 막겠어."

최필영이 말했다.

"그럼 부탁하지. 강두호는 믿음직스럽지 못하지만 이광호 군은 믿겠어."

그는 유리벽 너머를 다시 응시했다. 호흡기를 낀 채로 죽은 듯 누워 있는 사람들. 그들이 돌변해서 유리벽을 내려친다고 해도 금방 빠져나오지는 못할 것이다. 그렇게 설계해두었다고 들었다.

"그 액체가 무엇인지에 대한 정보는 알 수 없겠어. 지금 당장은 말이야. 내가 이교도는 믿지 못하지만 지금은 강두호 총수와 연이 있는 그 종교에 의지하는 수밖에 없겠고. 이곳은 이광호군에게 맡기지. 자세한 것은 묻지 않고 내가 할 수 있는 일을 하고 있을 테니 이광호군도 할 수 있는 일을 해주게."

최필영이 말했다.

다음 날 그는 TV를 통해 대안을 발표했다. 의문의 바이러스에 대해서는 연구가 진행 중이며, 같은 증상을 지닌 환자들을 모두 한 곳에 모은다는 말이었다. 더불어 이것을 위반할 시에 제재가 가해진다는 압력도 넣었다. 혹시 있을지 모를 전염성에 대한 위험이 있다는 설명이었다.

그날 오후, 신현재가 연구소에 방문했다.

뇌사 상태에 빠져있는 그들을 보며 신현재가 말했다.

"감염자들이 이상하게 변한 것이 정확히 언제였지?"

"이제 2주도 안 남았습니다. 열흘 정도가 남았다고 보시면 됩니다."

이광호가 말했다. 신현재 교주의 신도들 옆으로 오세나와 유화도 함께였다. 강두호 총수는 신현재를 이끌고 연구소 곳곳을 안내했다.

"지금까지 모인 감염자들이야. 이들 중에 매개가 있을 가능성이 있는가?"

강두호가 말했다.

"확인해 봐야 할 겁니다."

신현재가 대답했다.

"그럼 서둘러주게."

강두호가 말했다.

"예언의 내용 중에 매개가 깨어나면 일이 벌어질 거란 것을 암시하고 있습니다. 뇌사 상태에 빠진 이들 중에 매개가 있을 거라고 봅니다."

"확인 방법은 어떻게 되나?"

"차길수 전 교주님의 예언대로라면 아마도 어떠한 표식이 나타날 겁니다. 피부 겉으로 말이지요."

신현재가 말했다.

"그것을 알기 위해서는 특별한 의식을 진행해 봐야 합니다. 성수와 양초, 그리고 태울 만한 양피지가 필요합니다."

"성수는 가져왔나?"

"성수와 양초는 준비했습니다. 하지만 양피지가 많이 필요합니다. 지금 가진 것으로는 이 많은 사람들을 하나하나 다 확인해 볼 수가 없어요."

신현재가 말했다.

"일단은 이 방부터 시작하지."

강두호가 멈춰서며 말했다. 유리벽 너머로 3명의 인원이 격리되어 있었다. 신현재가 신도들과 함께 그 안으로 들어가는 것을 보며 강두호가 고개를 돌렸다.

"세나야. 고생이 많았다고 들었는데. 괜찮은 거냐?"

강두호가 말했다.

오세나는 고개를 끄덕거렸다. 아픈 곳이 없다는 것을 증명해보이듯 그녀는 방긋 웃었다.

"그럼 세나 너는 푹 쉬어라. 당분간은 유화와 이광호만 이번 작전에 투입하는 걸로 하고."

강두호가 말했다.

30.

오세나가 전혀 괜찮지 않다는 것은 금세 알아차릴 수 있었다. 항상 웃음이 많고 말이 많던 그녀가 혼자서 밥을 먹고, 개인 시간을 보내고 있었다. 평소의 그녀라면 사람들 사이에 섞여서 어울리고 있었을 시간에도 그녀는 어쩐지 딴 세상 사람처럼 굴었다. 대놓고 사람들을 피하고 있다고 보는 게 정확했다.

이광호는 이 사실을 알았지만 일단은 지켜보았다. 악마 추종자들에게 잡혀서 어떤 시간을 보냈을지 모르는 일이었다. 그녀의 안정을 위해서 모른 체 해주는 것이 좋을 것 같았다. 박철민도 그와 같은 생각이었다.

세나의 상태에 대해서 그가 먼저 말했다.

"세나한테는 별 말 하지 않는 게 좋을 것 같다. 너도 괜한 오지랖에 세나가 어떤 일을 당했는지 보러 갔다 올 생각하지 말고."

악마 추종자들이 매개를 찾는 방법에 대해서 정확하게 하려면 다녀오는 편이 좋았다. 하지만 악마의 성경을 손에 넣은 이상 불필요하다는 박철민의 의견이었다. 너무나도 손쉽게 손에 넣은 정보가 못내 찝찝했지만 이광호는 그의 말에 수긍했다. 신뢰성이 떨어지는 정보여도, 자신이 남들보다 더 많이 움직이면 해결될 수 있을 거란 생각이 있었다.

하지만 그 생각은 오래가지 못했다. 상황이 급변한 것도, 특별한 장애물이 생긴 것도 아니었다. 심경의 변화였다. 이광호는 사춘기 소년 같은 심경의 변화를 느끼고 있었다. 내색할 수는 없지만 그렇다고 막을 수도 없이 기분이 이상했다.

신현재와 함께 그는 최필영 대통령을 마주했다.

"열흘도 남지 않았다는 것이지. 그렇다면 열흘 안에 당신들의 말이 맞는지 확인할 수 있겠군."

최필영 대통령이 유리벽 너머의 리진만 이사를 보며 말했다. 대통령의 부탁 덕분에 그녀는 혼자서 격리되어 있었다. 연구원과 의료진이 그녀의 상태를 체크하고, 일일이 차트에 적어놓고 있었다.

그의 입김 덕분에 연구실은 환자들로 넘쳐났다. 수천 명이 넘는 이들을 한 곳에 모두 수용할 수가 없어, 강두호의 소유인 연구소와 비밀기지에 나누어 보호하고 있었다. 보호하고 있다고는 하지만 감시도 겸하고 있었다.

"리진만 이사가 걱정이 되는군. 고마워. 이광호군이 강두호 그 친구에게 부탁을 해줘서 그녀가 안전하게 혼자 있을 수 있게 됐군."

최필영이 말했다.

"아닙니다. 말을 전해드렸을 뿐입니다."

"자네 말이 사실이라면 환자들끼리도 물고 뜯을 가능성이 있으니. 위험하다고 생각했어. 다른 사람들에게는 미안하지만. 나도 사람이니까. 내가 아는 사람을 더욱 우선에 둘 수밖에 없군. 나한테 실망이야."

"누구나 그렇습니다. 대통령님."

이광호가 말했다.

투명한 유리벽 너머의 리진만 이사는 인공호흡기에 의지한 채로 누워 있었다. 5시간도 되지 않아 더러워지는 인공호흡기를 새것으로 교체하느라고 의료진은 바쁘게 움직이고 있었다. 마찬가지로 리진만 이사의 인공호흡기를 새로 갈고, 의료진은 연구원 한 명을 두고 밖으로 나왔다.

흰색 가운을 입고 청진기를 목에 두른 의료진이 그대로 지나쳐 옆방으로 향했다.

"의료진들이 고생을 하는군."

최필영이 말했다.

"모두가 고생하고 있습니다. 대통령님도 마찬가지 아니십니까."

이광호가 말했다. 제대로 잠을 자지 못해 피곤이 몰려오던 차였다. 그것을 어떻게 알아채고 걱정을 해주는 것인지, 최필영은 못내 고마웠다.

"의료진과 연구원들은 이 골칫거리 병 때문에 고생이야. 원인이 악마 때문이라면 인간인 우리로서는 알 수 없는 게 당연한 것일 텐데. 어차피

밝힐 수 없는 치료약을 찾느라 애먼 고생을 하는 건 아닌지 모르겠군.”

“강두호 총수님 소속의 연구원들은 적어도 이유를 알고 있습니다. 당장의 치료약을 찾는 게 목적이 아닙니다. 또 다시 이런 사태가 일어났을 시에 제대로 대응할 수 있도록 방법을 찾는 것이 좋겠죠.”

이광호가 말했다.

다시금 기분이 소용돌이쳤다. 그는 왠지 모를 거부감에 눈살을 찌푸렸다.

“왜 그러는가? 혹시 문제가 있는 건······.”

“아니요. 그건 아닙니다. 갑자기 속이 좋지 않아서 그렇습니다.”

이광호가 말했다.

“그래도 타개할 만한 방법이 있는 것 같아서 다행이야. 신현재라는 그 교주는 믿을 만한 사람이 맞는가? 강두호 총수의 사람이라면 믿을 만 한진 몰라도 유능하긴 하겠군. 걱정할 필요는 없을 것 같아.”

최필영이 말했다.

그는 뒷짐을 진 채로 걸음을 옮기려다가 다시 리진만을 응시했다.

“대통령님, 이제 가보셔야 합니다. 자리를 오래 비우고 있으면 좋지 않을 것 같습니다. 가시죠.”

대통령의 수행기사가 말했다.

“알았어. 그럼.”

최필영이 이광호를 응시했다.

“특이사항이 있으면 말해주게. 내 예상과는 반대로 흘러가고 있긴 하지만 그래도 주님께서는 우리가 이 상황을 극복할 수 있도록 뭔가의 방법을 마련해뒀을 거야. 그게 우리였으면 좋겠구만. 그럼 믿겠네.”

최필영이 말했다.

그가 수행기사와 경호원들과 함께 나가는 것을 바라보다 이광호는 걸음을 옮겼다. 일렬로 늘어선 연구실 방마다 환자들이 빼곡했다. 의사 가운을 입은 사람들이 차트를 보며 복도에서 대화를 나누고 있었다. 그들은 인공호흡기를 더럽히는 검은 액체에 대해서 이야기를 나누고 있었다.

의사들은 이 사태가 악마와 관련되어 있는 줄 모르는 외부인이었다. 그들의 눈에 환자들의 해괴망측한 증상들은 쉽게 풀리지 않는 난제와 같은 것으로 비쳐질 것이다. 환자들의 몸속에서 나왔을 검은 액체의 정체가 밝혀지지 않았기 때문이다.

"사람의 몸속에서 발견될 성분이 아니야."

"인간의 몸이 어떤 구조인지 우리는 아직 모르지 않아?"

"환자들이 뭔가를 접하거나 섭취했을 가능성도 배제할 순 없어."

"외부적인 뭔가가 있었을 거란 말이야?"

"그렇게 생각한다면 전염성이 없는 돌연변이 바이러스일 수 있어."

"따로 연구한 바에 의하면 움직임이 아주 느리다고 들었어. 생물체의 내부로 들어가면 움직임이 달라지는 건가?"

"그럴 수도 있겠어."

이광호는 그들을 지나쳐 복도를 걸었다. 후미진 곳으로 향할수록 사람들은 현저히 적어졌다. 연구실 방 내부에 한명씩 자리한 연구원들을 빼면 거의 사람이 없다시피 했다. 그렇게 계속 발걸음을 옮기다가 그는 한 연구실 방 앞에 멈춰 섰다.

투명한 유리벽 너머로 여섯 명의 사람이 호흡기에 의지한 채 누워있었다. 어쩐 일인지 자리를 지키고 있어야 할 연구원이 보이지 않았다.

"잠깐 화장실에 간 건가?"

이광호가 중얼거리며 연구실 안쪽을 응시했다. 혹시 있을 위급 상황에 대비해, 연구원이 올 때까지 기다릴 작정이었다.

"악마가 원하는 게 대체 뭘까."

이광호는 '미혹의 악마'라는 별칭을 곱씹었다. 미래에 있을 일이, 정신 착란을 일으키고 환청과 환각을 동반하며 안 좋은 선택으로 사람들을 몰고 가는 것이라면. 하지만 미래에서 접했던 정보 중에, 스스로의 의지로 악마의 속삭임을 극복할 수 있다는 사실을 확인할 수 있었다.

"내가 악마라면 정신적으로 취약한 사람들을 공격하겠군."

이광호는 안쪽의 사람들을 응시했다. 남녀노소를 불문하고 감염자들이 나왔다. 그들이 이상해지는 것은 이제 며칠 남지 않았다. 감염자들이 비감염자를 공격하는 일을 막기 위해 임시조치를 취했지만, 가능할지는 몰랐다.

감염자들은 언제든 도시 내부에서 출몰할 수 있는 일이었다.

"어쨌든 내가 빨리 움직여야 해."

이광호가 중얼거렸다. 마침내 연구원이 돌아오고 있었다. 그는 연구원과 인사를 나눈 후, 자리를 옮기려 했다.

그런데 그때였다.

"네가 모든 걸 막을 수 있다고 생각해?"

누군가의 목소리가 들렸다. 잘못 들은 건지 확인하기 위해 그는 주변을 살폈다. 연구실 안쪽으로 들어가기 위해 다가오는 연구원을 빼면, 복도에 아무도 없었다.

그렇다면 말을 건넬 수 있는 사람은.

이광호는 천천히 고개를 연구실 안쪽으로 돌렸다. 조금 전까지 누워있던 젊은 여자가 인공호흡기를 그대로 단 채로, 반듯이 앉아 그를 응시하고 있었다. 입을 있는 대로 벌리고 웃으며 바라보는 것이다.

"어울리지 않게. 언제부터 그렇게 오지랖이 넓었다고?"

여자가 입을 전혀 움직이지 않고 말했다.

"관심도 없었잖아."

이광호는 넋을 놓고 그 모습을 바라봤다. 여자가 소름끼치게 큰 목소리로 웃기 시작했다.

"나는 네 선택을 존중해."

여자가 손을 들어 올려 검지로 그를 가리켰다. 정확히 이광호, 자신을 향해 말하고 있다는 것을 깨달은 그는 연구원이 다가오는 것도 잊은 채로 그녀를 바라봤다. 반박하거나 대꾸할 생각도 하지 못했다. 그녀의 말이 하나하나 가슴 속을 후비는 느낌이었다.

이광호는 화들짝 놀라 고개를 돌렸다.

"대신 자리를 지켜주셔서 감사합니다. 여기는 제게 맡기고 강두호 총수님께 가보시죠. 바쁜 분이 여기 계시면 안 됩니다."

연구원이 이광호의 어깨에 올려둔 손을 치우며 말했다.

"하지만 지금……."

이광호가 연구실 안쪽을 가리켰다.

"예? 무슨 일이 있습니까?"

연구원이 말했다.

그들이 바라본 연구실 안쪽은 맨 처음 그가 보았던 것처럼 특별한 점이 없었다. 환자들은 모두 반듯하게 죽은 듯 누워 있었다.

"피곤하신가 보군요. 총수님께는 조금 더 이따가 가보셔도 됩니다. 총수님이 호출하셨죠? 그 시간에 맞춰서 가십시오. 제가 괜히 급한 마음에 이기적인 소리를 했나 봅니다. 이광호군도 우리와 같은 사람인걸요."

연구원이 웃으며 말했다.

방금 경험했던 것이 뭐였을까. 감염자의 몸을 빌려 악마가 말을 건 것 같기도 했다. 정말로 악마가 개입되어 있다면 쉽지는 않을 것이다. 아무리 시간을 꼬아서 막아보려고 한들, 악마가 자신의 존재를 알고 있다면 바보가 아닌 이상 저들도 다르게 나올 것이 분명했다. 한가로운 시간을 보내는 것은 여의치 않았다.

가슴이 울렁거리는 것을 다잡으며 이광호는 연구소 밖으로 나왔다.

강두호 총수에게 이 사실을 알려야 할지 가늠이 서지 않지만, 일단은 그와 만나서 계획을 세우는 것이 좋을 것 같았다.

'언제부터 그렇게 오지랖이 넓었다고? 관심도 없었잖아.'

그녀의 말.

이광호는 차에 올라타 시동을 켜다 말고 핸들에 머리를 묻었다. 전에 없이 요동치는 감정을 어떻게 해야 할지 몰랐다.

난생 처음 동요하고 있었다.

아주 오래 전의 다짐이 떠올랐다. 아버지가 떠나고 난 후에, 방황하던 자신에게 누군가 건네주었던 말이 생각났다.

"하지만 한번 마음을 먹었으니. 되돌아갈 수는 없어."

이광호는 시동을 걸고 차를 움직였다.

마음 같아선 지금 당장, 시공간을 이동해 그를 만나고 싶었다. 하지만 타임 워킹은 사람들의 혼란을 막기 위해서 최소한으로 써야 했다. 서울까지 시간은 3~4시간 정도 소요될 것으로 보였다.

강두호 총수는 다른 초능력자들과 있었다. 모두 처음 보는 얼굴들이었다.

"네가 그 소문의 타임 워커로군."

그들이 말했다. 이광호는 디너 타임을 즐기고 있는 그들을 보다가 강두호 총수에게 말했다.

"미래에 잠깐 다녀오겠습니다. 가서 확인해봐야 할 것도 있고, 혹시 모를 상황에 대비해야 합니다."

"다치진 말라고. 자네 몸값이 다이아몬드보다 비싸니까."

강두호가 말했다. 초능력자들이 웃음을 터뜨렸다.

"거기서 알게 된 사람들이 있습니다. 그들에게 다녀올 생각입니다. 미래가 변했는지, 어떤 식으로 변했는지 확인해보고 오겠습니다."

이광호가 말했다.

이른 오후에 있었던 일은 말하지 않았다. 이광호는 총수와 초능력자들에게 인사를 건네고 밖으로 나와 시간을 돌렸다. 나오기 전, 보았던 한 초능력자의 눈빛이 묘하게 신경이 쓰였지만 이내 기억에서 떨쳐냈다.

어디든 기분 나쁜 사람이 있기 마련이다.

31.

10월 26일. 오후 4시 15분.

전에 왔을 때와 달라진 것이 없었다. 납득하기 어렵지만 무언가 잘못된 것이다. 그렇지 않고서는 미래가 달라지지 않았을 리가 없었다. 역시나 임시방편으로 감염자들을 보호조치 해두는 것만으로 상황을 바꾸는 것은 무리였다.

이광호는 서울 도심부와 가장 가까운 강두호 총수의 연구소로 향했다. 차를 타고 연구소에 도착하는 도중 도로에 멍하니 서있는 감염자들을 보았다. 그들은 뭔가를 중얼거리고 있었고, 많이 혼란한 모습이었다.

사람들이 그들을 표현하는 말로 썼던 '미친'것과는 달라보였다. 모든 것을 알고 있기에 더욱 그럴지도 몰랐다.

연구소의 출입문은 깨져있었다. 뭔가 둔탁하고 무거운 것으로 내리친 것처럼 출입문의 유리가 부서져내려 있었다.

안은 더욱 참혹했다. 연구실의 유리는 밖에서 봤던 출입문과 같은 상태였다. 다른 점이 있다면 맨몸으로 깬 것처럼 지저분한 모습이었다. 연구실의 유리는 안팎으로 튀어 있었다. 누군가 밖에서 깨고 감염자들을 빼냈거나, 감염된 사람들 스스로 자력으로 탈출했다는 말이 되었다.

"지능이 그대로라면 곤란한데."

이광호가 깨진 유리알을 바닥에서 주워들며 말했다. 깨진 유리알 겉면으로 소량의 혈액이 묻어 있었다. 상처가 나도록 벽을 두드렸다는 말이었다. 좀비와는 다르다. 그들은 지능이 있는 채로 악마에게 미혹되어 있는 것 같았다.

"감염자들이 모두 악마에게 씌었다는 말이 되는데."

이광호가 유리알을 바닥에 던졌다.

엑소시즘이라던가, 악마에 관한 영화는 많이 봤었다. 간혹 드문 케이스로 진짜 그러한 일이 나타나는 것은 본 적이 있다. 그러나 이렇게 많은 사람들이 한꺼번에 변화를 나타내는 것은 처음 겪는 일이다.

그들이 경험한 환청과 환각이 부수적인 증상이라면, 그들이 토해내는 액체는 악마의 피가 아닐까 생각이 되었다. 어쩌면 인간으로서의 모든 생각과 존엄성을, 마지막 피처럼 토해내는 것일지도 모른다는 생각도 들었다.

"어쨌건, 이렇게 되면 정말 매개를 찾는 게 우선이겠군."

이광호가 말했다. 감염자들은 나타나는 즉시 강두호 총수의 연구실로 향하게 되어 있었다. 그 작은 찰나에도 발생했을 환자들이 향할 곳은 병원밖에 없었다. 결국 이 사단이 났다는 것은 매개가 연구소에 들어오지 않은 채 밖에서 방치되었다는 뜻이 되었다.

매개는 감염자 중에 있다고 했다.

"병원을 찾아봐야겠어. 당신한테는 미안하지만 많은 사람들의 목숨이 달린 거라서."

이광호는 연구소 내부를 둘러봤다. 인적이 전혀 없었다. 그나마 발견하는 사람들은 모두 죽어 있었다.

매개는 악마와 함께 봉인되어 죽어야 한다고 했다. 하지만 연구소를 둘러볼수록 이 수많은 사람들의 목숨과 비교할 것이 안 된다는 생각이 들었다.

이광호는 김은정과 함께 갔었던 생존자들의 아지트의 모습을 떠올렸다. 그리고 시간을 30분 뒤로 돌렸다.

"안녕하세요."

이광호가 보초를 보며 말했다. 그는 총부리를 내리며 대답했다.

"생존자요? 어디서 왔습니까?"

보초가 말했다.

"김은정씨를 찾고 있는데요. 긴히 물어볼 말이 있습니다."

"김은정이라면 어제 왔던 아가씨 말이군요. 혼자 있는 걸 구조했다고 들었죠."

보초가 말했다. 과거가 바뀌었기에 그녀와 만났던 것이 없던 일이 되었던 걸까. 이광호의 존재는 지워져 있는 것 같았다. 이대로 그녀를 만난다고 해도 득이 될 것이 없었다. 반가운 마음에 다가간대도 예민한 김은정에게는 큰 혼란으로 다가올 것이다.

"아닙니다. 그냥 당신에게 뭘 좀 묻겠습니다."

"여기서 머물지 않고요? 바깥은 위험해서 이 안에서 생활하는 게 좋을 것 같은데요."

"행선지가 있어서요. 뭐 좀 묻겠습니다."

"네, 그러세요."

보초가 말했다. 낯익은 얼굴들이 차벽을 넘어 안으로 들어가고 있었다.

김은정이 찾았었던 그녀의 동료들이었다.

"돌변한 감염자들이 처음 나타났던 병원이 어딘지 아십니까?"

이광호가 소리쳐 물었다. 보초는 한참을 골똘히 생각하다가 불현듯 말했다.

"서울산호병원이라고 들었습니다. 뉴스에서 보도되었죠. 집 근처에서 벌어진 일이어서 정확하게 기억납니다."

보초가 말했다.

서울산호병원. 현재로서는 매개가 있을 가능성이 가장 높은 곳이었다. 악마의 성경. 그 예언록에 주시할 만한 말이 쓰여 있었다. 그녀가 눈을 뜨면 모든 일들이 벌어질 거라는 것을 암시하고 있었다.

"감사합니다."

"뭘요."

이광호는 생존자들을 뒤로 한 채 시간을 되돌렸다.

32.

8월 3일. pm 1:00

서울산호병원.

5층짜리 큰 건물이었다. 평수가 넓고 서울에 위치한 만큼 수용인원이 많았다. 6인실 병실, 1인실, 2인실, 응급실, 중환자실을 비롯해 진료과도 다양했다. 암 병동은 별관으로 따로 있었기에 그곳은 둘러보지 않아도 될 것이다. 중환자실이나 응급실 위주로 돌아보면 될 것 같았다.

병실을 하나하나 둘러보는 것은 수상쩍어 보였기에, 아는 이를 찾는다는 핑계를 대며 병실을 둘러보고 있었다. 자가 호흡이 곤란해 인공호흡기를 끼고 있는 사람들을 집중해서 관찰하면 매개가 나올 것이다.

중환자실은 2층에 있었다. 여태까지 그들이 보였던 증상으로 추정해보면 수술실에 들어가 있지는 않을 것이다.

이광호는 2층 중환자실에 도착해서 계단 바로 앞 병실 안으로 들어갔다. 계단이 마침 복도 끝에 위치해 있었기 때문에 순서를 헷갈리는 일은 없을 것 같았다. 문제는 중환자실 안으로 들어가는 과정에 있었다.

"환자분을 찾는다고요?"

"어떻게 해서 알게 된 사인데. 일단 여자구요. 우연히 만나 도움을 받았던 거라 나이는 모릅니다. 병원에 입원해 있다기에 찾아보고 싶은데. 이 병원에 있을 거라는 말을 들어서요. 소란을 피우지는 않겠습니다."

이광호가 말했다. 간호사는 탐탁찮은 얼굴이었다.

"사정은 알겠는데 중환자실은 면회가 통제되어 있어서요. 어떤 관계인지 확인되지 않으면 저도 어쩔 수가 없어요."

간호사가 말했다.

"평생의 은인입니다. 제 가족을 살려준 장본인이기도 하고요. 이대로 그 분을 뵙지 못하고 보내게 된다면 그건 정말 슬플 것 같습니다."

이광호가 말했다. 그의 진정성 있는 모습에 간호사는 난감해하고 있었다.

"둘러보고 없으면 바로 나오겠습니다. 그래도 안 되겠습니까?"

이광호가 말했다.

"곤란한데. 그럼 정확히 가족 분은 아니시라는 건가요?"

"생판 남이지만, 남보다는 더 특별한 사이입니다. 이대로 인사도 전하지 못한 채 보내게 되면 평생을 후회 속에 살아야 합니다."

이광호가 품안에서 하얀 봉투를 꺼냈다.

"이러시면 곤란한데요."

간호사는 난감한 듯 봉투 안을 들여다봤다.

"무슨 사연인지 잘은 모르겠지만 알겠어요. 대신 저도 동행할 겁니다. 혹시 모를 범죄에 대비한 매뉴얼이니 이해해주세요."

간호사가 봉투를 품안에 넣고 이광호를 안내했다.

"중증 환자들이지만 면역성에 무리는 없는 분들이에요. 그래도 조심해 주세요. 만지거나 하시면 안 됩니다."

간호사가 말했다.

병실 안으로 들어서니 침실에 누운 환자들이 보였다. 드물게 환자의 가족이 그 옆을 지키고 있었고 비어있는 침실도 있었다.

"그분이 감염자는 아니시죠? 지금 비어있는 침실은 모두 감염 의심되는 환자들이라 외부시설로 옮겼어요. 참고해주세요."

간호사가 말했다.

이광호는 환자들을 둘러보며 여성이 몇 명인지 세었다. 첫 번째 병실에는 5명 정도가 있었다. 그 중에 인공호흡기를 달고 누워있는 여성은 모두 두 명이었다.

"여기에는 없나요?"

"없는 것 같습니다."

이광호가 말했다. 우선은 인원을 추리는 것이 목표였다. 매개를 확인할 방법은 아직 몰랐다. 인원을 추린 후에 신현재에게로 가, 매개를 확인할 방법을 논의한 후 돌아오면 되었다.

"중환자실은 2층에 모두 3곳이 있어요."

"그 여성분은 지금 뇌사 상태라고 들었습니다. 인공호흡기를 끼고 있어요."

"아, 그래요? 그러면 알겠어요. 따라오세요."

간호사가 말했다.

그녀는 이광호를 그 다음 병실로 데려갔다. 중간에 보였던 중환자실을 건너뛰고였다.

"저기엔 뇌사 판정을 받으신 분이 없어요. 그런 환자분들이 있는 곳만 보여줄게요. 제가 여기 오래 근무해서 병원 일은 잘 알고 있어요."

간호사가 말했다.

이광호는 병실에서 인공호흡기를 달고 있는 여성의 수를 추렸다. 모두 3명이었다. 조금 전 병실과 합하면 5명이었다.

"그리고 한 곳이 더 있기는 한데. 들어가진 못할 거예요."

중환자실을 빠져나오며 간호사가 말했다.

"이유가 뭔가요?"

이광호가 말했다.

"일단은 따라오세요. 이름 정도는 보여줄 수 있으니까요. 가면서 들으세요."

간호사가 발걸음을 돌리며 말했다. 그녀는 위층으로 올라가는 계단을 밟으며 덧붙였다.

"며칠 전부터 여기서 지내고 있어요. 다른 분들은 조금 더 오래되셨는데. 이 분은 얼마 안 됐어요. 들어오자마자 뇌사 판정을 받고 병실을 쓰고 계신데. 1인실에 환자분 어머님만 곁을 지키고 계세요. 병문안 오는 사람도 받지 않고 그대로 쫓아내던데. 이상하죠. 아마도 들어가진 못할 거예요. 괜찮으시다면 부모님과 만나서 말씀드려 보세요. 워낙에 단호하셔서 안 된다고 하시겠지만."

간호사가 말했다.

병실은 3층 복도의 중앙에 있었다.

이광호는 병실 밖에 꼽혀있는 이름표를 자세히 보았다.

'설란'

병실 밖으로 희미하게 텔레비전 소리가 들려오고 있었다. 간호사가 검지를 입술에 갖다 대었다.

"예민하셔서 밖에서 크게 대화할 수는 없을 거예요. 어머님을 불러와드릴까요?"

간호사가 작은 목소리로 속삭였다.

"여자 분인가요?"

이광호가 말했다.

"맞아요. 어린 학생이라고 들었는데 병원에서 소문이 좋지 않아요. 병원장님한테 사정사정을 해서 1인실 병실에 머물고 계시는데. 중증 환자가 머무르기에는 좋지 않을 거라고 해도 영 듣지를 않으셔서."

간호사가 말했다.

"얼굴을 확인할 수는 없겠죠?"

이광호가 말했다.

"죄송해요. 그건……."

"알겠습니다. 그냥 다음에 오는 게 좋겠네요. 보시다시피 아무것도 준비하지 못해서 곧바로 찾아뵙기가 뭐하네요."

이광호가 말했다.

"찾으시는 분이 맞을 거예요. 우리 병원에 뇌사판정을 받은 여성분이 많지 않거든요."

간호사가 말했다. 뇌사 판정을 받은 인원은 남녀 모두 합쳐서 9명. 그 중에 여자는 6명이었다.

이광호는 간호사에게 인사를 건네고 시간 속으로 사라졌다. 혼자 남은 간호사가 어리둥절하게 서 있다가 눈앞의 병실을 바라봤다.

"내가 왜 여기에 서있지? 정신이 없나 보네."

간호사는 병원 복도를 바라보다가 설란의 병실로 들어갔다. 자는 듯 누운 설란과, 그 옆에 자고 있는 김미애가 보였다.

33.

교단의 서재.

신현재는 강두호 총수와 함께 있었다. 이광호의 행적을 알 길이 없는 총수지만 그가 다음으로 찾아올 곳이 예상되었기에 그는 신현재의 교단으로 건너와 있었다. 그곳에 머무는 시간은 다행히 길지 않았다. 더는 찝찝한 곳에서 머물고 싶지 않았던 총수가 이광호를 반갑게 맞이했다.

"어서 와라. 내가 광호군 걱정이 돼서 밤잠을 설쳤어. 마침 기다리고 있던 중인데. 드디어 매개를 찾은 거냐?"

강두호가 말했다.

"예, 찾았습니다. 매개인지 알 수 있는 방법을 제대로 알기 위해서 다시 왔습니다."

이광호가 말했다.

"그래, 그럴 줄 알았다. 매개로 추정되는 여인은 어디에 머물고 있는 거냐?"

강두호가 물었다.

굳이 대답하고 싶지가 않았다. 정황만 있을 뿐 아직 확실하지도 않았다. 엄한 사람일 수도 있는데 잔뜩 몰려가서 이상한 의식을 벌이는 짓은 하고 싶지 않았다. 아무리 정당성을 띠고 있어도 말이다.

"그건 아직 말할 수 없습니다."

이광호가 말했다.

둘의 대화를 가만히 듣고 있던 신현재가 의자에서 일어났다. 그리고 그는 이광호를 향해 다가갔다. 한 걸음 거리로 가까워지자 신현재가 작은 크기로 여러 번 접은 쪽지를 건넸다.

"혼자 있을 때 읽어라. 매개를 확인할 수 있는 방법을 적어둔 쪽지니까."

신현재가 말했다.

"그냥 말로 하면 될 걸 가지고 쪽지를 건네긴."

강두호 총수가 중얼거렸다. 못내 짜증스러운 기색이었다. 서재 안에 있는 사람은 모두 세 명이었다. 그런 상황에서 비밀스럽게 쪽지로 말을 대신한다는 것은 분명 강두호 총수를 의식한 행동이다. 모를 수가 없었기에 강두호 총수의 마음은 더없이 안 좋아졌다.

사람이 사람을 싫어하면 당사자들끼리는 눈치채기 마련이다. 먼저 싫어한 사람은 자신이었으니 불만을 가질 수도 없는 것이다.

"나는 나가 있지. 둘이 오붓하게 대화를 나누라고."

강두호 총수가 일어나려 했다. 그런 그를 신현재가 저지했다.

"나가지 않으셔도 됩니다. 형제님, 긴히 드릴 말씀이 있습니다."

신현재가 말했다.

그러고는 이광호를 보며 덧붙였다.

"잠시 머리 식히는 시간이 필요할 거야. 현명하니까 내 말이 무슨 뜻인지 알겠지. 쪽지를 언제 꺼내야 하는지는 잘 알 거라고 생각하니 믿는다. 내가 전에 주었던 해석본은 잘 가지고 있지?"

신현재가 말했다.

노트라면 가지고 있었다. 그가 직접 악마의 성경을 분석하여 해석해낸 글이 담긴 노트였다. 품안에서 접어둔 양피지를 꺼내려는 이광호를 향해 신현재가 팔을 들었다.

"그건 너에게 준 거야. 가지고 있다면 다행이지. 시간 날 때 읽어봐라."

신현재가 말했다.

이광호는 서재에서 나와 복도를 걸었다. 드문드문 신도들이 어디론가 향하는 모습이 보였다. 자신들만의 성전을 준비 중인 그들이 어디로 향하는지는 알 수 없었다. 그렇게 신도들을 바라보며 한가로이 걷고 있는데 벽에 등을 기댄 채 서 있는 낯익은 얼굴이 보였다. 아마도 총수를 따라온 모양이었다.

"세나야, 여기서 뭐하고 있어?"

이광호가 그녀에게 다가가 물었다. 그녀는 화들짝 놀라며 고개를 치켜들었다.

"오빠, 왔구나. 나야 그냥 있었어."

오세나가 말했다. 표정이 밝지가 않았다. 아직도 추종자들의 제단에서 있었던 일에서 벗어나지 못한 것 같았다.

트라우마는 독이다. 그러나 당장에 풀 수 있는 방법도 없었다.

"세나야, 말하지 않으려고 했지만 말이야. 그때 너를 그대로 내버려둬서 미안해. 아픈 데 내색도 못하고 거기서 방치되었으니."

이광호가 말했다. 사실 그곳에서 어떤 일이 있었는지는 몰랐다. 그 일에 대해서 물어보려고 한 것도 아닌데 오세나가 말을 꺼냈다.

"특별한 일은 없었어. 그 사람들은 나를 지극정성으로 대해줬는걸."

의외의 말이었다.

"그랬다면 그나마 다행이고. 그런데 왜 그렇게 기분이 안 좋은 거야?"

이광호가 말했다.

인간이니 고민도 생기는 것이다. 게다가 보통 사람으로는 생각하지 못할 일들을 계속해서 겪었다. 나이가 어린 그녀가 복잡한 잡념에 빠지는 것도 무리가 아니었다. 문득 걱정이 되었다.

"고민이 있으면 말해. 하지만 말하기 어려워서 혼자 앓게 되어도. 그게 꼭 나쁜 일만은 아니야. 남들보다 많은 생각을 한다는 건 너를 더 성숙하게 만들 테니까. 마음껏 고민하고 정답을 내려. 그래도 끝까지 정답이 나지 않으면 말이야……."

이광호가 말했다.

"정답이 나지 않으면?"

오세나가 머뭇거리며 말했다.

"그냥 계속 생각을 해. 그 생각들이 너를 그때마다 다르게 행동하게 만들어도. 그래도 계속해서 생각을 해. 이렇게도 생각을 해보고. 저렇게도 생각을 해보고. 다양하게 해봐. 그리고 좋은 결과를 받았다고 생각이 든다면. 그게 너한테 맞는 거야. 꼭 정답이 아니었더라도 말이야."

이광호가 말했다.

"뭐야, 그게."

오세나가 웃으며 말했다.

한참 후에 그녀가 덧붙였다.

"그래도 고마워."

"웃으니까 보기가 좋잖아."

이광호가 말했다. 그는 오세나의 머리를 가볍게 쓰다듬고 발걸음을 옮겼다.

"어디 가려고?"

오세나가 말했다.

"잠깐 바깥바람 좀 쐬고 나서 바로 다녀오려고. 내가 해결을 못하면 많은 사람들이 힘들어 하잖아. 앞으로 시간은 얼마 안 남았어. 또 다시 과거로 돌아가고 현재를 반복하면서, 많은 사람들을 괴롭히고 싶진 않아. 열흘 안에 끝내야지."

이광호가 멈춰 서서 말했다.

"사 초 단위로 끊어서 오면 되잖아. 지금 시간 기억해두고 그때마다 와. 바로 오면 말이 안 통할 테니까. 그런 짓은 하지 말고."

오세나가 말했다.

"노력해볼게. 그런데 세나야. 지금 괜찮은 것 맞지?"

이광호가 말했다.

"나는 괜찮은데. 오빠는 괜찮아?"

"무슨 소리야?"

"아니야. 아무것도. 그런데 매개를 찾은 거야?"

"그런 것 같아."

"다행이다. 어떤 사람인지는 묻지 않을게. 누군지 알게 되면 신경 쓰일 테니까."

오세나가 말했다.

이광호는 그녀의 표정을 살폈다. 아무래도 그녀의 고민은 매개와 관련된 것이었던 것 같았다. 제단으로 불려갔었고, 매개를 봉인해 죽여야 한다는 소리를 들었을 게 분명했다. 그 문제로 고민이 많았다면 어쩌면 엉뚱한 생각도 했을지 모른다.

"다녀올게. 세나야."

이광호가 말했다. 하고 싶은 말이 더 있었지만 하지 않았다.

"잘 다녀와. 기다리고 있을게."

오세나가 말했다.

그녀를 뒤로 하고 이광호는 교단 밖으로 나왔다. 철제로 된 큰 담벼락이 길게 늘어서 있고 마당이 꽤 넓었다. 불교식 석탑과 성모마리아 상을 번갈아 보다가 그는 큰 나무 옆에 놓인 작은 오두막 아래에 앉았다.

그리고 악마의 성경 내용이 적힌 양피지를 꺼냈다. 빼곡하게 적혀있는 글씨는 모두 한국어였다. 모국어로 쓰인 덕분에 알아보기가 한결 수월했다. 아무리 영어를 잘한다고 해도 외국어로는 표현의 한계가 있는 법이다.

생각해보니 신현재에게서 받은 뒤로 처음 꺼내본 것 같았다.

"어디 한번 읽어볼까?"

이광호는 양피지의 내용을 읽었다. 성경의 내용은 악마들의 눈으로 본 여태까지의 일들이 간략하게 수록되어 있었다. 지금 이 사단에 대해서도 적혀 있었다. 계속해서 읽어내려 가다가 그는 멈칫했다.

매개를 알아보는 방법에 대해서 적혀있었다. 염소의 피를 입안에 흘려보내고 얼마 후 발열증상이 있을 것이고 표식이 나타날 거란 말이었다. 손목의 피부 위로 까맣게 뭔가가 생겨날 것이라고.

이광호는 신현재가 주었던 쪽지를 떠올렸다. 그는 실수가 잦은 사람으로 보이지 않았다. 남들의 눈을 피하며 전하고 싶은 말이 있는 것 같았다. 그게 무엇인지 궁금증이 생겼지만 그는 쪽지를 바로 꺼내보지 않았다.

신현재가 총수를 의식해서 쪽지로 대신하려 했던 것은 아니라 생각되었다.

"사람 궁금하게 만들어. 정말."

이광호가 중얼거렸다.

더 이상 쉬고 싶지도 않았다. 궁금증은 계속해서 정신을 괴롭힐 것이고, 이럴 때는 일에 집중하는 편이 좋았다.

"미래로 가서 확인하지 뭐."

이광호가 중얼거렸다.

그리고 시간을 8월 3일 오후 5시 30분으로 돌렸다.

이광호는 염소 목장에 도착했다. 피를 얻기 위해서는 염소를 죽여야 했다. 반드시 그 자리에서 죽여서 마시게 해야 한다니 끔찍했다. 또 그렇다면 염소를 잡아가지고 곧장 병실로 직행해야 한다는 말이 되었다. 거기까지는 불만이 없는데 문제는 다른 곳에 있었다. 염소를 붙잡는 것이 생각보다 어려웠다.

"제발 좀 잡혀라. 미안하지만 잡혀줘."

주인이 없는 틈을 타서 몰래 가져가려고 했지만 그게 어려웠다. 이리저리 피해 다니는 염소들 때문이었다.

"생각보다 순하지가 않네."

십여 분을 씨름한 끝에 이광호는 목장 주인을 찾아갔다. 염소를 팔지 않겠다는 주인의 말에 웃돈을 더 얹어주고 염소 한 마리를 구입했다. 염소를 안은 채로 그대로 떠나려는 그를 주인이 이상하게 봤지만 이광호는 개의치 않았다.

다음은 염소의 피를 담을 물건이 필요했다.

뭔가 특별한 잔이어야 할까 생각하다가, 상점에서 평범한 컵을 하나 샀다. 그들만의 의식을 성스럽게 행하고 싶진 않았다.

집에서 차를 지니고 와서 뒷좌석에 염소를 태웠다. 시내에서 가방과 칼을 마저 사고, 그는 서울 산호병원으로 향했다.

병원 근처 주차장에 차를 주차했다. 칼과 컵을 넣어둔 가방을 등에 매고 이광호는 염소를 얼싸안았다.

"설란이라고 했지. 어머니가 지키고 있다고 했는데. 마주치면 어쩌지?"

우스운 상황이 머리에 그려졌다.

오후 8시 15분. 보호자가 있을 확률이 현저히 높지만 어쩔 수 없었다.

성공할 때까지 시간을 돌리면 되는 것이다. 화장실도 끼니도 병실에서 때운다면 문제겠지만 말이다.

병실에 도착한 이광호는 안도의 한숨을 내쉬었다. 보호자가 자리를 비운 상태였다. 운이 좋아서 한 번에 성공했지만 언제 돌아올지 알 수 없었다. 지체하면 안 된다.

"미안하다. 염소야."

이광호가 가방을 풀어 칼과 컵을 꺼냈다. 염소의 울음소리가 병실 밖으로 크게 울리면 아마도 소동이 벌어지겠지만, 문제가 일어나진 않을 것이다. 여차하면 왔다 갔다 하면서 설란의 상태만 확인하면 되는 것이다.

이광호는 고개를 돌린 채로 염소의 몸을 조금 깊숙이 베었다.

"나중에 치료해줄게. 그러니까 미안해."

이광호는 염소의 피를 컵에 받았다. 염소의 울음소리 때문에 바깥에서 혼잡한 소리가 들려오고 있었다.

"아마도 왔다 갔다 해야겠네."

이광호가 난처한 목소리로 중얼거렸다.

그는 설란의 인공호흡기를 잠시 열고 염소의 피를 그녀의 입가로 흘려 넣었다. 그리고 서둘러 다시 닫았다. 이래도 되는 걸까 의문이 들었지만, 나중에라도 과거로 돌아가 자신을 설득하면 된다고 잡념을 지워냈다.

"잠시만 이러고 있어요. 금방 올게요. 만약 당신이……"

이광호가 누워있는 설란의 얼굴을 보며 말했다. 그리고 그는 염소를 안고 10분 뒤의 미래로 향했다. 예전에 몇 번 들른 적이 있는 동물 병원으로 방향을 설정했다. 그리고 그는 병원 문을 열고 안으로 들어갔다.

"아무리 봐도 너무 어리게 생겼던데."

염소를 병원에 입원시키고 산호병원으로 돌아왔다. 설란의 병실을 여러 번 왔다갔다하며 확인한 바로는 그녀가 뇌사 상태에서 발열과 발작을 일으키고 있었다. 발작은 멎었고 열은 여전히 내리지 않은 채였다.

이광호는 차 뒷좌석에 던져둔 가방을 바라봤다.

"표식이 언제 나타나는지는 적혀 있지 않으니."

악마의 성경 내용에는 그 부분이 적혀있지 않았다. 아마도 열이 내릴 때까지만 기다려보면 될 것 같았다.

"그럼 한번 다시 다녀올까."

마지막에 다녀온 뒤로 30분이 지나있었다. 벌써 새벽이었다. 오전 3시경. 밤에 근무를 보는 의료진들은 그렇게 많지 않을 것 같았다. 중환자인 만큼 일반 병실보다는 자주 들어오겠지만 한가해졌을지 모른단 생각이 문득 들었다.

이광호는 손목시계를 바라보다가 10분 뒤의 병실로 향했다.

설란의 어머니는 그녀의 곁에 잠들어 있었다. 예상하지 못한 것은 아니지만 인기척에 깨버릴까 긴장이 되었다.

이광호는 가능한 발자국 소리를 내지 않으려 조심했다. 이윽고 설란의 손목을 확인한 그는 적잖이 놀랐다. 너무 어린 그녀가 매개체가 아니기를 내심 바랐는데 기대가 어긋난 것이다.

그는 그녀의 손목을 침대 위에 올려두었다.

어떠한 문양. 그 짧은 시간에 문신을 했을 리는 없다. 게다가 생겨난 표식은 전에 신현재의 교단에서 본 그림과 비슷했다.

이광호는 발길을 돌렸다. 그러다가 문득 깨닫고 시간을 과거로 돌리려 했다. 미래로 떠나오기 전의 과거.

'매개는 찾았다.'

이제 남은 것은 엑소시즘과 그 뒤의 의식뿐이었다. 그래도 너무 어린 여자아이를 죽게 만들고 싶지는 않았다. 다른 방법은 없을까.

주저하던 그가 결심을 하고 과거의 시간을 떠올렸다.

그리고 그때였다.

목울대가 뜨거워지며 무언가 왈칵 솟구쳐 올라왔다. 이광호는 반사적으로 손을 입가에 가져다 댔다.

……이럴 수가. 내가 왜?

믿고 싶지 않은 광경이었다. 목을 비집고 올라온 그것은 검은 액체였다. 감염자들의 공통적인 증상이 나타난 것이다.

갑자기 어지럼증이 덮쳐왔다. 이광호는 의식을 놓기 직전, 급히 시간을 이동시켰다.

34.

이훈철 박사는 멈춰진 세계에서 혼자 움직이고 있었다. 하늘 위의 선로, 비행기, 땅 위를 달리는 자동차조차 순간 멈춰진 채로 미동하지 않고 있었다. 모든 것이 멈춘 그 공간에서 시간의 통제를 받지 않는 것은 공기 중의 분자와 이훈철 박사밖에 없었다. 건물 앞에서 경비 로봇과 대화를 나누던 사람도 멈춘 채로 굳어져버렸다.

박사는 거꾸로 솟아오른 채로 굳어버린 분수대의 물줄기를 응시했다.

'아무래도 과거에 무슨 일이 생긴 모양이로군.'

이제 곧 완성이었다. 모든 할 일을 끝내고 되찾은 능력을 이용해 집으로 돌아갈 작정이었다. 가족들과 함께 보낼 날이 멀지 않다고 생각했는데, 그것을 조금 더 앞당겨야 할 것 같았다.

부탁 받았던 일을 마치기도 전에 집으로 돌아갈 수는 없었다. 그러나 잠깐 다녀오는 것은 괜찮을 것 같았다.

"시간만 멈춘 것을 보면 아직 괜찮은 것 같지만."

시간이 다시 원래대로 흐르기 시작했다.

십 여분 동안 움직임을 보이지 않던 이들이 아무 일 없던 것처럼 대화를 나누고, 움직였다. 이훈철 박사는 군중 속을 바라보았다.

제법 오래 이 시간대에 머물렀다. 박사의 기준으로 이곳은 현재의 삶과 다름없었다. 다시 과거에서 살아간다고 해도, 미래에서 보냈던 몇 년간의 시간은 바뀌지 않는다. 큰 이변이 없는 한은, 이훈철 박사의 이름은 2153년을 기점으로 새겨질 것이다.

"과거의 일이라면 내가 지내던 몇 년 동안 계속 이런 일이 발생했어야 해. 그런데 갑자기 그러는 걸 보면……."

이훈철 박사는 고개를 저었다.

하지만 다른 가능성은 떠오르지 않았다. 이광호가 능력을 얻은 후로 이런 현상이 나타나고 있었다. 그렇다면 광호가 능력을 얻었기 때문에 미래가 불안정하다는 말도 되었다. 사고의 연쇄과정을 따라가 보면, 이광호는 능력을 얻을 예정이 아니었던 것이다. 원래부터 능력을 얻을 예정이었다면, 사건의 충돌로 인한 시간의 멈춤 현상이 나타날 리가 없었다.

이상한 기분이 들었다.

아들이 초능력을 얻은 것이 행운일지 모른다고 생각했는데, 그 과정에서 누군가 개입했다면 순수한 의도로 그리 했을 리가 없었다. 전지전능한 신이 개입하여 선물로 건네주었다고 하더라도, 시간의 멈춤 현상은 그리 좋은 일이 아니었다.

딱 한번 경험한 적이 있었다.

왠지 모르게 이광호를 만나러 가는 길이 두려웠다.

"내 아들을 노리고 있는 이들이 있을지도 모르겠군. 나를 지독히도 괴롭혔던 그 사람들과 관련되어 있다면 그러고도 남지. 우선은 그걸 알아보는 일이 우선이야."

이훈철 박사가 상점 가판대에 놓인 중절모를 꺼내 들었다. 그것을 깊숙이 뒤집어쓰고, 그는 군중 사이로 걸어 들어갔다.

한 걸음, 두 걸음, 계속해서 걷다가, 그는 어느 순간 사라졌다. 그가 사라지는 장면을 목격한 사람은 고작 하나였다. 그녀는 눈을 비비며 이훈철 박사가 서있던 자리를 바라보다가 웃음을 터뜨렸다.

"내가 피곤해서 환각이 보이나 봐. 이상하지."

그녀가 말했다.

"환각이 보인다고? 혹시 네가 말했던 예전에 있었다는 그 바이러스? 그거 너 걸린 거 아니야?"

그녀의 친구가 말했다.

카페에서 그들은 차를 마시며 대화를 나누고 있었다.

"장난치지 마. 그리고 그거 그냥 헛소문 아니야. 예전에 있었다던 그 일이 모두 헛소문이라는 말도 있고 괴담이라는 말도 있지만. 그래도 나는 사실이라고 믿고 있으니까."

"거짓말."

"그러니까. 재수 없게 장난처럼 말하지 말라고. 나한텐 심각하게 들린단 말이야."

그녀가 말했다.

그러고는 이훈철 박사가 사라졌던 그 공간을 다시 바라보았다.

"나는 다 믿는다고. 아무도 사실로 받아들이지 않는다고 해도……."

35.

단발머리의 소녀였다.

나이는 아홉 살쯤 되어 보였다. 숲길을 내달리는 그녀를 쫓아 이광호는 달리고 있었다. 어떤 이유인진 몰라도 그녀를 잡아야 할 것 같았다. 이유도 모른 채로 뛰어가고 있는데 갑자기 소녀가 돌아보았다.

"어서 안 오면 두고 가버릴 거야. 알았지?"

소녀가 웃으며 다시 뒤를 돌아본다.

이광호는 뛰어가면서 자신의 팔다리를 내려다보았다. 조금 작은 몸. 딱 보기에도 어려보이는 소녀와 체구가 그리 차이나지 않았다.

'꿈인가?'

이광호가 멈춰서며 생각했다.

"어서 안 와?"

소녀가 다시 뒤돌아봤다.

"내가 이상한 것 같아."

이광호가 말했다.

소녀가 다가왔다. 그의 앞에 선 소녀는 그보다 조금 큰 키였다.

"이건 꿈이겠지?"

이광호가 말했다.

"무슨 소리야. 꿈이라니."

소녀가 이광호의 볼을 살짝 꼬집었다. 그는 통증이 느껴지는 얼얼한 볼을 부여잡고 그녀를 바라봤다.

"이건 현실이야. 정신 차리라고."

소녀가 말했다.

"정신 차려."

그녀가 천천히 입술을 열었다. 순간 소녀의 얼굴이 안개가 섞이듯 엉켜들었다. 주변을 두르고 있던 나무와 꽃들이 모두 사라지고 이광호는 혼자 남았다.

그는 천천히 눈을 떴다. 정신을 놓기 전 기억이 불현듯 스쳤다.

"하아, 하아……."

이광호는 검은 액체를 받아냈던 손바닥을 응시했다.

"괜찮아. 매개는 알아냈어. 내가 그 사람들처럼 변하는 일은 없을 거야."

이광호는 주변을 둘러봤다. 사방이 막혀있는 특이한 구조. 시간의 바다, 몇 번이고 와봤던 그 장소였다.

열이 오르는 느낌에 이광호는 꽉 매고 있던 정장 마이를 풀었다. 거칠게 푸는 바람에 뭔가가 떨어졌다. 이광호는 그것을 주워들었다.

"악마의 성경. 그거였지."

이광호는 주머니를 뒤적여 쪽지를 꺼냈다. 신현재가 혼자 있을 때 보라고 당부했던 쪽지였다. 마침 혼자 남아있는 상태였다. 지금 기분에 쪽지 내용을 확인하고 싶지는 않았지만, 경황이 없어 그냥 열어보았다.

이광호에게.

그냥 쪽지가 아니라 이광호 자신에게 보내는 편지였다.

"내가 교단을 이어받고 혼자 지켜오던 비밀이 있었어. 그것 때문에 항상……."

이광호가 편지를 소리내어 읽었다.

……그것 때문에 항상 많은 이들을 의도치 않게 속여야 했지. 그래서 지금 이렇게 사실을 밝히는 것이 좋은 일인지 아닌지 모르겠어. 사실 나

는 겁이 많은 사람이야. 어린 나이에 교단을 물려받기엔 자질이 부족했어. 하지만 전 교주님이 돌아가시기 직전 알게 되었던 사실은 내 가벼운 입마저 다물게 했어.

지금부터 하는 이야기는 잘 들어야 해. 사실 나는 자네들이 그들의 터에 가서 겪게 될 일들을 모두 미리 알고 있었어. 사실 지금 좋지 않은 상태겠지. 자네도, 오세나도, 그리고 유화까지 말이야.

전 교주님이 기록을 남기지 않고 내게만 말해주었던 예언이 더 있었어. 전 교주님이 돌아가시기 직전까지 내게 필사적으로 전하려고 했던 말들이 있어. 그건 자네와 같은 초능력자들에게 있어서, 우리 인류의 일에 있어서, 아주 중요한 예언이었어. 교주님은 두려워하고 있었지. 단지 찰나의 행복과 불행이 관여된 일이 아닌 아주 깊고도 영원한 고민이었어. 그때 들었던 말 덕분에 나는 교주님의 수수께끼 갔던 예언들을 모두 알아들을 수 있었지. 하지만 모른 척해야 했어.

이제부터 말하도록 하지. 초능력자들에 대한 예언이 존재해. 모두 다 전하지는 못해서 수수께끼처럼 전해야 하지만 이 두 문장은 기억해두게.

모든 인간을 한 단어로 정의하는 것은 불가능해.

시간을 관조하는 신은 양측 저울을 손에 들고 있다고 전해지네.

마지막으로 이광호군, 나는 자네를 좋아할 순 없어. 하지만 그럼에도 불구하고 믿어야 하기에 있는 힘껏 좋아해보려고 노력하고 있어.

마지막으로 이광호군. 나는 아마 머지않아 죽을 거야. 만약 나를 살리고 싶다면 이 편지를 보는대로 바로 이곳으로 와주게.

편지는 거기서 끝이었다.

이광호는 쪽지를 주머니 속에 우겨넣고 걸음을 옮겼다. 갑자기 쪽지로 자기가 죽을지도 모른다니. 무엇 하나 배려 없이 느껴졌지만, 일단은 아는 이가 죽는 것은 달갑지 않았다.

시간의 바다를 빠져나가며 그는 시간을 되돌렸다.

강한 충격이 전해져왔다.

이광호는 눈앞에 보이는 건물을 응시했다.

서울산호병원. 애초에 떠올렸던 목적지가 아니었다. 비명을 지르며 도망다니는 사람들이 보였다. 간혹 머리와 몸에 진득하게 피를 묻힌 사람들이 눈에 띄었다. 이광호는 등허리를 가로지르는 한기를 잠재우며 손목시계를 내려다봤다.

7월 27일 오후 6시 정도로 설정했다. 시계로 날짜는 확인할 수 없었지만 시간이 달랐다. 시계는 2시 17분을 가리키고 있었다. 햇빛이 떠있는 걸로 봐서 오후 시간대일 것이다.

"사람 살려!"

"비켜요. 빨리 도망가요!"

달려오던 남자가 이광호의 어깨를 치고 지나갔다. 그는 도망가는 남자를 바라보다가 자신도 내달렸다.

어째서 시간이동이 잘못되었는지 이해가 되지 않았다. 어딘가 실수가 있었던 걸까. 실수라면 다시 이동이 가능해야 했는데. 7월 27일로 마음을 먹자 이동이 되지 않았다. 그는 10분 뒤로 시간을 돌리고 자신의 집을 떠올렸다.

집 근처도 마찬가지로 소란스러웠다. 도망다니는 사람은 없지만 가정집 밖으로 터져 나오는 경악이 담긴 목소리가 몸을 경직시켰다.

이광호는 차에 올라탔다. 그러고는 머리를 핸들에 세게 묻었다. 클락션 소리가 사방팔방으로 울렸다.

어쩐지 화가 치밀었다.

연구소에서 들었던 악마의 목소리가 클락션 소리에 오버랩 되어 들렸다.

'네가 모든 걸 막을 수 있다고 생각해?'

정곡을 찌르는 듯이 약 오르는 말투였다.

"성인이 다 돼서 사춘기가 왔나."

이광호가 이를 갈며 말했다.

"그래도 악마 따위에게는 지지 않아. 내가 감염이 되었다 해도, 그 아저씨처럼 다른 선택도 할 수 있겠지."

이광호는 차를 몰았다. 그리고 교단에 도착할 즈음의 시간을 계산해 넉넉잡아 다섯 시간 뒤로 시간을 돌렸다.

이광호는 황량한 교단 앞에 도착했다.

음울한 분위기가 넓게 깔린 그 안으로 굳이 들어가 보지 않아도 알 수 있었다. 건물 밖으로 나와 있는 신도들이 누군가를 품에 안고 중얼거리는 모습이 멀리서 보였다.

오세나와 유화가 그들 옆에 서있었다.

제 5장
소녀

타 임 워 커 2 : 꿈 을 꾸 는 아 이

36.

처음에는 기억나는 것이 없었다. 그러다 가끔씩 추억들이 비눗방울처럼 떠올랐다. 자세히 건드려보려고 하면 사라지고 마는 아주 단편적인 기억이었다. 날 때부터 혼자는 아니었다는 사실에 안도했지만 소녀는 기억해내길 포기했다.

행복한 기억 뒤로 떠오르는 불길한 느낌이 기분 나빴다. 그것은 마치 마주하고 싶지 않은 것을 맞닥뜨릴지도 모른다는 두려움을 예고하고 있었다.

"사람들이 나를 보지 못하는 것 같아. 그냥 관심이 없는 걸까?"

소녀가 풀잎을 매만지며 말했다.

낮 시간이었다. 바람이 산들산들 흩날렸고 적당히 더운 햇볕이 기분 좋게 와 닿고 있었다. 평화로운 시간 속에서 소녀는 배고픔도 몰랐다. 그저 길거리에 지나다니는 동물들에게 먹이를 주기만 할 뿐 제대로 된 음식 섭취는 여태껏 하지 않았다. 그것이 무엇을 의미하는지도 제대로 생각해본 적 없었다.

어떻게 하는지는 본인도 알지 못했다. 그저 떠오르는 음식들이 있으면 그것을 구체화시켜 동물들 앞에 내놓았다.

평화로운 시간 속이지만 마음이 공허했다. 하지만 그 공허함을 뒤로 할 수 있는 건 왠지 모를 안도감이었다.

외로움은 소녀에게 두 가지 감정을 선사했다.

바닥에 쪼그려 앉아 풀잎을 바라보고 있던 때였다. 깨지지 않을 것 같던 하루는 갑자기 어긋나려고 하고 있었다.

"무슨 소리가 들리는데?"

소녀가 풀잎을 보며 말했다. 화단 위의 풀들이 작게 몸을 떨었다. 그들은 소녀에게 사람들을 피해 달아날 것을 권했다.

"살펴보고 있다가 조금 있다가 올게."

소녀가 말했다.

무슨 일이 발생한 건지 두 눈으로 확인하고 싶었다. 어째서 조용했던 도시가 갑자기 시끄러워졌는지 의문이 들었다. 미약한 불안함을 아이와 같은 궁금증이 깨끗이 씻어냈다. 어쩌면 오늘을 기회로 사람들 사이에 섞여 들어갈 수 있을지도 몰랐다.

소녀는 화단에서 벗어났다. 그리고 소리가 들려오는 곳으로 터벅터벅 걸어갔다. 싸우는 듯이 고성이 오가는 도시 속에서 손쉽게 상황을 파악하기란 어려웠다.

소녀는 사람들의 대화에 귀를 기울였다.

"병원에서 폭동이 일어난 게 뭐가 그리 대수라고."

"빨리 도망가야 한다니까. 그게 그리 간단한 게 아니래."

"그냥 환자 몇 명이 난동을 부린 게 아니라고?"

소녀는 한 주택 집 앞에서 말다툼을 벌이는 남녀를 보았다. 나이가 들고 거동이 불편해 보이는 남자였다. 그를 향해 여자가 설득조로 말하고 있었는데 목소리에서 다급함이 느껴졌다.

도대체 무슨 일이 있었기에 이렇게 심각하게 대화를 나누는 걸까. 병원. 폭동. 환자들의 난동. 모두 이해가 되지 않았다.

소녀는 말없이 그들을 지켜봤다.

"죽이고 난리가 났대. 병원에서 나왔다는 얘기도 있고."

"그러니까. 그 얘기를 어디서 들었는데."

"친구들이 말해줘서 안 거야. sns에서도 지금 난리야. 빨리 도망가야 한다고 아빠!"

여자가 소리쳤다.

부모와 자식 간인 것 같았다. 남자가 여자의 몸을 이끌고 집안으로 들어가려 했다. 여자가 담벼락을 잡고 버티는 바람에 그는 안으로 들어가지 못했다.

"이것 봐. 집에 있는 게 더 안전한 거 아니냐? 그냥 집으로 들어가. 뭐하려고 나가서 돌아다니고 있어. 바깥이 그렇게 위험하다는데."

"그런 문제가 아니라니까. 느낌이 이상하단 말이야. 어디 안전한 데로 피해야 돼. 얼른 공항으로 가서 다른 나라로 피해야 된다고. 제발."

"그래서 그 가방을 들고 나온 거냐? 여권은 챙겼어? 아니, 세상에. 집보다 안전한 곳이 어디 있다고. 잔말 말고 집으로 들어가. 어서."

남자가 단호하게 말했다.

그의 완고한 모습에 여자는 고민하는 것 같았다. 스스로도 자신의 결정에 성급함이 없었는지, 논리가 제대로 되어 있는지 돌이켜보는 모습이었다. 그러나 소녀는 그들의 행동을 그저 보고만 있을 뿐 상황이 어떻게 흘러가는지 판단할 수가 없었다.

기억이 나기 시작한 때로부터 얼마 지나지 않았다. 처음 눈을 뜬 뒤로 낮과 밤이 바뀌는 장면을 본 게 한 달도 안 되었다. 그 동안 쭉 혼자였다. 사람들과 제대로 대화를 나누어본 적이 없는 그녀에게 사람들의 행동은 불안하게만 보였다.

"알았어. 들어가자. 밖에서 무슨 소리가 나도 절대로 나가보지 않을 거야."

여자가 체념한 투로 말했다.

소녀는 도시의 중심부로 향했다. 조금 더 개발이 많이 진행된 도심부에도 고성이 오가고 있었다. 시끄러운 목소리로 대화를 나누는 사람들이 전과는 달라 보였다.

37.

"저기, 안녕하세요."

소녀가 말했다.

어딘가 멍한 얼굴로 편의점 앞 파라솔 밑에 앉은 남자아이였다. 소녀보다 조금 더 몸집이 클 뿐, 성인도 안 된 앳된 얼굴이었다. 소녀는 교복을 입은 채로 앉아 있는 남자아이의 앞에 쪼그려 앉았다.

용기 내어 말을 붙였지만 역시나 반응이 없었다.

정말로 다른 사람들의 눈에는 안 보이는 것일지도 모른다. 하지만 도대체 왜? 그건 알 수가 없었다.

소녀는 다시 일어나려 했다.

그때 그 남학생이 입을 열었다.

"우리 가족들이 죽었어. 이제 어떻게 해야 하지."

남학생의 눈가에 눈물이 고였다.

그는 울먹이는 목소리로 소리쳤다.

"간신히 도망쳤지만 나만 살아남았잖아. 나만. 나만 살아서 뭐하냐고 도대체! 이제 가족들을 다신 볼 수 없는 거야. 어떻게 해. 이제……."

계속 바라보고 있을 수가 없어 소녀는 남학생의 곁을 떠났다.

그리고 계속해서 걸어다니며 사람들을 관찰했다.

휴대폰을 바라보며 대화를 나누고 있는 사람들, 바쁘게 달리다 멈추고, 사람들을 태우고 떠나길 반복하는 차량들, 바쁘게 달려가는 사람들, 그 혼비백산한 틈바구니에서 자기 혼자만 평온하다는 듯이 평소와 비슷하게 움직이는 이들이 있었다.

어떤 일이 벌어진 것이라면 평온한 사람들이 나올 수가 없었다. 아무리 생각해도 소녀의 상식에서는 그랬다. 기억도 없으면서 상식을 운운할 수는 없었지만 왠지 떠오르는 단어였다.

"상식적으로 이해가 되지 않아."

소녀가 중얼거렸다.

갑자기 가슴 한 구석이 아려왔다. 머릿속에서 떠돌던 그 말을 입 밖으로 내뱉은 것뿐인데 기분이 좋지 않았다.

소녀는 다시 사람들을 바라봤다.

38.

잊고 싶은 기억이 떠오르려 했다.

이유 없이 눈물이 나고 울고 싶어졌다. 생각해보니 과거에 사람들과 교류했던 적이 있었더라도 지금은 혼자였다. 부모도, 아는 이들도 곁에 없었다. 그들의 얼굴조차 희미해서 떠오르지 않았다.

정처 없이 걸어 다니는 신세였다. 대화할 수 있는 것은 사람들을 뺀 모든 것들이었다. 어쩐지 식물과도 대화를 나눌 수 있었고, 동물들과도 교감이 가능했다. 하지만 자신과 닮은 이들과는 눈을 맞출 수조차 없었다.

'죽었다는 게 다시는 모습을 볼 수 없다는 건가.'

소녀는 속으로 되뇌었다.

그렇다면 자신은 죽은 것인지도 모른다. 문득 죽었기 때문에 모든 기억을 잃고 '비상식적인' 교류가 가능해진 것이란 생각이 들었다.

그럼 앞으로는 어떻게 해야 할까.

이대로 버려진 채, 계속 살아가야 할까.

소녀는 고개를 돌려 문이 열린 상점 안을 응시했다. 그 안에서 상인이 텔레비전을 바라보고 있었다.

"지금 제 뒤로 보이는 곳이 문제가 벌어진 서울 산호병원입니다. 보시면 지금 난동이 있었다는 사실을 쉽게 파악할 수 있는데요. 건물 외벽에 피가 튀어 있고, 피신한 사람들이 남기고 떠난 물품들로 아수라장이 되어 있는 모습입니다."

텔레비전 밖으로 캐스터의 목소리가 흘러나왔다.

"방금 들어온 소식에 따르면 병원 내부에서 소란을 일으킨 사람들이 갑자기 밖으로 뛰어나와 병원 바깥을 활보하고 있다고 합니다. 지금 현재 경찰이 그들을 추격하고 있지만 상황이 좋지 않다는 입장입니다."

상인이 부채를 들고 의자에서 일어났다. 그는 계산대 밖으로 걸어 나와 텔레비전 화면을 자세히 응시하기 시작했다.

소녀는 그 모습을 지켜보았다.

"인근 주민 여러분께서는 집이나 건물 안으로 피신하셔서 사태가 진정될 때까지 기다리시기 바랍니다. 이 방송은 생중계로 계속 보도될 예정이니, 화면 돌리지 마시고 계속 주시해주시기 바랍니다. 그럼 저는 병원 안으로 들어가 보도록 하겠습니다."

소녀는 텔레비전 가까이로 다가갔다.

사각형의 틀 안에서 캐스터의 모습이 비쳐졌다. 잔뜩 긴장된 모습으로 병원에 들어서던 캐스터가 무언가를 발견하고 달려 나왔다. 눈 흰자가 보이지 않는 사람들이 지저분해진 옷차림으로 캐스터에게 달려들고 있었다.

"이런, 개 같은! 바로 이 근처잖아!"

상인이 부채를 내던지고 바깥으로 달려 나갔다.

39.

갑자기 사람들이 홍수처럼 쏟아져 나왔다. 차량은 쏟아져 나온 인구에 쫓겨 가다가 서다가를 반복했다. 도로를 내달리는 사람은 드물었다. 그보다는 차량이 갑자기 많아진 탓으로 정체가 심각했다. 급기야는 운전자들이 일제히 차량을 버리고 도망쳐나왔다.

어디선가 비명소리가 들렸다.

소녀는 그쪽을 바라보았다. 도망치는 사람들 뒤편으로 누군가 쫓아오고 있었다. 한 명이 아니었다.

소녀는 도로가에서 빠져나와 골목길로 들어갔다. 어느 정도 걸어가자 주택가가 보였다. 주택의 문은 대부분 열려 있었다.

한 주택가 안으로 들어가 인기척을 살폈다. 마당에 줄이 묶인 채로 방치된 진돗개 한 마리가 보였다. 밥그릇에 사료가 가득 담겨 있었다.

집주인의 기척은 들리지 않았다.

소녀는 진돗개에게 다가가 한번 어루만진 후에 집안으로 들어갔다. 집으로 들어가는 문은 마찬가지로 열려 있었다. 옷가지가 어지럽게 널려 있고 가구들이 엉망진창으로 놓여 있었다. 집밖으로 뛰어나오던 사람들처럼 집주인 역시 급하게 바깥으로 향한 것 같았다.

"집에 가고 싶어."

사실대로 말하면 집이 정말로 있었는지도 알 수가 없었다. 소녀가 지켜본 바에 의하면 사람들은 먹을 것을 사고 팔기는 했어도 없던 것을 만들어내지는 못했다. 뭔가를 형상화해낼 수 있는 능력을 가진 자신과는 달랐다. 어쩌면 종족 자체가 다른 것은 아닐까 생각하다가, 부모님과 관련된 기억이 떠올랐다.

둥글게 말린 단발머리에 나이를 많이 먹은 여자. 그녀를 소녀는 '엄마'라고 부르며 잘 따랐다. 이유는 모르겠지만 가끔 떠오르는 좋은 기억의 대부분은 그 여자와 관련되어 있었다. 그 여자가 입을 벌려 자신을 칭하는 말이 분명 있었다.

소녀는 그 여자의 입모양을 따라 소리를 냈다.

"란아."

아마도 자신을 지칭하는 말일 것이다.

괜스레 울적한 마음에 소녀는 눈앞에 보이는 제일 큰 방으로 걸음을 옮겼다. 우울함을 마음속에서 몰아내고 침대 밑 바닥에 자리를 잡고 앉았다.

"엄마는 지금 어디에 있을까."

소녀는 희미하게 기억나는 여자의 얼굴을 머릿속으로 그렸다.

그러다가 그녀는 익숙한 기억을 형상화했다. 바닥 위에 스케치북과 연필 한 자루가 생겨났다.

그림을 자주 그렸다. 풍경화라던가 인물 그림을 즐겨 그렸던 것 같았다.

소녀는 스케치북 위에 여자의 얼굴을 그렸다. 그리고 한참 후에 연필을 내려놨다. 완성된 그림은 희미한 기억만큼이나 비어있는 부분이 많았다. 제대로 알고 있는 것은 얼굴 형태와 소녀 자신을 지켜보던 눈, 그리고 머리 스타일이 전부였다.

소녀는 완성된 그림을 가만히 응시했다.

"기억이 나면 찾아갈게요."

소녀가 말했다.

음식이나 물건을 형상화했던 것처럼 혹시 사람도 가능할까. 그녀는 그림 속 여자를 형상화해내려 했다.

그러나 아무 일도 없었다. 부질없는 짓이었다.

"여기 살던 사람은 언제 돌아올까?"

소녀가 몸을 일으키며 말했다.

그녀는 침대를 바라봤다. 무슨 용도의 물건인지 얼핏 알 것 같았다. 그곳에서 잠을 청하고 다음날에 다시 눈을 뜨는. 그런 공간이라고 생각이 들었다.

"잠을 자는 곳이었나?"

소녀는 침대 위에 몸을 눕혔다. 뒤척이며 눈을 감아 봐도 도무지 잠은 오지 않았다.

"이상하다. 이러면 잠이 들었던 것 같은데."

소녀가 이불을 끌어안으며 말했다.

"누구라도 나를 볼 수 있는 사람이 있다면 좋을 텐데."

죽음이 어떤 의미인지 정확히는 몰랐지만, 그래도 예감 정도는 들었다. 죽은 게 사실이라면, 기억 속의 여자 또한 자신을 보지 못할 확률이 높았다. 바보가 아닌 이상은 알 수 있었다. 결국 갖은 방법을 쓰더라도 혼자 떠도는 일상은 변하지 않을 것이다.

"혼자는 심심한데……."

소녀는 침대에서 일어났다. 주택 밖으로 나와 인기척을 살폈다. 정신이 온전치 못한 사람이 낼 법한 이상한 중얼거림이 들려왔지만 소녀는 개의치 않았다. 텔레비전 영상 속에서 봤던 것처럼 이상한 몰골을 한 사람들이 주택가 근처를 서성거리고 있었다. 뭔가를 찾는 것 같았다.

하지만 그들 또한 소녀를 보지 못한 것처럼 지나칠 뿐이었다.

"나를 볼 수 있는 사람은 정말 없을까?"

소녀는 주택가를 빠져나왔다.

그리고 목적지도 생각하지 않고 걸었다. 사람들과 눈을 마주치며 혹시 다른 움직임을 보이는 이들이 없는지 살폈다.

어쩔 수 없이 혼자는 외로웠다.

40.

도시에 벌어진 일이 자신과는 별개의 일인 것 같았다. 사람들이 고통받는 모습은 보기 힘들었지만 그들은 소녀를 없는 존재처럼 여기고 있었다. 개입되지 않은 채로, 같은 거리를 함께 걷고 뛰었다.

쫓기는 사람들을 도울 방법이 쉽사리 떠오르지 않았다.

소녀는 포기한 채로 인파 속에서 움직였다. 이상한 모습으로 변한 사람들을 마주하고 삿대질하며 웃기도 했다.

"왜 그런 꼴을 하고 있어요? 눈이 이상해요."

소녀가 그들을 보며 말했다.

그들은 혼자 중얼거리거나 가래 끓는 소리만 내며 소녀를 피했다. 피했다기보다는 그냥 지나쳤다는 표현이 정확했다.

계속해서 자신을 인식할 수 있는 사람을 찾다가 소녀는 아스팔트 바닥에 엉덩방아를 찧었다.

"아야."

소녀가 까진 손바닥을 보며 눈살을 찌푸렸다. 상처는 금세 나았다.

"나는 이렇게 빨리 괜찮아지는데."

소녀는 부상을 입은 채로 도망 다니는 이들을 눈으로 쫓았다. 그들의 상처는 회복되지 않은 채로 더욱 심각해져가고 있었다.

"나랑은 정말 다른 사람들인가. 아니면 죽었다는 게 이런 걸까."

소녀가 중얼거렸다.

그녀는 일어나서 다시 걸었다. 그만 쉬고 조금 있다가 다시 찾으러 다니잔 생각에 소녀는 인파에서 빠져나왔다. 자신의 몸을 통과해 뛰어가는 사람들을 보며 정말로 죽은 것인지도 모른다는 예감이 들었다.

"나처럼 죽은 사람은 없는 건가. 그게 아니면 죽은 사람을 볼 수 있는 사람은?"

소녀가 중얼거렸다.

곰곰이 생각에 빠진 그녀가 방긋 웃으며 입술을 벌렸다.

"찾았다!"

소녀가 반갑게 소리쳤다.

누군가의 얼굴이 떠올랐던 것이다. 왜 갑자기 생각이 난 것인지는 모르지만 분명히 기억 속에 어떤 남자가 있었다. 흐릿한 여자의 얼굴과는 다르게, 생김새와 말투, 성격까지 고스란히 기억이 났다.

"죽은 뒤에 만난 건지는 모르겠지만."

어쩐지 그를 만나면 모든 고민이 해결될 것 같았다. 소녀는 다시 기운을 내고 사람들이 있던 도로가로 나갔다.

그를 찾을 방법은 사실상 뚜렷하지 않았다.

소녀는 남자와의 첫 만남이 어땠는지 생각하려 애썼다. 기억 속의 장소로 가면 그를 만날 수 있을 것 같았다.

희미한 기억을 쫓아 소녀는 발길을 돌렸다.

"기다려. 아저씨. 내가 갈게."

제 6장
미혹된 자들

타 임 워 커 2 : 꿈 을 꾸 는 아 이

41.

교단에 무슨 일이 벌어졌던 것 같았다. 마당의 석상들은 온통 부식되어 바닥을 뒹굴고 있었고 누구의 것인지 모를 검붉은 피로 땅바닥이 물들어 있었다. 신도들은 피곤에 젖은 얼굴로 이광호를 맞이했다.

그는 어떤 여자의 품에 안긴 신현재를 가만히 응시했다. 눈을 감은 채로 미동도 보이지 않고 축 늘어진 손끝이 보였다.

"왜 이렇게 늦은 거야. 얼마나 기다렸는데!"

신현재를 품에 안은 여자가 말했다.

처음 보는 여자였지만 그녀의 말에 반문할 수는 없었다. 자신 때문에 신현재가 죽은 것이다. 직접적으로 죽이지 않았어도 죽음에 어느 정도 관여하게 되었다. 늦지 않고 제시간에 되돌아왔다면 죽지 않았을지도 모를 목숨이었다.

"신주아 사제님."

그녀의 옆에 서있던 한 신도가 말했다.

그녀의 이름은 신주아인 것 같았다. 이광호는 그녀의 성씨가 신현재 교주와 같음을 알아차렸다. 나이대로 추정해보면 신현재 교주의 딸인지도 몰랐다. 하지만 신현재는 나이가 많이 들지 않는데 장성한 딸이 있는 것이 믿기 어려웠다.

"내가 뭐 틀린 말 했어?"

신주아가 말했다.

"형제님도 많이 노력하셨습니다."

신도가 말했다.

그 말은 그녀에게 그를 원망할 이유가 어디에도 없음을 암시하고 있었다. 반박할 수는 없었다.

"알았어! 정말 짜증나게. 알았으니까. 준비나 해. 이광호라고 했지? 매개체는 당연히 찾았겠지?"

신주아가 쏘는 말투로 말했다.

나이가 어려 보였는데 난데없이 반말이었다. 기분이 상했지만 지금 상황에 시간을 끌 수가 없었다.

"찾았습니다. 서울산호병원에서 머물고 있었어요."

이광호가 말했다.

"알았어. 너희들은 어서 차를 가져와. 빨랑!"

신주아가 신도들을 보며 말했다.

그러더니 품에 안은 신현재를 한 신도에게 넘기고 어딘가로 걸어갔다. 장례 의식을 치를 작정은 아닐 테고, 간단히 시신을 보관할 장소로 향하는 것 같았다. 그녀가 떠나고 나서야 이광호는 아는 이들을 둘러볼 수 있었다.

"오빠, 왜 이렇게 늦었어. 금방 온다더니."

오세나가 난처한 목소리로 말했다.

"일이 있었어. 조금 더 빨리 오지 못해서 미안해. 어떤 일이 있었던 거야?"

이광호가 말했다.

"그게……."

"악마가 진짜 있는지는 몰랐어. 그 소름 끼치는 생김새하며 기절하는 줄 알았다니까?"

유화가 끼어들어 말했다. 그녀는 뭔가를 떠올리고 몸을 바르르 떨었다.

"언제부터 여기 있던 거야?"

이광호가 물었다.

"나는 오빠가 떠나고 나서야 교단에 도착했어. 그리고 여기서 세나랑 같이 지내고 있었는데. 오늘 아침에 갑자기 일이 터진 거야. 아침도 아니라 새벽이었어. 대응할 시간이 전혀 없었다고. 미안해하지도 않아도 돼. 저 나이도 어린 년이 하는 말 듣지 마. 오빠가 왔었어도 딱히 방법은 없었을 거야. 상대는 악마였다고."

유화가 말했다. 그녀가 덧붙여 말했다.

"한 마리도 아니었어."

오세나가 옆에서 고개를 끄덕였다.

대화를 주고받는 사이, 커다란 차가 마당 앞에 멈춰 섰다. 신주아가 신도 두 명을 대동하고 차가 멈춰진 곳으로 다가오고 있었다.

"오빠도 역시 악마 때문에 늦었던 거지?"

유화가 불현듯 화들짝 놀라며 물었다.

말을 아끼는 그의 표정에 유화는 진저리를 쳤다. 모두 차에 탑승한 뒤에 신주아가 차 안을 살피고 차를 출발시키라고 명령했다. 차가 움직이자 신주아는 다리를 꼬며 히스테릭하게 머리를 움켜쥐었다.

"짜증나는 년이야. 정말."

유화가 작은 목소리로 중얼거렸다.

"조용히 해. 들리겠다."

6인승의 차에 맨 뒷자리에 앉아 있었다. 그녀들은 맨 뒤에 앉아서 누가 듣기에도 다 들리는 목소리로 속닥거리고 있었다. 속삭임을 들었을 것임이 분명한데 신주아는 머리를 틀어쥔 채로 아무 반응도 없었다.

"큼큼."

이광호의 옆에 앉은 신도들 중에 한 명이 목을 가다듬었다.

"역시 들리잖아."

"들리면 뭐 어떻다고."

갑자기 싸하게 가라앉은 분위기에 신도 한 명이 몸을 틀었다. 그는 이광호를 바라보며 한 손을 건넸다.

"형제님, 처음 뵙겠습니다. 김민성입니다. 신주아 사제님과 함께 동행하며 일을 배우고 있습니다."

"안녕하세요. 김민성씨."

이광호가 그의 손을 맞잡으며 말했다.

"실례가 되지 않는다면 하나 물어봐도 괜찮겠습니까?"

김민성이 말했다.

"물어보셔도 됩니다."

이광호가 대답했다.

그러자 머뭇거리며 김민성이 말을 꺼냈다.

"오시는 길에 곤란한 일이 있었던 겁니까?"

"어떻게 된 일인지 그 전으로는 이동이 불가능했습니다. 능력에 문제가 생긴 건지, 정확히 어떤 이유 때문인지는 알 수 없습니다. 한번밖에 시도해보지 않았지만 제 마음대로 이동하는 데 지장이 있었어요."

이광호가 말했다.

본인이 말하고도 침울한 말이었다. 능력에 문제가 있었던 것이든, 악마의 관여 때문이든, 그 어느 것도 좋은 현상이 아니었다.

"역시 그랬군요."

김민성이 말했다.

그가 다시 입을 열려고 할 때였다. 차가 갑자기 기우뚱하며 멈춰 섰다. 그 바람에 얼굴을 손가락 사이에 묻고 있던 신주아가 앞좌석 등받이에 부딪쳤다.

"이런 씨발! 운전 제대로 못해? 왜 갑자기 멈춰."

신주아가 말했다.

운전을 맡은 신도가 앞을 가리켰다. 고속도로 위에 정차된 차들이 보였다. 불빛이 그대로인 걸로 봐선 시동이 꺼지지 않은 채 방치된 것 같았다.

"내려야 할 것 같습니다. 사제님."

김민성이 말했다.

"정말 되는 일이 없네. 빨리 가서 막아야 사람들이 다치는 일이 없을 거잖아. 여태까지 예언 따위나 들여다보면서 이 때를 연구해 왔으면 뭐해. 정작 일이 닥쳤을 때 할 수 있는 게 아무것도 없는데. 아빠도 참 미련하지. 이런 사이비 교단이나 멋대로 이어받아서 연구나 하더니 꼴도 좋아. 왜 이렇게 내 주변엔 미련한 사람들밖에 없는 거야. 그리고 너는 멈추려면 예고나 하고 부드럽게 멈추지, 무슨 장님이야? 한 치 앞으로 다가와야 겨우 눈이 뜨여져?"

"죄, 죄송합니다. 아무튼 걸어서 가야 할 것 같습니다."

운전을 맡았던 신도가 운전석에서 내렸다.

"짜증나게. 알았어. 걸어서 가지 뭐."

신주아가 말했다. 그녀는 차에서 내려서 문을 세게 닫고는 뒷문을 거칠게 열었다.

"얼른 내려. 여기서부턴 걸어서 갈 거야."

신주아가 말했다.

모두 내리고 나자 그녀는 앞장서서 걸었다. 신도 두 명이 그 옆을 따르고, 김민성은 이광호의 옆에서 걸었다.

그들 뒤를 오세나와 유화가 걸었다.

"싸가지 없는 년이야. 정말. 지도 다 늦은 때에 겨우 도착해놓고선."

"아, 언니."

"너도 실은 그렇게 생각하지?"

"저 여자도 늦게 오긴 했잖아요."

유화가 만족스럽게 웃었다.

뒤를 돌아 그녀를 흘깃 바라보곤 이광호가 시선을 돌렸다. 똑바로 정렬되지 못하고 차선을 대각선으로 빠져나간 차들이 드문드문 보였다. 추돌사고도 났었던 듯하고 그 바람에 도로가 조금씩 정체되어 있는 것 같았다. 내리기 전에는 몰랐는데 앞 유리에 간혹 붉은 피가 묻어 있는 차량이 많이 보였다.

피가 묻은 만큼이나 검은 액체로 추정되는 액체가 쏟아진 차량도 여럿있었다.

'감염.'

하지만 전염성은 확인된 바가 없었다.

문제가 있다면, 자신이 언제, 어디서, 어떤 상황이든 간에, 어느 때고정신을 잃고 쓰러져버릴 수도 있다는 사실이었다.

"김민성씨."

이광호가 말했다.

"제가 쓰러진다면 앞장 서는 것은 세나와 유화여야 해요. 유화에게 길잡이를 해 달라 전해주세요."

42.

계속 걸어도 끝이 보이지 않는 여정에 가장 먼저 지친 것은 신주아였다. 제일 앞에서 길을 잡아 걷던 그녀가 통증을 호소했다. 언제 긁혔는지종아리 옆으로 피가 조금씩 흐르고 있었다. 임시방편으로 찢어진 옷가지를 주워 다리에 묶어두었다.

"이제 곧 해가 질 거야. 하지만 이대로 머뭇거릴 수는 없어. 우리가 지체하는 사이에 사람들이 죽어나갈 거라고."

신주아가 말했다.

그녀는 신도 한 명을 불러왔다. 운전을 맡고도 타박을 받던 그 불쌍한 남자였다.

"야, 네가 날 업어."

"제가 업으라고요?"

"여기서 그럼 세월아 네월아 하고 있을래?"

결국 그녀가 업힌 채로 다시 걷기 시작했다. 조금 더 어두워지자 휴대폰 불빛으로 앞을 비추며 걸었다.

"아까 전에 했던 말이요."

김민성이 불쑥 말을 걸었다.

"제가 잘 이해가 안 되는데. 이광호씨의 신변에 지금 문제가 있는 건가요?"

그는 걱정스러운 얼굴이었다.

"하지만 형제님은 시간 능력자라고 들었어요. 앞으로 일어날 일들을 당신을 통해서 겨우 알 수 있을 거고. 혹시라도 잘못 된다면 바로 잡을 수 있는 것도 당신이에요. 그런데 형제님이 쓰러진다고요?"

"혹시 모르는 일이니까요."

이광호가 말했다. 더는 묻지 말라는 듯 그는 정면을 응시했다.

말없이 걷는 와중에 신주아가 신도의 머리카락을 잡아당겼다.

"이봐. 잠깐만 서봐. 할 이야기가 있어."

신주아가 말했다. 그녀가 뒤를 흘깃 보며 덧붙였다.

"이대로 무작정 걷는다면 반나절은 더 걸릴 거야. 다행인지 몰라도 차로 중반은 왔으니까. 이제 절반만 남았어. 적어도 하루는 안 걸릴 거야. 그런데 말이야. 우리가 로봇도 아니고 아무것도 먹지 않으면 중간에 쓰러질 수도 있어. 해서 말인데. 이렇게 걷다가 차 안에 먹을거리가 보이면 꺼내서 들고 와. 그걸로 허기를 채우면서 걷자."

"하, 네가 직접 가져오든지. 우리한테 부탁하고 난리야."

유화가 신경질적으로 대답했다.

"우리 모두를 위해서 하는 말인데 지금 뭐라고?"

신주아가 말했다.

"정중하지 못한 건 사과할게. 내 성격이 워낙에 이래서. 아무튼 부탁해. 모두 일곱 명이나 되니까. 부탁하는 소리야."

"그러던가."

유화가 말했다.

"그럼 그렇게 하도록 하고. 계속 갑시다. 가다가 정체되지 않은 도로가 나올 수도 있으니까. 희망을 버리지 말아요. 형제자매님들."

김민성이 밝은 목소리로 말했다.

신주아가 다시 신도의 머리카락을 잡아당겼다.

"아파요. 사제님."

"빨리 걷기나 해. 네가 그러고도 주님의 심부름꾼이라고 할 수 있어?"

"알았어요. 잡아당기지 마요."

굽어진 도로를 지났다. 이광호는 표지판을 바라봤다. 서울산호병원으로 가려면 곧 우측으로 진입해 들어가야 했다.

"조심하면서 따라와."

우측으로 진입하기 전에 신주아가 말했다. 안쪽으로 진입하던 중에 코를 찌르는 악취가 전해졌다.

"피 냄새야. 아까보다 조금 더 짙을 뿐이야. 엄살 부리지 마."

신주아가 신도의 머리카락을 잡아당기며 말했다.

그녀를 업은 신도는 한껏 인상을 찌푸리고 있었다. 도저히 맡기 힘든 냄새에 힘에 겨운 것은 이광호도 마찬가지였다.

초능력이 생기고 나서 이런 일이 비일비재했다. 사람들의 피 냄새를 맡거나, 뭔가 더욱 위급한 상황들. 사실 초능력이 있기 전까지는 경찰과 관련된 범죄 사건조차 접해본 기억이 많지 않았다. 고작 뉴스로만 접했던 것이다.

피가 튀는 장면이 나오는 영화도 자주 보지 않았다.

"왜 사람이 직접 사람을 해치는 상황을 유도했을까요?"

김민성이 혼잣말처럼 물었다.

"이 모든 게 게임이라고 생각할 수도 있는 것 아닙니까."

이광호가 말했다.

"사람들이 갈등하고 타락하며 서로를 공격하게 된다면. 악마들에게는 그것만큼의 유흥거리도 없을 테니까요."

그는 악마의 목소리를 떠올렸다.

마치 자신의 능력, 성격, 모든 행동을 관망하는 것처럼 느껴졌다. 정말로 구경하고, 유도하는 것이 진짜 목적일지도 모른다.

"그렇지만 우리 교단에는 직접 모습을 드러냈습니다. 인간의 몸을 빌려서가 아니라요. 인간이나 동물의 몸을 빌리지 않으면 세상에 나올 수 없는 게 그들인데…… 어떻게 된 걸까요?"

김민성이 두려움에 사로잡힌 얼굴로 말했다.

"형제님, 우리는 해야 할 일을 할 뿐입니다."

이광호가 말했다.

그가 '형제'라는 칭호로 자신을 부르자 김민성은 두려움이 잦아들었다. 더 나아가 이광호의 말을 곱씹을수록 정신이 맑게 개었다. 어쨌거나, 악마의 목적이 무엇이든 간에, 인간의 입장에서 해야 할 것을 하면 되는 것이다.

"아싸, 먹을 거 발견!"

오세나가 뛰어오며 말했다. 뒤따르던 발자국 소리가 안 들린다 했더니 식량을 챙기고 있던 모양이었다.

"오빠, 내가 이만큼이나 가져왔어."

오세나가 김민성의 옆으로 고개를 내밀며 말했다. 한아름 품에 안은 뻥튀기와 간식거리들이 보였다.

"이건 먹다가 만 것 같은데. 이 근처에 휴게소가 있었나봐. 왜 나는 오면서 휴게소를 못 봤지? 계속 가면 휴게소가 나오는 건가?"

오세나가 곽에 담긴 알 감자를 보여주며 말했다.

"차 앞머리가 어느 방향으로 있었는데?"

이광호가 물었다.

"그건 기억이 안 나네."

오세나가 웃었다.

"유화는?"

이광호가 뒤를 돌아보며 물었다.

조금 떨어진 곳에서 유화가 차 안을 뒤적이고 있었다. 잠시 뒤에 그녀는 커다란 비닐봉지를 들고 걸어왔다. 안에 뭔가 잔뜩 들어있는 것 같았다.

"김밥이랑. 초밥. 그리고 도시락 같은 것들이 들어 있어요. 음료수도 여기 있는데 먹을래요?"

유화가 이광호의 옆으로 다가와 김민성을 보며 물었다.

"조금 이따가요."

김민성이 말했다. 유화의 시선이 앞으로 향했다.

"저 년은 절대 안 줘야지. 사정사정하면 줄 수도 있고."

유화가 말했다.

생각만 해도 통쾌한 듯 그녀의 입술이 씰룩거렸다.

"뭐해? 빨리 와. 꾸물거릴 시간 없어!"

신주아의 목소리가 들렸다. 그녀의 째지는 목소리에 발걸음이 빨라졌다.

"악마들은 쉽게 죽일 수 있었어요. 이광호 형제님, 우리 앞에는 이제 어떤 일들이 기다리고 있나요? 감염자들에게는 정확히 사람의 영혼이 없는 건가요?"

김민성이 말했다.

스스로 자결했다는 남자가 떠올랐다. 그리고 감염된 것으로 추정되는 인물은 또 있었다. 바로 자기 자신이었다.

"아니요, 사람이 맞아요. 난폭한 행동을 보일 때는 단지 정신 착란에 빠져 있는 상태인 겁니다."

이광호가 말했다.

"그들이 공격해온다면 죽여야 할까요?"

김민성이 말했다.

"다른 수가 있을 겁니다. 죽이진 말고 몸을 움직일 수 없도록 막아두면 돼요. 그럴 일이 생기지 않도록 최대한 감염자들을 피하면서 이 상황을 정리하는 것이 최선책입니다. 상황이 정리되면 아마도 그들은 원래대로 돌아올 거예요."

이광호가 말했다.

김민성의 낯빛이 어두워졌다.

"세나야."

이광호가 말했다.

"그리고 유화야."

"응, 오빠."

앞서 가는 신주아를 바라보던 유화가 고개를 돌렸다.

"약속 하나만 하자."

이광호가 말했다.

"무슨 일이 있어도 사람들을 죽이는 일은 없었으면 좋겠어. 최대한 그런 건 피해줘. 감염자라고 해도 일단은 사람이야. 세나야, 감염자들을 태우거나 죽이진 마. 유화 너도 최대한 방어만 해. 뒤는 나에게 맡기고."

"그게 쉬운 일이 아니잖아."

오세나가 말했다.

"너는 능력을 조절할 수 있잖아. 널 믿어. 유화도 그렇게 해줄 수 있지?"

"난 알겠어."

유화가 말했다.

멀리서 도로의 갈림길이 보였다. 차들 사이로 오토바이 여러 대가 버려져 있었다.

43.

"나는 봉인에 대한 걸 해본 적도 없는데. 알긴해도 그나마도 흘러들은 정보고."

신주아가 불평하듯 말했다.

"이럴 때 우리 아빠가 있었으면 좋았을 텐데."

그녀의 말에 잠자코 듣고 있던 유화가 슬그머니 말을 꺼냈다.

"그러게 사제님 네가 아니라 교주가 있었다면 더 좋았겠어."

갑자기 둘 사이에 싸움이 붙으려 했다. 김민성이 서둘러 화제를 돌렸다.

"서울산호병원이 정확히 어디에 있는 곳이죠?"

"지도에 나와 있어. 여기."

신주아가 휴대폰을 들이밀었다. 그녀는 다시 정체된 구간까지 오토바이를 타고 오느라 신도의 등에서 내린 상태였다. 다시 업혀서 간다면 시간이 늦어질 수 있었다. 그렇기에 아무 불평 없이 자신의 힘으로 걸어가고 있었다.

"우리가 있는 곳은 지금 여기고. 아직도 많이 남았지만 이렇게만 가면 두 시간 내로 도착해."

"고속도로는 이제 거의 끝나가네요."

"십 분이면 나갈 수 있어."

신주아가 말했다.

"그럼 일단 빈 건물에 들어가서 쉬도록 하죠. 간단히 허기를 채우고 휴식을 청하는 게 좋겠어요."

이광호가 말했다.

"지금 한가롭게 잠을 자자는 얘기야?"

신주아가 말했다.

"그게 아니에요."

이광호가 신주아의 다친 다리를 응시했다. 자발적으로 걷고는 있었지만 거동이 약간 어색했다. 걷기 시작한 뒤부터 조금씩 부어오른 다리가 터질 듯이 붉어져 있었다. 내심 힘들었던 터라 그녀도 입을 다물었다.

"그렇게 하시죠."

김민성이 적극적으로 권했다.

"그래, 일단은 악마를 가두는 방법에 대해서도 다시 생각해봐야 하고. 그러니까 쉬었다가 가는 편도 나을 것 같네. 우리마저 죽어버리면 더는 해결할 방법이 없어지니까."

신주아가 말했다.

고속도로를 간신히 빠져나왔을 때였다. 그런데 잠시 쉬어갈 장소를 찾기도 전부터 난관에 부딪쳤다. 충분히 예상할 수도 있던 상황이었다.

"이제 어쩌지. 감염자들인 것 같지?"

신주아가 신도를 보며 말했다.

"그런 것 같습니다. 평범한 인간으로는 보이지 않아요."

신도가 말했다.

"이럴 땐 어떻게 하는 게 좋을까?"

"제가 해볼까요?"

오세나가 말했다.

"네가?"

"네."

"네가 어떤 수로? 너도 초능력자라고 했지? 방법이 있어?"

"사제님, 불꽃 길도 한번 걸어볼래요?"

오세나가 말했다. 진심인 그녀의 목소리에 신주아가 경악을 했다.

"뜨거워서 어떻게 걸어. 우리 말고 저 감염자들을 어떻게 할 수는 없어?"

"비효율적이에요."

"아무리 그래도 그건……."

"그래, 그 방법이 좋겠어. 세나야, 부탁해."

이광호가 끼어들어 말했다.

뭐라 할 새도 없이 그들을 기준으로 불꽃 길이 만들어졌다. 정면을 배제하고 양 옆과 등 뒤에 불길이 뒤덮였다. 그 기이한 모습을 넋을 놓고 보다가 신주아가 오세나의 뒤로 바짝 다가와 숨었다.

"네가 앞장서도록 해. 앞을 봐야 하잖아."

신주아가 말했다. 어딘지 겁을 먹은 얼굴이었다.

"오빠, 정면으로 다가오는 감염자들은 어떻게 처리해야 할까?"

오세나가 이광호를 보며 말했다.

"그냥 겁을 줘서 쫓아내도록 해."

이광호가 말했다.

"알았어."

대답을 마치자마자 정면으로 감염자들이 달려왔다. 오세나가 불꽃을 둥글게 말아 그들을 향해 보냈다. 지능이 있는 것인지 그들은 다시 달려들지 않았다. 옆길로 피해서 그저 보고만 있는 그들에게 신주아가 가운데 손가락을 치켜들었다.

"사제님, 뭐해요? 네가 하셨어요?"

유화가 신주아를 보며 말했다. 멋쩍은 얼굴로 신주아가 손을 내렸다.

"이대로 잠시 거쳐 갈 곳을 찾죠. 최대한 피하면서 가야 해요."

이광호가 말했다.

"아무 데나 들어가면?"

"가정집이 좋아요. 유리로 된 상가의 벽면은 깨지기 쉽습니다. 공격을 받는다면 감염자들과 대치해야 될 상황이 와요. 우리는 괜찮아도 세나가 제대로 설 수가 없을 겁니다."

이광호가 말했다.

"여기는 유흥가인 것 같군요."

김민성이 입간판으로 둘러진 상가 건물들을 보며 말했다.

"유흥가에도 사람은 살아요."

유화가 말했다.

"그건 그렇죠."

십 여분을 걸었다. 시끄러워 감염자들이 모이기 쉬운 유흥가를 벗어나 조용한 주택가로 진입했다. 깨진 꽃병과 그 밑으로 흘러나온 흙이 지저 분하게 바닥을 수놓고 있었다. 주택의 담벼락과 건물 곳곳에 사람들의 흔적이 남아 있었다. 지구에 종말이라도 온 듯 낙서는 더없이 지저분하 고 노골적이었다.

"아무 곳이나 들어가죠."

이광호가 말했다. 오세나가 만든 불꽃 길 덕분에 안전하게 가고는 있었 지만, 등 뒤로 감염자들이 따라오고 있었다. 능력을 오래 지속하는 데에 서 온 후유증인지, 오세나의 이마 밑으로 땀이 흘러내리고 있었다. 어지 간한 열기에는 끄떡도 없는 그녀라는 것을 아는 이광호가 오세나의 등을 감아 아파트 단지 앞으로 향했다. 그러고는 갑자기 자동차를 향해 손을 내밀었다.

덜컹하며 자동차가 순식간에 분해되었다.

"지금 이게 뭐 하는……?"

신주아가 더듬더듬 말했다.

이광호는 분해된 차 앞으로 다가갔다. 이광호의 몸을 두른 불길이 그의 움직임을 따라 이동했다.

차체에서 떨어진 자동차의 일부가 아파트 공동 현관문을 뚫고 들어갔 다.

"들어가죠."

이광호가 말했다. 불길이 등에 바짝 다가오는 느낌에 신주아는 반강제 로 걸음을 옮겼다. 그가 일부러 속인 것은 아니지만 뒤통수를 얻어맞은 느낌이었다. 그 통증은 아파트 내부로 들어가는 순간까지 지속됐다.

"문이 열려진 곳이 있을 겁니다."

이광호가 말했다.

"차라리 현관문만 분해했으면 됐잖아."

오세나가 말했다.

"그럴걸 그랬어. 하지만 공동 현관문도 일단은 유리잖아. 얼마나 단단한지 봐야 했어. 깨지는 모양을 보면 완력으로도 깰 수 있는지 알 수 있을 것 같아서."

이광호가 말했다.

1층 가정집은 문이 닫혀 있었다. 위로 올라가야 할 것 같았다. 승강기를 기다리는 동안 신주아가 이광호의 얼굴을 흘긋 바라봤다.

"능력 좋네요. 그런 능력을 숨기고 있었다니. 그냥 시간만 왔다갔다가 할 수 있는 건지 알았는데."

신주아가 말했다.

"그런 대단한 능력을 가지고 있었으면서 왜 그렇게 늦게 와서……."

"이게 아직까지!"

유화가 소리쳤다. 금방이라도 뺨을 내리칠 기세였다.

"그만해. 사제님은 아버지를 잃었잖아. 원망하고 싶은 기분도 이해해줘야지."

이광호가 그녀를 만류하며 말했다.

"하지만 오빠도 사연이 있었잖아. 망할 악마가 방해하는데 오빠가 무슨 수로 빨리 와. 저것도 탓하려면 악마를 탓해야지. 똑같이 노력하는 사람한테 너무하잖아! 같은 편 아니야? 이봐, 사제님, 이 남자가 어디서 아이스크림 집어 먹다가 늦은 게 아니야. 오빠는 계속 미안해하고 있잖아. 근데 너는 사람이 계속 받아주니까 마음 놓고 시비질이야?"

유화가 말했다.

"모두들 우리끼리 싸울 기운 있으면 비축해뒀다가 나중에 써요. 언니 그만해. 나도 기분은 상하지만 사제님도 지금 마음이 말이 아닐 거라 참는 거야. 그리고 사제님도 언니 말 흘려듣지 말아요."

오세나가 말했다.

승강기가 도착했다.

싸늘해진 분위기에 신도들도, 신주아도 말이 없었다. 유화는 분이 풀리지 않는지 씩씩거리고 있었다.

층층마다 불이 켜져 있었다. 2층에서 승강기 문이 열렸다.

"엑소시즘은 제대로 하는 게 좋을 거야."

유화가 말했다.

그녀가 양쪽 집을 확인하는 동안 김민성이 승강기를 잡아두고 있었다.

"다음 층으로 올라가자."

유화가 다시 돌아와서 말했다.

다시 승강기의 문이 닫혔다.

44.

빈 집에 들어오자마자 김민성은 피곤하다며 침실로 들어갔다. 지저분한 걸 보지 못하는 신도 한 명이 집을 정리하는 동안 여자들은 가져온 식량을 식탁에 펼쳤다. 집안에 있는 식기들을 꺼내서 음식을 옮겨 담았다. 군말 없이 돕던 신주아가 일이 끝나자 방안으로 들어가 문을 닫았다.

"내가 조금 심했나?"

유화가 닫힌 방문을 보며 말했다.

"아직 어려서 세상 물정도 모를 텐데."

"먹을 것 챙겨줘야 하는 거 아니야?"

오세나가 말했다.

"배고파지면 알아서 먹겠지. 나는 틀린 말 한 적은 없다고. 아무리 세상 물정을 몰라도 할 말과 못할 말은 구분할 줄 알아야지."

유화가 말했다.

"사제님을 너무 미워하진 마세요. 저래 보여도 마음씨가 착한 분이니까요."

청소를 마친 신도가 식탁에 앉으며 말했다.

"그쪽이 그런 말 하면 안 어울려요. 머리카락 뜯긴 덴 안 아파요?"

그는 손을 올려 머리카락을 쓰다듬으며 웃었다.

"너무 착해도 문제예요."

유화가 말했다. 신도가 미소를 지어보이며 수저를 들었다.

"오빠도 와서 먹어."

오세나가 이광호를 보며 말했다.

생각에 잠겨 있던 그가 식탁 앞으로 다가왔다. 그러고는 빈 그릇에 김밥과 도시락 반찬을 옮겨 담았다.

"밥은 이 정도면 될까?"

이광호가 흰 쌀밥을 접시에 옮겨 담으며 말했다. 한 주먹 크기. 남자가 먹기엔 적은 양이고, 보통 체격의 여자에게는 충분한 정도였다.

"갖다 주려고?"

유화가 믿을 수 없다는 듯이 말했다.

"오빠는 속이 없는 거야? 정말 속상하게 왜 그래."

"다쳤잖아. 챙겨 먹지 않으면 문제가 생길 거야."

이광호가 말했다.

다친 사람을 그대로 내버려두기에는 마음에 걸렸다. 또, 신현재의 유언과도 같은 편지를 그녀가 아닌 자신이 받았다. 그 사실을 알릴 수도, 편지를 보여줄 수도 없었다. 악마의 개입 때문이라고는 해도, 본인이 무능력하기에 그의 죽음을 막지 못한 것은 사실이었다.

"그래, 갖다 줘. 상처는 괜찮을지 모르겠네. 퉁퉁 부은 것 같던데."

유화가 말했다. 신도들도 걱정스러운 눈치였다.

"상처는 내가 봐 볼게."

이광호가 말했다.

"치료는 내가 해줄게. 아까 너무 톡 쏘게 말했던 것 같아서 미안하네."

유화가 말했다.

이광호는 접시를 들고 신주아가 들어간 방으로 향했다. 노크를 하자 눈시울이 붉어진 신주아가 얼굴을 내밀었다.

"왜 찾아왔어? 너도 내가 싫지 않아? 그렇게까지 대했는데."

신주아가 말했다.

"일단은 들어가서 이야기하죠."

이광호가 말했다. 신주아가 길을 비켜 주었다. 그녀는 방문을 닫고 돌아와 침대 가에 앉았다. 계속 지켜보는 시선에 그녀가 마지못해 입을 열었다.

"미안했어."

"괜찮아요. 이해합니다."

"당신 탓이 아니란 건 알고 있어. 그냥 내가 너무 힘들어서 그랬던 것 같아."

신주아가 말했다. 그녀는 이광호가 탁자에 올려둔 접시를 응시했다.

"그거 주려고 온 거였어?"

"부상까지 당했는데 끼니도 거르면 정말 탈나요."

"그렇게 심하지도 않아."

"그래도 먹어요."

"혼자 있을 때 먹을게. 뭐 먹을 때 누가 보고 있는 거 별로 안 좋아
해."

"그럼 나가볼게요."

이광호가 말했다. 그가 나가려고 하자, 신주아가 그의 옷깃을 잡았다.

"엑소시즘은 문제없이 해낼게. 믿어줘."

신주아가 말했다.

"어릴 때부터 아빠 옆에서 했던 게 그런 것뿐이야. 그러니까 잘할 수
있어."

"알겠어요."

이광호가 말했다.

"괜찮다면 대화 좀 하다가 갈래?"

신주아가 넌지시 물었다.

이광호는 대답 대신 침대 가에 다가가 앉았다. 아직 친해지지 않은 그
의 옆에 친한 척 다가가 붙어있을 수는 없었다. 신주아는 침대 앞의 화
장대 의자에 앉았다. 그러고는 그를 응시했다. 그런데 어떤 말부터 시작
해야 할지 가늠이 서질 않았다.

이광호가 먼저 말을 꺼냈다.

"예의 없게 행동했던 것들 모두 이해해줄게요. 그럼 사이좋게 지내보자
는 의미로 잠깐 이야기나 나눕시다."

이광호가 말했다.

"대화 신청은 제가 한 거예요. 사제님이 한 게 아니라."

"고마워."

신주아가 말했다.

"악마를 사람의 몸에서 쫓아내는 엑소시즘과는 다른가요?"

이광호가 물었다.

악마의 영혼을 사람 안에 가두어 소멸시키는 일이다. 엑소시즘과 비슷하지만, 정확하게는 다르다고 할 수 있었다. 단지 쫓아내는 것과는 달리, 영혼을 소멸시키는 일이 쉬울 리는 없었다.

문득 아버지가 왜 그런 연습들을 시켰는지 이해가 되었다.

"평범한 엑소시즘이 아니야. 이단 취급을 받는 변종 엑소시즘이지. 이때를 위해서 아빠가 나한테 그런 일들을 시켰나 봐. 주변에 영혼을 소멸시킨다는 사람을 본 적이 없어서 나는 그냥 우리가 사이비집단인 줄만 알았어. 사람들한테 말했다가 마녀라는 소리나 듣고 그랬어. 그 후로 교단으로 누구를 데려와 본 적도 없는데. 나도 점점 안 들어가고 밖으로 돌게 됐고."

신주아가 말했다.

"그래서 안 보였었군요."

이광호가 말했다.

"소식을 듣고 도착했을 때 아빠가 쓰러진 뒤였어. 잘난 척 했지만 나도 사실 너처럼 아무런 대응도 하지 못했어. 오랜만에 보는 얼굴이었는데. 생전 사이비라고 원망만 하고. 아빠랑 신도들이 하는 말들이 전부 사실인지도 모르고 지냈잖아."

신주아가 말했다.

"아빠가 죽기 전에 나한테 말했어. 교단을 내가 맡아서 하래. 그게 말이야?"

"그래도 맡아서 하실 거잖아요."

이광호가 말했다.

"그래, 내가 아니면 누가 하겠어. 근데 그것도 그래. 나는 여태껏 신도들을 사이비로 보고 막대했었는데 나를 제대로 받아들여줄지 모르겠네."

신주아가 말했다. 자신감 없는 얼굴이었다. 여태까지와는 다른 모습이었다. 사납고 히스테릭한 여자라고 생각했는데 의외의 면이었다.

"모두가 날 좋아할 순 없어요. 자신을 가져요."

이광호가 신주아를 보며 말했다.

"혼자 생각할 시간이 필요할 거예요."

이광호가 침대에서 일어났다.

"식사하세요. 그리고 다리에 상처, 유화가 치료해준다고 나오래요. 식사 마치고 나서 늦지 않게 나오세요. 사제님이 교단을 이어 받을 수 있게 되려면 이번 일을 문제없이 완성 시켜야 해요."

"유화? 내 상처를 치료해주겠다고?"

신주아가 놀란 목소리로 물었다.

"유화도 알고 보면 착한 애예요. 화를 못 참는 것 같아 보이긴 해도요."

이광호가 말했다.

그리고 그는 문을 열고 밖으로 나갔다. 그녀를 배려한 것인지 문은 다시 조용히 닫혔다. 신주아는 탁자 위에 놓인 그릇을 바라봤다.

"사람 일은 모르는 건가 봐."

신주아가 중얼거렸다.

그녀는 탁자 위의 그릇을 집어 들었다. 갖은 고기와 채소들로 그릇이 꽉 차 있었다. 그에 비해 밥은 적었다.

"맛은 있네."

신주아가 입을 오물거리며 말했다.

"그런데 나는 나름 대식가란 말이지."

그녀는 볼록 나온 자신의 배를 응시했다. 그러고는 벌떡 일어나 접시를 내려놓고 화장대 거울에 몸을 비춰 보았다. 자세를 바꿔가며 거울 안을 들여다봤다. 날씬한 몸이었지만 신주아는 마음에 차지 않는 얼굴이었다.

"그래도 나름 봐줄 만하다는 뜻이겠지?"

신주아가 웃으며 말했다.

그러다가 갑자기 안색이 어두워졌다. 준비를 해야 했다. 악마를 사람의 몸에 봉인하여 소멸시키기 위해서는, 최적의 조건에서 단 한 번의 실수도 없어야 한다. 상대가 보통 악마가 아닌 사탄의 아이라면 이야기가 달랐다.

45.

태양이 거리를 환하게 비추고 있었다. 새벽과는 판이하게 다른 분위기에 비위가 약한 신도가 입을 막았다.

"신도님, 괜찮으세요?"

오세나가 그를 보며 물었다.

"괜찮습니다. 이 정도는 참을 수 있어야겠죠. 병원으로 향할수록 더욱 참혹할 거 아닙니까."

신도가 말했다.

"엄살 떨지 마. 어떤 일이 있어도 사제는 평정심을 잃으면 안 돼."

신주아가 말했다. 그녀의 다리에 거즈를 감싼 하얀 붕대가 감겨져 있었다. 다리의 치료를 마치고 나서 어색했던 유화와 신주아 사이의 공기는 아직도 여전했다. 이제는 서로 싫은 내색을 보이지 않지만 그 공간을 어색함이 메웠다.

"언니, 기억을 읽을 줄 안다고 하셨죠. 최대한 안전한 길을 찾아주세요."

신주아가 유화를 보며 말했다. 어째선지 그녀에게만 존댓말을 쓰는 모습이었다.

"알겠어. 나만 믿으라고."

유화가 말했다. 그녀는 바닥을 짚으며 눈을 지그시 감았다. 뭔가 알아낸 유화가 앞서서 걷기 시작했다.

"잘 따라와. 이 주변에 아주 많이 있는 것 같으니까."

유화가 말했다.

"대열에서 벗어나지 마. 다들 잘 따라와. 개인행동은 금물이야."

신주아가 나머지 일행들을 보며 말했다.

긴장된 자세로 걷던 유화가 갑자기 멈춰 섰다. 그녀가 바라보는 곳에 감염자들이 몰려 있었다. 그들은 미동도 않고 가만히 서 있었다.

"제길!"

신주아가 유화의 옆에 바짝 붙으며 말했다.

"왜 저러고 서 있는 거야. 언니, 저 사람들이 조금 전까지 뭘 하고 있었는지 알 수 있어요?"

"그러려면 저 사람들을 만져야 해. 그럴 수는 없고. 내가 알 수 있는 건 저 사람들이 꽤 오래 전부터 여기 있었다는 거야. 아마도 우리를 기다리고 있는 것 같아."

유화가 말했다.

이광호가 오세나와 함께 그들이 숨은 자동차 뒤편으로 향했다.

아파트 주차장. 아파트 밖으로 벗어나기도 전에 장애물을 맞닥뜨려버렸다.

"좋은 생각 있는 사람?"

신주아가 말했다.

신도들이 다가와서 바로 옆에 주차된 자동차 뒤편으로 숨었다.

"여기는 길이 안 막혀 있어서. 자동차를 타고 가면 될 것 같은데? 어떻게 생각해?"

신주아가 동의를 구하듯 물었다.

"그건 반대야."

"맞아요. 사제님, 아파트 단지 밖으로 나가면 차량으로 뒤덮여 있을 겁니다. 감염자들을 이끌고 눈에 띄게 도로를 내달릴 순 없어요. 어차피 차에서 내릴 상황이 올 건데. 그때 난감할 겁니다."

유화의 말에 김민성이 맞장구쳤다.

그때 이광호가 한 가지 대안을 꺼냈다.

"자동차가 아니라면 오토바이는 어떨까요?"

"오토바이?"

신주아가 물었다.

"하긴. 여기까지 오는 길에도 오토바이 도움을 많이 받았죠. 그거면 좁은 길도 통과할 수가 있겠네요. 여차하면 인도를 달릴 수도 있어요."

김민성이 말했다.

"하지만 오토바이를 어떻게 구해? 여긴 다 자동차밖에 없는데?"

신주아가 말했다.

분명 오토바이는 주차되어 있지 않았다. 아파트 주차장에 오토바이가 주차되어 있지 않는 것이 보통이었다.

"사제님, 오토바이 상점을 찾아봐요."

오세나가 손끝으로 불기둥을 만들어내며 말했다. 이윽고 전에 본 것과 같은 화려한 불꽃 길이 만들어졌다.

"이것도 그런대로 익숙하네. 세나가 앞장서. 내가 인간 내비게이션이 되어줄 테니까."

신주아가 이마에 손을 대며 말했다.

"땀이 나도 조금만 참아요."

오세나가 말했다. 신도들은 신기한 듯 몸으로 옮겨 붙지 않는 불꽃을 관찰했다. 놀라거나 당황하지 않은 걸로 봐서 꽤나 익숙해진 모습이었다. 유화는 땅과 사물의 기억을 읽으며 신주아의 길잡이를 거들었다.

"꼭 몸빵하는 것 같네. 명령은 뒤에서 다 내리고."

오세나가 투덜거리며 말했다.

오토바이 상점까지는 이제 오 분 내로 도착 예정이었다.

46.

운전이 서툰 신주아를 신도가 뒤에 태웠다. 도로의 정차된 차들 사이를 지나다가 더는 앞으로 갈 수가 없어 인도를 이용하기로 결정했다. 감염자들이 드문드문 서서 바라보거나 쫓아오는 바람에 지형이 고르지 못함에도 속력을 줄일 수가 없었다.

"저 사람들도 서로 대화를 할 수가 있나?"

유화가 나란히 달리고 있는 김민성을 향해 말했다.

"감염자들끼리 대화가 가능하지 못할 거란 법은 없어요. 자매님."

김민성이 정면을 응시한 채로 말했다.

"그 자매란 소리는 안 하면 안 돼?"

"그럴 순 없어요. 자매님."

김민성이 말했다. 그러더니 그는 큰 목소리로 앞을 향해 소리쳤다.

"사제님, 이제 어느 길로 가야 하나요?"

"이렇게 쭉 가다가 왼쪽으로 돌면 바로 사거리가 나와. 우리가 앞장 서는 거니까. 우리만 따라오면 돼. 놓치지 말고."

신주아가 뒤를 돌아보며 말했다.

바람 때문에 그녀의 머리카락이 날리고 있었다.

"제길, 빨리 와."

신주아가 다시 신도의 등을 붙잡고 길을 안내하기 시작했다. 그녀가 탄 오토바이를 선두로 오토바이 6대가 거리를 질주했다.

이광호는 속력을 높여 신주아의 옆으로 다가갔다.

"뒤에서 따라오라니까. 그러다가 놓쳐."

신주아가 신도의 등에 파묻은 고개를 돌리며 말했다.

"일반인들이 앞에 서면 불안합니다. 여차하면 제가 막을 수 있도록 같이 가는 게 좋을 것 같아서요."

이광호가 말했다.

"그럼 길 잃어버리지 않도록 조심해."

신주아가 말했다.

이광호는 갑작스런 위험에 대비하며 신주아의 길안내를 따랐다.

사거리를 돌아서 왼쪽 길로 진입했다. 높다란 건물들이 나왔다. 조금 전까지 지나쳤던 건물들과 비교해 온전한 상태였다. 유리가 깨진 부분도 없었고, 커다란 낙서도 보이지 않았다. 감염자들만이 거리에 남아 있었다. 그들은 절망에 빠진 사람처럼 멍하니 걸어 다니다가 달려오는 오토바이를 바라봤다.

"온순한 것 같은데?"

유화가 뒤에서 소리쳤다. 이광호는 신주아를 응시했다. 그녀는 어떠한 손동작을 반복하고 있었다.

"잠깐만요!"

뒤에서 누군가 소리쳤다.

김민성이었다.

"왜 그래요?"

이광호가 뒤돌아보며 물었다. 오토바이를 멈추지 않은 상황이라 힐끗 돌아보는 게 전부였다. 그런데 그는 오토바이를 곧장 멈춰 세워야 했다.

"뭐야, 길이 없잖아."

신도가 말했다.

신주아가 난감한 표정으로 앞을 바라봤다. 차량이 도로를 빠져나와 인도까지 꽉 막고 있었다. 막무가내로 질주하다가 사고가 난 것처럼 건물을 들이받은 차량도 보였다. 이렇게 되면 오토바이를 가지고 곡예를 펼치지 않는 이상, 더는 앞으로 향하는 것이 불가능했다.

"주아야, 달리기 할 수 있어?"

유화가 급히 오토바이에서 내려 말했다. 그녀는 오세나와 함께 앞으로 달려왔다. 김민성도 마찬가지였다.

"앞을 보고 다녀야지. 그대로 가다간 부딪칠 뻔했잖아."

오세나가 이광호를 보며 말했다.

"이제 걸어서 가야 돼."

신주아가 말했다.

"일단은 무슨 이유인지 몰라도 녀석들이 온순해. 그러니까 조심조심 걸어가다가 위급한 상황에서 뛰거나 하면 될 것 같아. 혹시 모르니까. 연장

챙겨."

"사, 사제님. 연장이라는 말을……."

"시끄러워. 부탁해, 이광호."

신주아가 이광호를 보며 말했다.

그러나 그는 기대와 달리 바로 움직여주지 않았다. 멍하니 앞을 보며
서있는 이광호를 신주아가 유심히 살폈다.

"이봐, 뭐하고 있는 거야?"

신주아가 당황한 목소리로 말했다.

그녀가 화를 내려고 할 때쯤 이광호가 발걸음을 옮겼다.

"멍하게 있을 때가 아니야. 정신 차리라고."

신주아가 말했다. 그녀가 그러거나 말거나 이광호는 머뭇거림 없이 차
량들 사이를 헤집고 들어갔다. 그리고 남청색으로 코팅된 차량 앞으로
다가가 트렁크를 열었다. 그의 손에 들려서 골프 가방이 나왔다.

커다란 골프가방에 크기가 서로 다른 골프채가 8개 들어 있었다.

"하나씩 골라요."

이광호가 골프가방을 가져와 말했다.

"어떻게 찾은 거야?"

신주아가 당혹스러운 얼굴로 물었다.

"방법이 있어요. 사제님."

오세나가 싱긋 웃으며 골프채 하나를 집어 들었다. 유화와 신도들마저
모두 고르고 나니 골프채 3개가 남았다.

"나는……."

신주아가 말했다. 고민하고 있는 그녀를 위해 이광호가 골프채 하나를
꺼내들고, 나머지를 모두 그녀에게 건넸다.

"두 개 다 들고 있으라고?"

"그 편이 좋을 거예요."

이광호가 말했다.

"이제 가죠."

"싸움이 걸리지 말아야 할 텐데."

유화가 말했다.

"나는 괜찮아. 싸움을 걸어오면 불지옥을 맛보게 해줄 거야."

오세나가 골프채를 휘두르며 말했다. 골프채를 희미하게 두른 불꽃이 붉게 타올랐다.

"물건, 잃어버리지 마."

신주아가 김민성을 보며 말했다. 그가 매고 있던 가방을 추켜올리며 엄지를 치켜들었다.

"저 녀석들도 감염자이기 전에 사람이야. 불필요한 살상은 없도록 해."

신주아가 말했다.

오세나는 이광호가 했던 말을 기억해냈다.

"하지만 최우선은 지금 우리 목숨이야. 우리가 감염자 한 명보다 많은 목숨을 책임지고 있다는 사실을 명심해줘."

신주아가 말했다. 골프채를 꽉 쥔 채로 오세나가 선두에 섰다.

"사제님은 중요한 분이니까. 내 뒤에 숨어서 따라와."

오세나가 말했다.

감염자들이 그녀를 의식하며 조금씩 다가오고 있었다.

47.

감염자가 가래 끓는 소리를 내고 있었다. 짐승들이나 낼 법한 소리를 입 밖으로 토해내는 모습을 보고 신주아가 마른 침을 삼켰다.

물론 감염자들 모두가 말을 하지 못하는 것은 아니었다. 대놓고 말을 걸어오며 다가오려 하는 감염자들도 있었다. 어찌나 간교하고 연기를 잘하는지 몇 번이고 속아 넘어가서 당할 뻔했다. 그때마다 가까스로 그들의 공격을 피하며 골프채를 휘둘렀다. 그렇게 조금씩 전진하고 있었다.

신주아가 감염자의 머리를 내리쳤던 골프채를 갈무리했다. 손수건을 꺼내 골프채의 앞머리 부분을 깨끗이 닦았다. 다시 더러워질 물건이지만 피가 묻은 무기를 들고 몇 발자국도 걷고 싶지가 않았다.

"주의해. 감염자들은 지능이 있는 것 같으니까."

신주아가 피로 얼룩진 손수건을 집어던지며 말했다.

"알겠어요."

"사제님도 조심해요. 오빠, 사제님을 잘 지켜줘."

오세나가 말했다.

신주아와 이광호가 대열의 앞을 이끌고 있었다. 그 뒤로 바짝 신도 둘과, 그 뒤로 오세나와 유화가 따라왔다.

대열의 뒤쪽은 김민성이 봐주고 있었다.

그는 혹시 모를 위험을 대비해 오세나와 가까이 붙어 걷고 있었다. 그나마 다행인 것은, 한번 지나쳐온 감염자들이 섣불리 공격해오지 않는데 있었다.

김민성이 일행들을 바라봤다.

이광호가 신주아를 팔로 가로막고 유화를 불러오고 있었다.

그때 뒤쪽에서 가녀린 목소리가 들렸다.

"도와주세요. 길을 잃었어요."

교복을 입은 여학생이었다. 다른 감염자들과 달리 눈 색깔이 보통의 사람과 비슷한 그녀는 생존자라고 해도 믿을 수 있을 것 같았다.

"길을 잃었다고?"

김민성이 물었다. 그는 잠시 멈춰 있는 일행들을 흘깃 보고는 다시 여학생을 향해 고개를 돌렸다.

"다른 사람들은 없는 거니?"

김민성이 물었다.

"어른들이랑 같이 가고 있었는데 저 혼자 떨어졌어요. 무서워요. 저도 같이 가면 안 될까요?"

여학생이 말했다.

"하지만……."

김민성이 머뭇거렸다.

어린 여자 혼자서 다닌다면 금방 죽을 수도 있는 노릇이었다. 정적으로 그저 울음소리를 길게 낼 뿐인 감염자도 있었지만, 공격적인 이들도 있었다. 그러한 이들을 기절시키거나 상처를 입혀 여기까지 온 것이었다. 이런 것들을 모두 겪은 입장에서, 행운을 빌어주며 혼자 다니라고 하는 것은 신을 받드는 사제의 도리가 아니었다.

"우리는 병원으로 가고 있어. 거기가 더 위험할 수도 있지만 그래도 괜찮다면 물론 그렇게 할 거야. 일단 병원에 도착하면 안전한 장소로 데려다줄게."

김민성이 말했다.

그가 손을 뻗어 여학생을 향해 내미려던 순간이었다.

"이제 거의 다 왔어. 내비게이션이 고장났던 거야. 유화 언니, 고마워요. 이제 바로 코앞이니까. 모두 서두르자."

신주아의 목소리였다. 그녀는 곧 김민성을 불렀다.

"굼벵이야? 뭐해, 빨리 오라고!"

"잠깐만요."

김민성이 말했다. 질책하듯 노려보던 신주아가 그의 뒤편에 서있는 여학생을 발견했다. 그러고는 눈살을 찌푸리며 이마를 매만졌다.

"너 지금…… 아까 내가 했던 말을…… 당장 거기서 안 떨어져? 빨리 튀어와!"

신주아가 말했다.

"하지만 생존자를 두고 갈 수는 없습니다. 사제님, 이 아이는 혼자예요. 우리는 모두 형제자매 사이라고 사제님이 말했잖습니까!"

김민성이 말했다.

"그냥 오라고!"

신주아가 다급하게 말했다. 김민성은 울상을 짓고 있는 여학생을 응시했다.

"그렇지만…… 이해가 안 됩니다. 사제님!"

김민성이 소녀의 팔을 붙잡고 말했다.

"저 멍청한 새끼가!"

신주아가 참다못해 김민성에게 다가가려 했다. 그녀의 손목을 이광호가 낚아챘다. 그가 천천히 고개를 내저었다.

"이광호, 설마 김민성을 두고 가자는 건 아니지?"

"아닙니다. 먼저 가 계세요. 아까 잠깐 미래를 보고 오던 중에 이 상황도 미리 봤습니다. 저 아이의 일행이 이 근처에 있어요. 데려다 주고 곧장 병원으로 가겠습니다. 김민성 형제님을 데리고 먼저 병원에 가 계세요."

이광호가 말했다. 그의 말을 듣고 김민성이 안도의 한숨을 내쉬었다.

"이해해주셔서 고마워요. 형제님."

김민성이 말했다.

"당연히 이해합니다. 그럼 먼저 가시죠."

이광호가 김민성의 손을 여학생의 팔에서 떼어냈다. 한 시가 바쁘니 빨리 가보라는 그의 눈길을 김민성이 읽어냈다.

"알겠어요. 내키지는 않지만 가봐야겠죠."

김민성이 굳은 얼굴로 신주아가 기다리는 곳으로 걸음을 옮겼다. 오세나가 걱정스러운 얼굴로 이광호를 바라봤다. 유화는 그런 그녀를 다독이며 신주아와 신도들을 향해 병원으로 향하는 방향을 가리켰다.

"이번엔 잘 찾아 와야 해!"

오세나가 이광호를 향해 말했다.

그는 여학생과 함께 상점가 어귀로 사라졌다. 그가 모습을 감추고 나서 그들은 다시 병원을 찾기 시작했다. 십분도 지나지 않아 병원 앞에 도착했다. 그런데 병원에 도착했음에도 누구 하나 먼저 들어가지 않고 있었다. 싸해진 분위기 속에서 누구도 말을 꺼내지 않은 채로 수십 초가 흘렀다. 오세나와 김민성, 신주아가 문제였다. 각기 다른 표정으로 기분이 상해있는 것 같았다.

싸해진 공기가 숨을 턱 막았다.

유화가 마지못해 신주아에게 말을 건넸다.

"이제 병원 앞이야. 들어가야지."

"사제님."

김민성이 끼어들어 말했다.

"아까 왜 그러셨습니까?"

나름대로 화를 삭이며 꺼낸 말이었다. 변명을 한다면 충분히 들어줄 수 있었고, 뭔가 이유가 있다면 납득하고 넘어갈 생각이었다. 그런데 결연한 마음으로 꺼냈던 말이 오히려 화를 자초하고 말았다.

"존나 멍청한 새끼가!"

신주아가 김민성의 뺨을 세게 때렸다.

"이광호가 초 사이언인인 줄 알아? 시간을 다루고 물건 몇 개 부신다고 해도 개가 그 능력으로 사람들을 공격하는 것 본 적 있어? 골프채 하나로 뭘 어쩔 거라고 생각을 하는 거야. 어?"

별안간 토해져 나온 질책에 김민성이 아연실색했다.

소녀와 함께 간 이광호의 이야기가 나올 줄은 몰랐던 것이다.

"사제님, 뭐예요. 오빠가 왜요?"

오세나가 물었다.

내내 걱정됐던 부분이다. 혼자서 발길을 돌리는 그와 동행하고 싶었지만 상황 상 그럴 수가 없었다. 사제와 신도들이 안전하게 병원으로 향하기 위해서는 불 능력이 반드시 필요했기 때문이다.

결코 이들이 더욱 중요해서 선택한 것이 아니었다.

"무슨 일인데요?"

오세나가 되물었다. 신주아는 미안한 얼굴로 말을 아꼈다. 그러고는 있는 힘껏 김민성을 노려봤다.

"이광호한테 무슨 일이 생기면 전부 네 탓이야. 아무튼 다들 안으로 들어가자."

신주아가 핏물이 흥건한 병원 안으로 걸어 들어가며 말했다. 오세나가 그녀를 따라 안으로 향하다가 멈춰 섰다.

"사제님, 무슨 일인데요? 뭔가 아는 게 있어요?"

오세나가 말했다. 신주아가 머뭇거렸다. 병원 안으로 들어서며 꺼낸 하얀색 부적을, 그녀는 꽉 움켜쥐었다.

"미안해. 하지만 이광호라면 괜찮을 거야. 여차하면 피할 수 있을 테니까. 그리고 우리도 노력해볼게. 그 남자한테 피해가 가지 않도록. 매개체를 찾아서 악마를 봉인해 죽여 버리는 거야. 그러면 돼."

신주아가 말했다.

"병실 호수는 알려주고 갔으니까. 거기로 가서 기다리자. 세나야."

"그 여학생이 그냥 생존자가 아니었던 거예요?"

오세나가 물었다. 신주아가 따라 들어오고 있는 김민성을 보며 말했다.

"이 난리 통에 감염자들이 득실거리는 길을 걸어오면서 우리가 기습을 몇 번 당했지?"

"그렇게 많지는 않았잖아요. 다섯 번 정도였던 것 같은데."

오세나가 말했다.

"그런데 그 여자애가 입고 있던 교복. 너무 깨끗하지 않았어?"

신주아가 말했다. 김민성이 놀란 눈을 크게 뜨며 그녀를 응시했다.

"저 머저리가 내 경고를 무시하고. 판단을 섣불리 한 거야. 이광호는 아마 알고 있었겠지. 우리가 저 녀석 때문에 길거리에서 시간을 지체하는 걸 바라지 않았겠지. 그리고 그 새끼 성격이라면 알만 해. 다른 사람이 위험에 빠질 바에는 지가 위험을 자처하는 게 좋겠다고 생각했겠지. 아무 말 안 해서 미안해. 세나야."

신주아가 말했다. 김민성은 믿기 어렵다는 얼굴이었다.

"내가 형제님을 전쟁터로 몰아넣은 건가요?"

김민성이 말했다.

"기도나 해. 멍청아. 그리고 다들 따라와."

신주아가 말했다.

병원 내부에 아무런 기척도 없었다. 그러나 처음 문제가 있었던 곳이란 것을 체감할 정도로 공기가 무거웠다. 깨진 의료기구들이 신발 밑에 밟히고 흔들거리는 조명 밑으로 전기가 튀었다.

"3층이야. 김민성, 가방에서 준비해온 것들 확인해."

신주아가 말했다. 김민성은 죄의식을 느끼는 얼굴로 벌벌 떨고 있었다.

그는 가방을 앞으로 돌려서 떨리는 손으로 가방 지퍼를 열었다.

신주아가 김민성의 손을 붙잡았다.

"그 남자가 위험에 처하지 않도록. 우리가 구하는 거야."

신주아가 말했다.

김민성이 고개를 *끄*덕거렸다.

48.

이광호는 여학생과 함께 상점가 어귀로 들어갔다. 처음에는 그가 앞에 섰지만 지금은 여학생이 이끄는 곳으로 가고 있었다. 그것이 무엇을 의미하는지 이광호는 알고 있었다. 여학생은 지금 자기가 원하는 장소로 유인하고 있는 것이다.

하지만 그것을 따라가는 데도 이유가 있었다. 잠깐 미래를 둘러보면서 여러 경우의 수를 세었다. 그 선택지 앞에서 무엇을 선택하든 다른 좋은 결과는 기다리지 않고 있었다. 그대로 신주아와 함께 병원으로 향했다면 모두 참변을 맞고 만다.

여학생을 따라가더라도 마찬가지였다. 하지만 계속 시간을 오가며 예외의 결과를 확인할 수 있었다. 결과라고 말하기엔 애매한 구석이 있었다. 누군가를 만났으며, 거기서 시간에 튕겨져 나와 다시 과거로 돌아와 골프채를 손에 얻게 된 거였다.

"이제 조금만 더 가면 돼요. 내가 길을 잃었던 곳은 거기예요. 잘 오고 있죠?"

여학생이 말했다. 정상인 척 하고 있지만 그녀는 감염자였다. 이제 곧 발생할 상황을 기대하는 눈치로 그녀는 호흡이 거칠었다.

"저 곳으로 들어가면 돼요."

여학생이 말했다.

이제 곧 그녀는 감염자들이 모여 있는 곳으로 자신을 데려갈 것이다. 이광호는 그 사실을 알고 있었다. 그러나 위협에 대비해야 했지만 미래로 갔을 때처럼 몸에 힘이 점점 빠져나가고 있었다. 발열 증상이 있는 것 같았다.

"왜 자꾸 느려져요. 어서 와요."

여학생이 이광호를 잡아 끌었다.

이광호는 계속 입고 다니던 정장 마이를 벗어던졌다. 땅에 내던진 정장 마이를 바라보다가 여학생이 이끄는 대로 순순히 향했다. 이제 곧 자신은 정신을 잃게 된다. 극심한 두통과 어지러움을 느끼면서. 그 사실을 미리 알고 있는데도 의미 없는 오기가 생겼다.

하지만 몸 상태가 좋지 않았다.

"이제 거의 다 왔어요."

여학생이 말했다.

상점가를 벗어나 주택 단지로 향하는 길목이었다. 여학생은 주택 단지와 상점가 사이에 있는 길목으로 들어갔다.

"다 왔어요. 고마워요. 여기까지 와줘서."

여학생이 말했다.

그녀의 눈이 순식간에 검게 물들었다. 길목 사이에 은신해 있던 감염자들이 하나 둘 머리를 내밀었다. 이광호는 그들을 바라보다가 정신을 잃고 쓰러졌다.

49.

눈을 떴을 때 본 것은 미래에서 봤던 것과 비슷한 상황이었다. 목 근처에서 강한 통증이 밀려왔다. 감염자 중에 누군가가 낸 상처로 보였다.

"우리들과 같아."

"그래도 아직은 달라."

감염자들이 이광호를 보며 대화를 나누고 있었다. 그가 방금 전 깨어났다는 사실을 아직 눈치 채지 못한 것 같았다.

"기다렸다가 물어볼까?"

"하지만 해치워버리고 싶은데."

"저 사람은 죽이면 안 될 것 같아."

이광호는 숨을 죽이고 주변을 살폈다. 정신을 잃기 전 그 길목과 비슷했다. 조금 더 안쪽으로 끌고 들어온 것 같았다.

"죽이고 싶은데 참는 건 내 스타일이 아니야."

"사실 나도 굳이 참고 싶지는 않아."

"언니 오빠들이 알아서 해요. 난 약속대로 데리고 온 거니까. 옆에서 구경할게요."

조금 전 동행했던 여학생이었다.

그녀는 뒷짐을 쥔 채로 감염자들에게 말하고 있었다. 감염자들은 어림잡아 보아도 스무 명이 훨씬 넘었다. 이렇게 많은 사람들이 숨어있기에는 비좁은 공간이다. 그들이 무슨 이유로 사람들을 잡아다가 해치려고 하는지 알 수가 없었다.

"아무튼 기분 최고야."

여학생이 혓바닥을 날름거리며 히죽 웃었다. 그 모습이 결코 사람처럼은 보이지 않았다. 감염된 직후로 인간의 마음을 잃는 선택을 하면, 이들처럼 변하게 되는 걸까. 그렇다면 감염된 것으로 추측되는 자신에겐 아직 선택지가 남았다는 말이 되었다.

감염자 무리에서 성인 남자와 여자가 앞으로 걸어 나왔다. 지켜보는 동료들을 뒤로 하고 그들은 칼을 작은 돌덩어리에 갈면서 다가왔다.

이광호가 몸을 일으켜 앉아 그들을 보았다.

"깨어났네."

휘파람을 불며 남자가 말했다.

여자가 남자를 바라봤다.

"어떡하지? 물어볼까? 궁금한데."

여자가 말했다.

"아직 변하기 전이잖아. 그분들도 이해해주실 거야. 그분들은 우리랑 같아."

남자가 히죽거리며 말했다.

"재미없긴. 물어보고 나서 죽이자. 감염된 것 같은데 멀쩡한 게 기분 나쁘잖아."

여자가 말했다.

"얘, 너는 왜 멀쩡한 거야? 그분들이 마음에 안 들어?"

이광호는 대답하지 않았다. 그저 그들이 하는 말들을 들어볼 생각이었다. 그들의 대화중에 그분들이라는 칭호가 마음에 걸렸다. 한 명이 아닌 다수를 칭하는 말이었다. 감염이 되고 나면 악마들과 접촉이 있을 것을 예고하는 말과 같았다.

그는 연구소에서 있었던 일을 떠올렸다.

"아니면 뭐야. 아직 만나지 못한 거야?"

여자가 말했다.

"거부하는 사람들도 있잖아. 이렇게 끙끙 거리는 걸 봐선 거부한 게 분명해."

"그럼 곧 죽겠네?"

"우리가 죽어서 그분들 곁으로 보내주는 건 어때? 예쁨 받을 것 같은데."

남자가 기분 나쁘게 웃었다.

등 뒤로 묶인 팔을 빼려고 했다. 그런데 의외로 쉽게 밧줄이 풀렸다. 더 기분 나쁜 것은 그것을 본 감염자들의 반응이었다.

"밧줄을 푼다고 뭐가 달라지는 게 있을 것 같아?"

감염자들이 말했다.

이광호가 칼을 소지한 남자를 향해 팔을 올렸다. 하지만 사람을 상대로 시간 능력을 쓰는 것이 주저되었다.

남자가 이광호의 몸을 낚아채 벽에 집어던졌다. 그러고는 그의 멱살을 잡고 칼을 목울대 옆으로 가져다댔다. 이미 상처가 나있던 목 근처가 또다시 아려왔다. 이광호는 신음을 내뱉으며 목을 옥죄는 남자의 손을 막았다.

"네가 우리한테 뭘 할 수가 있다고? 아무것도 없으면서 폼을 재기는."

남자가 말했다.

"난 생전 너 같은 애들이 제일 싫었어. 얼굴 조금 반반하고 허우대 괜찮다고 폼만 잡으면서 여자애들 인기를 독차지하는 너 같은 놈들!"

남자의 눈을 덮은 검은 액체가 눈가로 밀려나 피부 속에 스며들었다.

"괴물이네."

이광호가 말했다. 몸의 열기 때문에 호흡이 거칠었다.

"끝까지 그럴 수 있나 보자."

남자가 말했다. 그가 상처가 난 이광호의 목을 칼끝으로 건드렸다. 이광호가 괴로워하자 남자는 만족한 얼굴로 크게 웃었다.

"진짜 재밌어!"

남자가 말했다. 다시 그의 눈이 검게 물들었다. 흡사 악마에게 영혼을 판 사람처럼 느껴졌다. 게다가 아까부터 멱살을 잡고 있는 남자의 힘은 인간의 것이 아니었다. 마치 단단한 바위가 몸을 고정시키고 있는 것처럼 느껴졌다.

이광호는 시간을 계산했다.

눈을 뜨고부터 계속 속으로 시간을 세고 있었다. 370초 정도가 지나고 있었다. 이제 조금만 더 기다리면 되었다.

"그러게, 나 참 볼품이 없네."

이광호가 말했다.

남자가 박장대소했다.

"인정하니까 더 재수 없어!"

그는 정신병에 걸린 사람처럼 입맛을 다시기 시작했다.

"너 같은 새끼들 눈치를 보면서 평생을 하잘것없이 살았어. 그러면 이 정도 보상은 당연한 거야. 뒤늦게 보상을 받고 있는데 내가 아직까지 너 같은 놈들 눈치를 볼 이유는 없어. 네가 무슨 생각을 하는지, 너한테 어떻게 하면 인정을 받을 수 있는지, 생각할 필요가 없다고. 알아?"

남자가 말했다.

"알지, 암."

이광호가 골목으로 들어오는 길을 바라봤다. 상점가와 주택가 사이 길목으로 들어오면 이곳까지 들어올 수 있다.

"네가 그 기분을 안다고?"

남자가 말했다. 고개를 갸웃거리며 남자가 덧붙였다.

"너 성형했어?"

"그래도 그런 선택은 하지 말았어야 해. 후회는 늦어."

이광호가 말했다.

461, 462, 463······.

"정신 차리고 나면 똑바로 살아. 눈치 보지 말고."

이광호가 말했다.

470, 471, 472······.

남자가 주춤거렸다.

"뭐라고?"

"잘 살라고."

나무줄기가 튀어나와 남자의 몸을 거세게 밀쳤다. 순식간이었다. 이광호는 눈을 감고 잽싸게 뒤로 피했다.

50.

"안녕, 아저씨. 나 기억해?"

소녀가 물었다.

이광호는 그녀를 가만히 응시했다.

"그런 것 같긴 한데. 나만 반가운 거야?"

소녀가 말했다.

그녀는 꿈속에서도 본 적이 있는 소녀였다. 시간의 바다에서 눈을 뜨기 전, 꿈 속에서 보았던 어린아이.

어째서 실존하는 것인지 몰라도, 정황상 감염자들이 봤던 환상 속의 소녀가 이 아이인 것 같았다.

"아저씨가 기억이 잘 안 나는데. 이름이 뭐였지?"

이광호가 말했다.

일단은 아는 척 하면서 정보를 얻는 게 먼저였다.

"아저씨도 기억 안 나? 설마 나처럼 기억을 잃은 거야?"

소녀가 놀란 듯 말했다. 이광호는 대답하지 않았다.

"완전 반가워! 비슷한 사람을 찾고 있었는데. 아저씨도 나랑 비슷하구나."

소녀가 말했다.

"내 이름은 잘은 모르겠지만 기억나는 게 하나 있어."

"뭐라고 부르면 될까?"

이광호가 물었다.

"란! 란이라고 부르면 돼. 엄마가 날 그렇게 불렀던 것 같아."

소녀가 말했다.

이광호는 병실에 쓰여 있던 이름을 떠올렸다.

"……설란?"

이광호가 말했다. 소녀는 고개를 내저었다.

"잘 기억이 안 나."

소녀가 말했다.

지금쯤 일행들은 병원에 도착했을 것이다. 설란은 분명 병원에 있을 것이다. 어쩌면 병원 바깥으로 나갔을 수도 있으나. 일단은 거기에 있는 것이 맞았다. 그런데 이 아이는 병원에서 봤던 그녀보다 더 나이가 어려 보였다. 아주 확연한 차이다.

"네가 있는 곳을 알고 있어. 진짜 네 몸."

이광호가 말했다.

소녀가 동요한다면 추측하는 것이 반쯤은 사실이라는 소리였다.

"정말?"

소녀가 말했다. 그녀는 동요하고 있었다.

어째서 그녀가 이런 모습으로 바깥을 떠돌고 있는 것일까. 병실에 누워 있던 설란의 몸에는 더 이상 그녀가 없는 것인지도 모른다.

"네 어머니가 있던 곳도 알고 있어."

이광호가 말했다.

"거기로 데려다줘. 아저씨."

소녀가 말했다. 어린아이답게 감정의 동요가 컸다.

"알겠어. 내 손 놓지 말고 따라와야 돼."

이광호가 말했다.

병원에 도착한 그들이 마주하는 것은, 더 이상 매개가 아니었다.

성녀가 다시 눈을 떴을 때.

그 몸에는 더 이상 인간의 영혼이 있을 수 없다는 말이었다. 예언의 내용을 간과하고 일행들을 위험한 곳으로 보내고 말았다. 어째서 일행들과 함께 곧장 병원으로 향했을 때 참변을 맞게 되었는지 이제야 이해가 되었다.

경험하고 온 것은 소녀를 만나는 당시까지.

시간이 없었다.

"가자. 란아."

이광호가 말했다.

제대로 뛰어가면 늦지 않게 도착할 수 있을 것 같았다. 그들이 악마에게 당하기 전에 도착해야 했다.

제 7장
있어서는 안 될

타임 워커 2 : 꿈을 꾸는 아이

51.

이광호는 어린 설란을 바라봤다. 그녀는 병실에 누워 있었던 설란과 비슷한 얼굴을 하고 있었다. 분명히 동일인물이 맞는 것으로 보였다. 왜 어린 아이의 모습으로 몸에서 쫓겨난 것인지 보다 더 중요한 의문이 있었다. 악마의 성경에 '성녀'로 언급돼 있는 그녀가 가진 능력이었다. 무식한 힘을 지니고 있던 감염자를 한 번에 내던진 나무줄기의 정체가 불분명한 것이다.

하지만 섣불리 물어볼 수는 없었다. 눈앞의 설란이 진짜 그녀인지 확실하지 않았다.

"아저씨, 저 병원에 우리 엄마가 있다고? 내 몸이랑 같이?"

어린 설란이 물었다.

"맞아."

이광호가 말했다.

"저기로 어떻게 가?"

어린 설란이 물었다.

누군가 고의로 도려낸 것처럼 병원 주변부로 가는 길이 사라지고 없었다. 생전 본 적도 없는 커다란 구멍은 잘못 발을 디뎠다간 크게 부상당할 것처럼 위험해보였다. 싱크홀의 깊이는 족히 5미터가 넘어 보였다.

"설란, 아까 그 나무 네가 만들어낸 거지?"

이광호가 물었다. 설란이 조심스럽게 고개를 끄덕였다.

"저기까지 가는 길도 혹시 만들어낼 수 있어?"

이광호가 물었다. 설란은 고개를 내저었다.

"내가 알지 못하는 걸 만들 수는 없어."

설란이 대답했다.

"그럼 알고 있는 것만 만들 수 있는 거야?"

"응."

"그림이나 사진을 보고 만들어낼 수도 있어?"

"해본 적은 없는데. 한번 해볼게."

설란이 천진하게 웃으며 말했다. 이광호는 휴대전화를 찾았다. 그런데 어디서 빠뜨린 것인지 보이지가 않았다.

"혹시 그림 그릴 만한 걸 만들어낼 수도 있어?"

이광호가 말했다.

"전에 해본 적이 있어."

설란이 말했다. 그녀는 스케치북과 연필 한 자루를 만들어 그에게 건넸다. 이광호는 스케치북에 그림을 그렸다. 어린 소녀가 알아보기 쉽도록 지반이 내려앉은 큰 구멍을 간략하게 그리고, 뚫린 길을 잇는 흔들다리를 그려넣었다. 빨리 그리기 위해 명암이나 채색은 생략되었다.

"이 다리랑 비슷한 걸 만들어줘. 병원까지 갈 수 있도록. 그리고 다리를 고정시키는 이 버팀목이 중요해. 단단하게 만들어야 하는데 가능하겠어?"

이광호가 말했다.

설란은 자신 없는 얼굴로 고개를 끄덕였다. 곧바로 싱크홀 위로 다리가 생겨났다. 그림에 그려진 것과 같은 하얀색의, 테두리만 검은 흔들다리였다. 단단하게 만들라는 말 때문인지 전혀 흔들거리지 않게 쇠로 된 다리가 만들어졌다. 무슨 재질로 되어 있는지 모를 은색의 버팀목을 응시하다가 이광호가 발판을 향해 발을 내디뎠다.

"칭찬해줘."

설란이 말했다.

그녀는 들뜬 얼굴로 다리를 동동거리며 뒤따라 걸었다. 발판은 흔들거리지 않았지만 밧줄처럼 발판을 잇고 있는 이음새 사이의 휑한 부분을 무시할 수는 없었다. 이광호는 걸음을 멈추고 다리를 구부려 앉았다.

"업혀."

이광호가 말했다.

"업히라고?"

설란이 말했다.

그녀는 모르는 것이 많은 것 같았다. 이광호는 설란의 손을 붙잡아 자신의 목을 감싸게 했다. 그리고 그녀를 업은 채로 다시 일어섰다.

"위험한 곳이지만 아마도 거기까지 함께 가야 할 것 같아."

이광호가 말했다.

지켜준다는 말은 할 수 없었다. 병원 내에 일행들이 있고, 그들은 설란의 몸에 악마를 가두고 그대로 소멸시킬 예정이었다. 그 과정에서 힘겹게 설란의 원래 몸을 건진다고 한들, 그 몸이 온전할 리가 없었다.

빌어먹게도 사람을 죽게 내버려둬야 하는 것이다.

52.

병원 내부에 엉망으로 쓰러진 의료기기와 차트가 보였다. 환자들이 앉아서 진료를 기다리는 의자는 누군가 칼로 그은 듯 천이 뜯겨 있었다. 쇠와 플라스틱으로 이루어진 의자도 볼품없이 찌그러져 있었다. 검은 액체와 붉은 피로 뒤범벅된 병원 로비를 지나서 이광호는 설란과 함께 계단을 올랐다.

"깨진 유리 밟지 않게 잘 보고 따라와."

이광호가 말했다.

"아저씨, 여기 이상해. 가면 안 될 것 같아."

설란이 머뭇거리며 말했다.

"하지만 네가 안 가더라도 나는 가야 돼. 여기 혼자 있는 건 싫잖아. 그렇지?"

이광호가 물었다. 반강제로 그녀를 사지에 끌고 가는 것 같아 기분이 엉망이었다. 하지만 그 싫은 기분에도 일행들에게 가봐야 한다는 사실은 변하지 않았다. 병원 부지가 그 지경이 된 것이라면, 믿고 싶진 않지만 악마가 세상 밖으로 나오는 데 성공했을 확률이 높았다. 쥐죽은 듯 고요한 병원이 모두의 죽음을 의미하는 것 같아 더없이 찜찜했다.

"나는 사람들을 지켜야 해."

이광호가 말했다. 신현재의 경우처럼 뒤늦게 도착하는 일은 없어야 했다.

앞뒤 자른 말을 이해할 리가 없지만 설란은 수긍하고 있었다. 그녀가 이광호의 옆에 바짝 붙어 서서 먼저 계단을 밟고 올라가기 시작했다.

"얼른 가자."

이광호가 말했다.

3층으로 향하면서 불길한 기분이 점차 자라났다. 가장 믿을 수 있는 오세나가 악마와 접전 중이라면 이렇게 조용할 리가 없었다. 큰 굉음이 들리거나 열기가 뿜어져 나와야 정상이었다.

"3층에 도착하면 내가 먼저 병실에 들어가 볼게. 너희 어머니가 잘 계시는지 보고. 다시 데리러 올 테니까. 3층 계단 앞에서 기다리고 있어. 따라오지 말고."

"알았어. 아저씨, 그것만 빨리 확인하고 와야 돼."

설란이 말했다.

3층에 도착해서 그는 설란을 혼자 두고 복도 맨 끝으로 향했다. 복도의 계단은 모두 두 개였다. 양쪽 끝에 위치해 있다. 복도 끝과 끝 사이다. 병실에서 어떤 일이 있더라도 어린 설란이 도망칠 시간은 충분히 벌수 있었다.

이광호는 문이 열린 병실로 다가갔다. 열린 문 바로 앞에 김민성이 매고 있던 가방과 구겨진 종이뭉치들이 보였다. 타다가 만 양초들이 병실 문턱을 빼곡하게 감싸고 있었다. 그는 병실 안에서 희미한 소리가 들려오는 것을 확인했다.

그것은 노랫소리였다.

심호흡을 마쳤다. 이광호는 천천히 병실 안으로 발을 디뎠다. 병실 침대에 누워 있어야 할 설란의 몸은, 당연하게도 일어선 채로 그를 반기고 있었다. 활짝 열린 창문 밖을 바라보고 있던 그녀의 몸이 천천히 뒤로 돌았다.

"반가운 얼굴이 왔네."

이질적인 목소리였다. 여자의 몸에서 나오는 소리이면서 동시에 여자의 목소리가 아니었다. 두 개의 목소리로 말을 건네는 그 존재를 뭐라 칭해야 할지 확연해졌다.

"네가 그 악마로군."

이광호가 말했다. 어울리지 않게 점잖은 목소리로 악마가 웃었다. 점차 웃음소리가 빨라지더니 이내 뚝 그쳤다.

잠시간 정적이 흘렀다.

"네가 모든 걸 막을 수 있다고 생각해?"

이광호는 몸이 굳어지는 것을 느꼈다. 연구실에서 들었던 바로 그 목소리와 닮아 있었다. 그때 말을 걸었던 존재가 눈앞의 악마였던 것이다.

"하지만 난 네 선택을 존중해."

이광호는 병실 내부를 빠르게 훑었다. 신주아를 비롯한 신도들이 바닥에 쓰러져 있었고 유화는 정신을 놔버린 듯 중얼거리고 있었다. 침대 밑에 기댄 채로 죽어 있는 여자 한 명이 보였다. 그녀는 설란의 어머니인 김미애였다. 체내의 수분이 모두 빠져나간 듯이 나무 장작처럼 말라있는 모습이었다. 몸에 입은 옷이 이불처럼 걸려 있었다.

"죽일 놈의 새끼! 사람들을 어떻게 만든 거야?"

이광호가 흥분해서 소리쳤다. 그는 오세나가 보이지 않는다는 것을 알아챘다.

"세나는 어디다가 뒀어."

샅샅이 훑어보아도 찾을 수 없었다. 끔찍한 생각이 머리를 휘감으려 할 때 눈앞의 악마가 손을 들어 천장을 가리켰다.

"세나야……."

이광호가 천장을 바라봤다.

천장에 등이 붙은 듯이 매달려 있는 그녀의 모습이 보였다. 다행히도 상처는 없었지만 그녀는 괴로운 듯 보였다.

"오빠. 도망쳐. 우리가 어떻게 할 수 있는 수준이 아니야."

오세나가 그를 보며 말했다. 이광호가 다가가려 하자 오세나의 몸이 밑으로 향하다가 다시 천장에 내리 꽂혔다. 오세나는 발버둥조차 치지 못하고 있었다.

"이야기 좀 할까?"

설란의 몸을 차지한 악마가 말했다.

미혹의 악마. 이름의 뜻대로 그는 지금 자신을 향해 뭔가의 조건을 내걸려는 듯이 보였다. 감염자들의 대화로 알 수 있는 사실이었다. 악마와의 대화가 끝나고 난 후, 수락하게 되면 어떻게 변하는지도 대충 짐작할 수 있었다.

"여기서 다 함께 죽었으면 죽었지. 난 네 놈의 하수인 따위는 되지 않을 거야."

이광호가 말했다. 그는 조금씩 오세나 곁으로 다가갔다.

"우리 이야기가 먼저라니까. 허튼 짓은 하지 마. 너 때문에 고통 받을 네 친구가 불쌍하지도 않아?"

"그럼 말해봐. 무슨 제안을 하려고 나한테 이러는 건지."

이광호가 말했다. 시간을 움직이려 했지만 뭔가에 막힌 듯 움직여지지가 않았다. 시간 능력을 쓰는 것을 눈앞의 악마가 방해하고 있는 것 같았다.

"단지 내기를 하려는 것뿐이야."

악마가 말했다.

"무슨 내기?"

이광호가 물었다.

"네 친구들은 아직 아무도 죽지 않았어. 네가 어떻게 하느냐에 따라서 이 사람들이 모두 멀쩡하게 이 병실을 걸어 나갈 수도 있고."

악마가 웃으며 덧붙였다.

"해볼래?"

입가에 걸리는 미소를 보며 이광호는 떨리는 손을 뒤로 감추었다.

"내기의 내용을 말해."

이광호가 말했다. 무슨 말을 하든 일단 시간을 벌 수 있을 것이다. 그의 내기 내용을 들으며 뒤로는 이 상황을 해결해낼 만한 방법을 찾아야 했다.

"내기의 내용은 말하지 않아. 너랑 하는 내기는 아니니까. 그런 이유로 너는 거부할 수도 없어. 그리고 뒤를 봐."

악마가 말했다.

이광호가 놀란 얼굴로 등 뒤를 응시했다. 익숙한 얼굴이었다. 계단에서 기다리고 있어야 할 설란이 불안한 기색으로 등 뒤에 서 있었다. 그녀까지 악마에게 볼모로 잡힐 순 없었다. 그는 손을 뻗어 설란을 감싸 안았지만 설란의 몸은 공기처럼 잡히지 않았다.

"시간 다 됐어. 그럼 다녀와."

악마가 미소지으며 말했다.

공간이 뒤엉켜 섞여들었다. 주변 모습들이 재정비되는 것을 보면서 이광호는 머리에 강한 통증을 느꼈다. 비틀거리며 그는 손을 내저었다. 그런데 순간 뭔가가 손바닥에 닿았다. 덕분에 쓰러지는 것을 피할 수 있었다.

'내기.'

이광호는 아까와는 달라진 공간을 주의 깊게 바라봤다. 아직 해가 떠있는 오후 시간 정도의 한 주택가 길목이었다. 아주 낯선 공간은 아니었다. 전에도 한번 와본 적이 있는 곳이었다.

전선줄에 앉아있던 새들이 길게 울음소리를 내며 하늘로 비상했다.

뒤에서 기척을 느끼고 이광호는 뒤돌아 그곳을 보았다.

"거기서 뭐 해요?"

여자아이가 그를 올려다보며 말했다.

설란, 자신을 구해줬던 그 모습으로 그녀가 거기 서 있었다.

53.

"그래서 아저씨는 집이 없어요?"

설란이 물었다.

그녀는 아이스크림을 할짝거리며 이광호의 대답을 기다렸다.

"집은 있는데 지금 이 꼴로는 갈 수가 없어."

이광호가 말했다.

"그게 뭐야, 이상하다."

설란이 빙긋 웃었다.

주택가 안쪽의 작은 놀이터였다. 운동기구와 벤치가 달린, 어느새 없어진 줄 알았던 모래사장이 존재하는 곳이었다. 거기서 어린 설란과 대화를 나누고 있었다. 한가롭게 대화를 나누고 있을 시간이 없다. 속으로는 그렇게 생각하면서도 일단은 악마의 놀이에 장단을 맞춰주는 수밖에 없었다. 그 시간으로의 이동이 불가능했던 이유였다.

복잡한 기분을 숨길 수가 없었다.

"엄마가 아저씨 같은 사람 따라가면 안 된다고 했는데."

설란이 말했다. 그렇게 말하면서도 아이스크림은 잘 받아먹고 있었다.

"아저씨는 이상한 사람 아니야. 그런데 너는 이 근처에서 사니?"

이광호가 말했다.

설란은 자신에 대한 기억이 없는 것 같았다. 어린 그녀의 모습을 보고 짐작했지만 역시나 과거의 어느 때로 건너온 것 같았다.

"이 근처 살아요. 아까 아저씨가 서 있던 거기. 거기서 조금 더 가면 내가 사는 집이 나오거든요."

설란이 말했다. 그러더니 그녀는 초콜릿을 가득 묻힌 채로 고개를 들었다. 그녀의 표정에서 연민이 뚝뚝 떨어졌다.

"아저씨 불쌍해요. 오늘은 그럼 어디서 자요?"

설란이 말했다.

그 시간으로의 이동만 불가능했다. 이광호는 잠을 최대한 자지 않을 생
각이었다. 악마의 내기에는 설란이 관련되어 있을 것이 분명했다. 그렇다
면 그녀의 주변을 서성거리며 시간만 옮겨 다니다 내기가 완료되기까지
기다리면 되었다. 물론 손 놓고 기다릴 생각은 없었다. 가능한 빨리 내기
의 내용을 알아내야 한다.

"여기 사람들 잘 안 와요! 노숙하려면 여기서 해요."

설란이 자신 있는 얼굴로 말했다.

54.

설란은 다음 날 다시 놀이터를 찾았다.

벤치에 앉아서 눈을 감고 있는 이광호를 발견하고 그녀가 종종걸음으
로 다가갔다. 그리고 그가 보지 못하는 틈에 벤치 뒤로 돌아가 손을 뻗
었다.

"암호를 대라."

설란이 말했다. 이광호는 그녀의 손을 옆으로 치웠다.

"그냥 치우는 건 반칙이에요!"

설란이 삐진 얼굴로 말했다. 이광호가 살짝 미소 지으며 옆 자리를 두
드렸다.

"칫, 기껏 찾아왔더니."

설란이 벤치에 앉으며 투덜거렸다. 허공에 뜬 두 다리를 동동 구르는
그녀를 보고 있다가 이광호가 고개를 들었다. 설란의 얼굴에 상처가 생
겨 있었다. 어제는 분명 없었던 것이었다. 그가 빤히 보고 있자 설란이

손으로 빰을 감싸쥐었다.

"넘어져서 그래요."

설란이 말했다. 난처한 표정이었다.

"친구랑 다툰 거야?"

이광호가 물었다. 그러자 설란이 울상을 지었다.

"티가 나요? 괴롭힘 당한 거."

설란이 말했다.

그녀는 동동 구르던 발을 멈추고 고개를 숙였다.

"괴롭힘당한 줄은 몰랐어. 정말이야."

이광호가 말했다. 그러나 한번 드리워진 그림자는 사라질 기미가 보이지 않았다.

"나쁜 놈들이네. 같이 안 놀면 되지. 못 살게 굴고."

이광호가 말했다. 설란은 입술을 삐죽였다.

"다 내가 이상해서 그래요."

어디가, 어떻게 이상한지, 그녀는 말하지 않았다. 하나도 이상하지 않다고 말하는 이광호를 보며 설란이 빙긋 웃었다.

"그럼 아저씨가 저랑 놀아줘요."

설란이 말했다.

55.

설란은 그 다음날에도, 바로 그 다음날에도 공원을 찾아왔다. 심지어는 주말도 거르지 않고 공원을 찾았다.

모두 그를 보기 위해서였다.

"초등학교 입학했어요. 1학년이에요."

설란이 말했다. 그녀는 이광호가 건넨 과자를 하나씩 집어먹고 있었다.

"언제부터 괴롭힘 당했어?"

이광호가 말했다.

"처음에는 괜찮았어요. 언제부턴지는 정확히 몰라요. 친하게 잘 지내다가 갑자기 애들이 내가 이상하대요. 이상하다고 피해요."

설란이 말했다.

아무렇지 않은 목소리였다.

"피하는 정도가 아닌 것 같던데. 괜찮아?"

이광호가 말했다.

"괜찮아요."

"정 그러면 내가 그 애들한테 대신 말해줄까?"

이광호가 말했다.

"아니요. 괜찮아요. 노숙자 아저씨랑 알고 지낸다고 하면 또 놀려요."

이광호는 그제야 자신의 행색이 말이 아님을 깨달았다. 그 난리 통에 옷도 제대로 갈아입지 못했다. 와이셔츠에 검붉은 자국이 그대로 남아 있었다. 피가 난 뒤로도 옷을 벗은 적이 없으니 당연한 것이다. 그런데 이상한 기분이 들었다. 목에 분명히 상처가 남아 있을 것이 분명한데도 전혀 아프지 않았다.

"아저씨 갑자기 왜 그래요?"

설란이 굳은 얼굴의 이광호를 보며 물었다.

그는 손을 들어 목 주변을 매만졌다. 상처가 만져지지 않았다.

"아저씨 진짜 이상하다."

설란이 말했다.

갑자기 그녀가 웃음을 터뜨렸다.

"우리 둘 다 조금 이상한 것 같아요."

설란이 말했다.

그녀는 신이 난 목소리로 덧붙였다.

"이상한 사람들끼리 친구해요. 아저씨! 말 편하게 해도 되죠?"

설란이 말했다.

"편하게 해."

이광호가 말했다.

상처가 씻은 듯이 없어진 뒤였다. 이게 무엇을 의미하는지 알 길이 없었다. 감염, 즉 악마의 하수인이 되기 전 단계인 인간이 모두 이러한 체질이 되는 것일까. 하지만 명쾌하게 답을 내려줄 이는 여기 없었다.

"날마다 여기 올 거예요!"

설란이 말했다.

이광호는 그녀를 바라봤다.

"다음에 올 때는 아저씨 선물도 가져올게요. 친구가 된 기념이에요."

설란이 말했다.

그녀가 웃는 얼굴을 바라보며 이광호는 복잡한 기분에 사로잡혔다.

56.

며칠째 설란을 볼 수가 없었다. 항상 비슷한 시간에 오던 그녀였다. 혹시라도 늦는 걸까 싶어서 기다려봤지만, 그녀는 찾아오지 않았다. 이광호는 설란과 마지막 만났던 날에, 그녀를 미행하기로 했다.

처음 만났던 그 길목 근처에 설란의 집이 있었다. 낮은 담벼락에 한 눈에 보기에도 오래된 주택이었다. 다세대 주택이었다. 낡은 철제 현관문 뒤편으로 여러 개의 대문이 보였다. 설란은 주택의 2층, 두 번째 문을 열고 들어갔다.

이광호는 다시 놀이터로 향했다.

그곳에서 설란을 기다렸다. 설란은 다음날 나타났다.

"아저씨, 그 동안 못 와서 미안해."

설란이 말했다.

그녀는 쇼핑백 하나를 들고 있었다. 이광호가 쇼핑백을 슬쩍 바라보자 설란이 웃으면서 그것을 건넸다.

"전에 말했던 선물이야. 이거 준비하느라고 늦었어."

설란이 말했다.

반대편 뺨에 상처가 하나 더 늘어 있었다. 자세히 보니 팔과 다리에도 생긴 지 얼마 안 된 것으로 보이는 붉은 생채기가 있었다.

"많이 심심했지?"

설란이 팔을 매만지며 말했다. 이광호는 쇼핑백을 열어봤다. 옷이 들어 있었다. 반팔 티셔츠와 바지였다.

"화장실에서 갈아입고 와. 아저씨, 집에 못 들어간다고 똑같은 옷만 입으면 이상한 냄새가 날지도 몰라."

설란이 말했다.

그는 화장실로 가서 옷을 갈아입었다. 무더운 여름에 어울리는 옷이었다. 먼저 입고 있던 옷은 쇼핑백에 담아서 화장실 밖으로 나왔다.

"어울린다."

설란이 웃었다. 그녀는 벤치에 앉았다.

"아저씨는 공부 잘 했어?"

설란이 물었다.

"공부를 잘하진 않아. 관심 있는 것만 잘했어."

이광호가 말했다.

"아저씨가 관심 있는 게 뭐였는데?"

"철학."

이광호가 말했다. 자기 입으로 내뱉고도 웃긴 말이었다.

"아저씨 웃는 거 처음 본다."

설란이 말했다. 그녀는 항상 매고 오던 책가방을 무릎 위에 내려놨다. 가방을 열기 전에 설란이 이광호를 흘깃 바라봤다.

"선물 또 있어."

설란이 말했다.

"뭔데?"

이광호가 물었다.

설란이 책가방을 열고 그 안에서 뭔가를 꺼냈다. 갈색 겉표지의 작은 연습장이었다. 줄이 없는 연습장을 펼쳐서 그녀가 보여준 곳에 그림이 그려져 있었다.

"나 공부는 못해도 그림은 잘 그려."

설란이 말했다. 그녀는 연습장을 들고 이광호에게 건넸다.

"내가 아저씨 그린 거야."

설란이 말했다.

그림은 완벽하지 않았다. 하지만 초등학생이 그렸다고 생각되지 않는 실력이었다. 수준급의 실력이지만 보완할 부분이 있었다.

"고마워. 잘 간직할게."

이광호가 말했다.

설란이 손을 내밀었다. 연습장을 다시 달라는 의미인 것 같았다. 다시 연습장을 가져간 그녀는 그림이 그려진 종이를 뜯어서 이광호에게 건넸다.

"쇼핑백에 넣어둬. 집에 돌아갈 수 있게 되면 같이 가져가."

설란이 말했다. 그리고 걱정스러운 듯이 덧붙였다.

"가능하면 빨리 집에 돌아가."

"볼일이 다 끝나면 나도 가볼 거야. 지금은 못 가."

이광호가 말했다.

해가 질 때까지 놀이터를 머물던 설란은 밤이 되어 돌아갔다. 이광호는 몰래 그녀를 따라갔다. 그녀가 집에 들어가고 나서 어머니인 것으로 추측되는 여자의 목소리가 들려왔다. 사이가 무척 좋은 것 같았다.

이광호는 다음 날 아침으로 시간을 돌렸다.

57.

다음날 설란은 울면서 놀이터를 찾았다.

"아저씨."

설란은 머뭇거리며 좀처럼 말을 꺼내지 못하고 있었다. 괴롭힘을 당한다는 말도 씩씩하게 하는 그녀가 어떤 이유로 울고 있는지 알 수가 없었다. 이광호는 땅을 보고 있는 그녀의 얼굴을 잡아 고개를 들게 했다. 그녀의 눈에서 두려움과 당혹감이 뒤범벅되어 있었다. 놀란 마음이 가장 큰 것으로 보였다.

"란아, 왜 그래. 무슨 일이 있었어?"

이광호가 물었다.

"친구들 말이 맞아. 내가 정말 이상한 애였나 봐."

설란이 울면서 말했다.

"일단은 진정해."

이광호가 설란을 조심히 안았다. 울먹거림이 잦아들 때까지 그녀의 어깨를 두드렸다.

그녀의 말을 속으로 곱씹었다. 놀라서 울음을 터뜨릴 만큼 이상한 일은 하나로밖에 좁혀지지 않았다. 그녀가 오늘 처음 자신의 능력을 발견했을 것이다. 악마의 성경에 그녀를 지칭한 성녀라는 칭호에 걸맞게 이상한 경험을 했을지도 모른다. 하지만 후자의 경우였다면 설란은 오히려 재미있는 경험이라며 이야기해주었을 것이다.

눈물이 멎자 설란은 벤치에 올라가 앉았다.

"무슨 일이 있었는지 이야기해줄 수 있어?"

이광호가 물었다.

"나도 이게 뭔지 모르겠어."

설란이 말했다. 그녀는 꺼림칙한 기억을 떠올리는 얼굴이었다.

"절대로 네가 이상하다고 생각하지 않을게. 오늘 있었던 일을 나한테 말해줘."

이광호가 말했다. 그녀가 불안해하지 않도록, 마주치는 시선을 피해보지 않았다.

"말해도 안 믿을 거야."

설란이 말했다.

"차라리 보여줄게. 또 될지는 모르겠지만."

설란이 손바닥이 위로 보이게 펼쳐보였다. 그녀의 손 위에서 작은 꽃송이 하나가 만들어졌다.

"내가 생각한 게 실제로 만들어져. 이상해."

설란이 말했다. 이광호는 그녀의 얼굴을 빤히 바라봤다.

"이상하지?"

"전혀 이상하지 않아. 대단한데."

이광호가 말했다. 설란의 표정이 묘하게 바뀌었다.

"하지만 친구들한테는 몹쓸 짓을 해버렸어. 다치게 하고 싶지는 않았는데."

설란이 말했다.

"너를 괴롭히던 친구들을 다치게 한 거야?"

이광호가 물었다. 설란이 고개를 끄덕였다. 그녀가 의기소침하게 고개를 숙였다. 그 모습이 마치 크게 잘못한 아이처럼 비쳐졌다.

"잘 혼내줬어."

이광호가 말했다.

고개를 들고 그의 눈치를 살피다가 설란이 말을 꺼냈다.

"잘한 거야?"

"나쁜 놈들 혼내준 거잖아."

"그래도."

"크게 다치진 않았지?"

이광호가 물었다.

설란이 급하게 고개를 끄덕였다.

"그럼 된 거야."

이광호가 말했다.

그는 비릿하게 미소 짓던 악마의 모습을 떠올렸다. 설란의 몸을 차지하고, 그 안에 들어가서 아는 이들을 짓밟고 모욕했다. 내기의 내용이 무엇이며, 그의 의도가 무엇이었는지는 중요하지 않았다. 그저 어떻게든 복수를 하고 싶었다.

복수심, 이런 감정은 오랜만이었다.

"네 능력을 조금 더 좋은 곳에 썼으면 좋겠어."

이광호가 말했다.

승산이 조금이지만 생긴 것 같았다. 하지만 왜? 그가 어떤 이유로 자신을 쓰러트릴 수 있는 설란과 마주하게 하여 가능성을 열어준 것인지 확실하지 않았다.

하지만 현재로선 다른 수가 없는 것이다.

58.

연습이 순조롭게 진행될 수 있도록 설란이 가장 싫어하는 것을 실체화시키도록 했다. 그리고 그것을 없애도록 지시했다.

"모르겠어. 어떻게 해야 하는지."

설란은 머리를 틀어쥐고 골치 아픈 표정을 지었다. 초능력을 얻게 된 것도 바로 얼마 전인데 그것을 이용해내기란 벅찬 것 같았다.

"이걸 계속 보고 있기 싫다면 빨리 없애야 돼."

이광호가 말했다.

"하지만 어떻게 생기게 했는지도 모르겠는 걸."

설란이 말했다.

"이걸 만들어낼 때 어떤 생각을 했어?"

이광호가 물었다.

보통 초능력을 발현시킬 때 어떠한 과정을 거치기 마련이다. 그 과정에서의 공통점을 발견한다면 충분히 능력을 계발할 수 있었다. 실제로 spc

의 신입 초능력자들이 쓰는 방법이었다. 그들이 자신의 능력을 키우기 직전, 첫 번째로 통과해야 하는 관문이기도 했다.

"그냥 떠올렸을 뿐인데."

설란이 말했다.

"상상을 하면 그대로 나타나?"

이광호가 물었다.

"응, 떠오르는 대로 나타나는 것 같아."

"그럼 여기다가 개미핥기를 만들어 봐."

"왜?"

"네가 만들어낸 개미들을 없애려면 그 동물이 필요해."

"하지만 난 그게 뭔지 몰라. 개미핥기가 뭐야?"

설란이 물었다.

"상상할 수 없는 건 만들어내기 어려워?"

"응."

"개미핥기라고 상상되는 동물을 만들어내봐."

"알았어. 잠깐만."

설란이 말했다. 그녀는 놀이터 모래사장 앞을 가득 채운 개미떼들을 응시하며 기합을 넣었다. 그러다간 이내 고개를 돌려 이광호를 바라봤다. 자신감이 떨어진 얼굴로, 아마도 실패한 것 같았다.

"안 돼?"

이광호가 말했다.

"응, 상상했는데 안 나타나."

설란이 말했다.

그녀의 초능력은 반드시 존재하는 개체에 한한 것인 듯했다. 그리고 한 가지 조건이 더 필요한 것 같았다. 설란 그녀가 정확하게 떠올릴 수 있도록 명확히 잘 아는 것이어야 한다. 그렇지 않으면 만들어낼 수 없는 것이다. 그렇다면 만들어낸다는 표현보다는 불러온다는 말이 더욱 어울렸다.

"그래, 그럼 이걸 봐."

이광호가 휴대폰에 검색한 내용을 그녀에게 보여줬다.

"이게 뭐야?"

설란이 물었다.

"이게 개미핥기라는 동물이야. 이걸 보고 여기로 한번 불러와봐."

이광호가 말했다.

"알았어. 해볼게."

설란이 말했다.

사진을 보던 그녀가 개미떼가 있는 곳을 바라봤다. 그러자 정말로 개미핥기가 나타났다. 잠시 주변을 살피던 개미핥기가 눈앞의 먹이를 먹었다.

"잘했어."

이광호가 말했다.

"나 정말 잘했어?"

기쁜 마음을 숨기지 않으며 설란이 말했다.

이광호가 그녀의 머리카락을 쓰다듬었다.

"그럼 네가 싫어하는 것은 없어졌으니까. 불러온 개미핥기를 다시 원래 있던 곳으로 돌려보내봐."

이광호가 말했다.

설란이 고개를 갸웃거렸다.

"원래 있던 곳으로?"

설란이 말했다.

"나는 상상했을 뿐인데? 얘가 어디에 있었는지도 모르고."

"가능할 거야. 한번 해봐. 안 되면 다른 방법을 찾아보자."

이광호가 말했다.

"원래 있던 장소로. 알겠어. 노력해볼게."

설란이 말했다.

그녀는 먹이를 먹으며 다가오는 개미핥기를 한눈에 담고 눈을 질끈 감았다. 하지만 눈을 감았다가 떴음에도 아무 일도 일어나지 않았다.

"잘 안 되는데?"

"그럼, 날 믿고. 여기 이 공간에 개미핥기만 없는 모습을 상상해봐. 개미핥기는 알아서 집으로 돌아갈 테니까."

이광호가 말했다.

"얘 죽는 거 아니지?"

설란이 말했다.

"동물이 죽는 게 싫어?"

"응, 싫어. 나는 동물들이 좋아. 사람들은 조금 싫어도……."

"안 죽을 거야. 날 믿고 해봐."

이광호가 말했다.

설란이 다시 눈을 감았다. 개미핥기가 고개를 들어 그녀를 봤다. 잠시 동안 그녀를 바라보던 입이 긴 동물은 이내 사라졌다.

"맙소사."

설란이 놀란 얼굴로 눈을 떴다.

"쟤가 나한테 고맙다고 말했어."

그녀가 말했다.

"잘했어. 정말 훌륭했어."

이광호가 허리를 굽혀 그녀를 보며 말했다.

"아저씨……."

설란이 가라앉은 얼굴로 그를 응시했다.

"이걸 왜 하는 거야?"

설란이 물었다.

"나중을 위해서야."

"나중?"

"란아, 뭐 하나만 물어볼게."

이광호가 말했다.

설란이 천천히 고개를 끄덕거렸다.

"아까 사람들이 싫다고 말했잖아. 사람들을 위해서 능력을 쓰는 게 싫어?"

"좋지는 않아."

"그럼, 엄마랑 아저씨를 위해서 능력을 사용하는 건? 동물들을 위해서는?"

"그건 괜찮아. 그러고 싶어."

설란이 말했다. 그녀가 조금씩 울먹거렸다.

"아저씨 어디 가는 거야?"

설란이 말했다.

"언제 가는 건데?"

"언제 갈 수 있을지는 잘 모르겠어."

이광호가 말했다.

"안 가면 안 돼?"

설란이 물었다.

지친 기분에 잠시 머물고 싶은 마음이 없던 것은 아니다. 하지만 가능하다면 빨리 돌아가야 했다. 소중한 것을 그곳에 두고 왔다. 암담한 상황을 피해서 도망치는 것도 자존심이 용납하는 일이 아니었다.

"우린 다시 만날 거야."

이광호가 말했다.

"다시 만날 때까지. 그림 연습 많이 하고. 상상하고 떠올리는 연습 많이 하고. 책도 많이 봐야 해. 아는 게 힘이니까. 능력을 사용하는 연습도 게으르게 하면 안 돼. 네가 모든 기억을 잃더라도 습관처럼 사용할 수 있도록."

"알겠어. 그럼 언제 다시 만나는데? 금방 돌아와?"

설란이 물었다.

"그건 약속 못해."

이광호가 말했다.

"알았어. 아저씨. 집에 잘 돌아가야 해."

설란이 말했다.

이광호는 그녀에게 인사를 마치고 놀이터에서 빠져나왔다. 그러고는 아직 환한 도시의 길거리를 걸었다. 그에게는 모두 과거의 모습이었다. 병실에 누워 있던 설란의 모습으로 추정컨대 이곳은 불과 10년 전의 과거였다.

그러다가 그는 손가락이 희미해지는 것을 발견했다.

'설란이 능력을 사용했군.'

집으로 돌아간다고 말해뒀다. 그렇다면 그녀는 상상을 하게 될 것이고, 자신의 존재를 이곳에서 지우게 될 것이었다. 존재 자체가 사라질 수도 있고, 운이 좋으면 원래 있던 곳으로 되돌아갈 수 있을 것이다. 도박이지만 일단 걸어보는 수밖에 없었다.

다행스럽게도 이번 도박은 성공적이었다.

"란아."

이광호가 옷깃을 붙잡으며 서있는 어린 모습의 설란을 보며 말했다. 그녀는 순간 눈을 크게 뜨며 그를 응시했다.

"다시 만났네."

59.

"아저씨, 나 기억났어! 저걸 없애려고 그런 연습을 시켰던 거야?"

설란이 말했다.

이광호는 옅게 미소 지으며 고개를 끄덕거렸다.

그녀가 기억을 찾았다면 이제 악마를 쫓아낼 때였다. 그를 완벽하게 없앨 수는 없더라도 원래 있던 곳으로 돌려보낼 수는 있을 것이다. 그러나 악마가 다시 설란의 몸을 빌려서 나오지 못하리라는 법은 없었다. 완벽하게 상황을 정리하려면 악마를 그녀의 몸에 봉인해서 소멸시키는 의식이 필요할 것이다. 그러나 사람들을 구한다는 미명 아래 죄 없는 여자의 목숨을 없앤다면 악마와 다를 바가 없었다.

"이봐."

이광호가 병실 안쪽에서 히죽거리고 있는 악마를 보며 말했다.

"너를 뭐라고 불러야 할지 모르겠고. 무슨 내기를 했는지, 나한테 뭘 원하는지도 모르겠어. 하지만 넌 내 선택을 존중한다고 했지. 여기서 사라져 줘야겠어."

악마는 아무런 말도 하지 않았다. 그저 그를 가만히 응시하며 웃고 있을 뿐이었다. 마치 자신이 어떤 행동을 할지 모두 알고 있다는 느낌이었다. 어딘가 말려드는 느낌이지만 한번 마음먹은 결정을 도로 물릴 수는 없었다.

"란아."

이광호가 설란을 보며 말했다.

"뭘 해야 할지 알고 있지?"

"알아."

설란이 말했다.

그녀가 주춤거리며 이광호의 옆에 섰다.

"안녕, 꼬마야."

악마가 어린 설란을 보며 말했다.

"내 몸에서 비켜. 이 악마야."

설란이 말했다.

그녀가 능력을 사용하자 푸른빛이 악마가 잠식해버린 그녀의 몸을 감쌌다. 악마는 몸을 감싸는 푸른빛을 들여다보고 있었다. 신기한 듯이 바라보는 그 모습에서는 어린아이 같은 천진함이 느껴졌다.

시간이 생각보다 오래 걸리고 있었다.

설란이 당황한 얼굴로 이광호를 응시했다.

"아저씨, 어떡하지? 잘 안 되는데. 뭔가 힘이 빨려 들어가는 느낌이야."

설란이 말했다.

악마가 굳이 설란의 몸을 차지한 이유를 알 것 같았다. 차지한 몸이 설란의 것이기 때문에 능력이 전혀 통하지 않는 것 같았다.

"제길."

악마가 어깨를 으쓱해 보였다.

그때 기적이 들렸다. 신도들이 하나씩 깨어나고 있었다. 정신을 차린 신주아가 주머니에서 반으로 접힌 종이를 꺼내들었다.

"방심해서 당했지만 두 번은 없어."

신주아가 말했다. 그녀가 종이를 펼쳐서 주문을 외우는 사이에 신도들이 십자가와 묵주를 꺼냈다. 성수를 바닥에 뿌리고 의식을 준비했다.

"신주아."

이광호가 그녀를 불렀다.

"방해하지 마."

설란을 죽이지 않고도 악마를 쫓아낼 방법이 어디 있을까. 이광호는 악마가 어떤 경로로 그녀의 몸에 내려올 수 있는지 생각했다. 설란의 능력은 실제로 있는 것을 불러오고, 그것을 다시 원래 있던 자리로 돌려보내는 능력이다. 악마는 다른 사람의 몸을 빌려서 이곳 사람들에게 말을 건넬 수 있다. 하지만 완벽하게 사람의 몸을 차지하는 것은 어렵고, 그렇게 되더라도 영혼이 공존하게 된다.

'그 능력을 이용해 설란의 영혼만 바깥으로 쫓아낸 거야.'

악마가 설란의 능력을 미리 알았다면 그보다 더 일찍 그녀와 접촉했을 것이다. 그녀 스스로 악마의 존재를 자기의 몸으로 불러들이게끔 유도해낸 것이다. 그녀는 괴롭힘을 당하는 중이었다. 그 과정에서 사람들을 싫어하게 되었다. 악마가 놓은 덫에 걸려들어 이상한 증상이 나타났고, 실제로 나타난 그 증상만을 사람들에게 전파시킨 것이다. 증상이 옮겨갈 때 나타난 이상한 형상은 악마와 관련되어 있는 것 같았다.

이 모든 걸 바로잡을 방법이 있었다.

"신주아."

"아, 왜! 지금 막 끝나려는 참인데!"

신주아가 소리쳤다.

그녀와 신도들이 어느새 악마의 코앞까지 다가가 있었다. 악마는 움직이지 못하는 건지, 일부러 묶인 척 하는 건지, 아무런 미동도 없었다. 괴로운 기색도, 기쁜 기색도 없이, 가만히 이광호와 신주아를 번갈아 보고 있었다.

"죄 없는 사람을 죽일 수 없어요."

이광호가 말했다.

"미쳤어? 지금 저 몸속에 인간의 영혼이 남아 있다고 생각해? 거기서 혼자 그러고 있지 말고. 빨리 내 뒤에 바짝 붙어 있어."

신주아가 말했다.

그녀의 눈에는 어린 설란이 보이지 않는 것 같았다.

"아직 죽지 않았습니다. 저 몸속의 여자는."

이광호가 말했다. 설란이 그를 바라봤다.

"오랜 시간 동안 이 날을 준비해온 것 압니다. 아버지도 죽고 그 과업을 당신이 대신 잇고 싶겠죠. 이해합니다. 그래도 한 사람을 사지로 몰아넣지 않고 이 상황을 정리할 수 있다면, 그렇게 하는 게 나아요."

이광호가 말했다.

그는 속박되어 있는 악마의 곁으로 다가갔다. 한치 앞까지 다가가는 그를 신주아가 멍하니 바라봤다.

"위험하니까. 나와."

신주아가 말했다.

이광호는 악마가 빼앗아 간 설란의 몸에 손을 올려두었다. 이제 빼앗긴 그녀의 몸을, 당사자에게 돌려주어야 할 차례다.

"집에 돌아가면 뭐라고 말해야 할지 생각해두는 게 좋을 거야."

이광호가 말했다.

'성공할지는 모르겠지만.'

그리고 그는 힘주어 설란의 몸을 쳐냈다. 한 차례 파동이 일었다. 오세나의 몸이 바닥으로 곤두박질쳤다. 아슬아슬하게 그녀를 김민성이 받아냈다.

"뭐야? 뭘 한 거야?"

신주아가 말했다. 그녀는 잠잠해진 설란의 몸을 바라봤다. 아무런 움직임도 보이지 않던 그녀의 몸이 갑자기 꿈틀거렸다.

"으읏, 머리야……."

"아직 안 죽었잖아!"

부적을 꺼내들려는 신주아를 이광호가 막아섰다.

"악마만 쫓아낸 거야. 이제 괜찮아."

이광호가 말했다.

깨어난 설란이 그와 대화를 나눴다. 집으로 잘 돌아갔었냐는 얘기부터 꺼낸 설란은 많이 보고 싶었다고 말했다. 회복을 마친 오세나가 신도들에게 부축을 받으며 병실을 빠져나왔다. 병원 밖으로 나오면서도 신주아는 설란에 대한 경계를 풀지 않았다.

"언제 또 변할지 몰라. 조심해야 돼."

신주아는 그 말을 남기고 교단으로 돌아갔다. 초능력자들은 유달수 팀장의 언질을 듣고 강두호 총수가 은신하고 있던 저택으로 향했다. 그곳에서 강두호는 얇은 이불로 몸을 감싸고 화로 앞에 앉아 있었다.

"살아 돌아왔냐?"

강두호가 초능력자들을 보며 말했다.

"의뢰를 괜히 받은 건지 후회하던 중이었는데. 그래도 안 받았다고 해도 이 난리는 났을 거고. 아무튼 고민하던 중이었어. 잘 왔다. 이제 끝난 거냐?"

"예, 처리했습니다."

이광호가 말했다.

유화는 마치 제 집인 양 저택의 가장 안쪽 방으로 스스럼없이 들어갔다. 피곤하다며 쉬겠다는 말만을 남긴 채였다.

"세나는 괜찮고? 아팠었잖아."

강두호가 말했다.

"괜찮아요. 이제 다 나은 것 같아요."

오세나가 말했다.

상처투성이인 그녀의 몸을 보고 강두호가 입술을 삐죽거렸다.

"그래, 다행이구나. 그런데 말이지. 이분은……?"

강두호가 이광호의 뒤에 붙어 잘 보이지 않는 사람을 넘겨다보며 말했다.

"매개입니다."

"매개라고? 그 매개체?"

"예, 악마는 무사히 쫓아냈습니다. 다시는 들어오지 못할 테니 엉뚱한 생각은 하지 마세요. 알고 보니 이 아이도 초능력자였습니다. 그래서 데리고 왔습니다."

이광호가 말했다.

"흠."

총수의 눈이 갑자기 반짝였다. 또 어떤 소리를 할지 뻔했다.

"능력은 사라졌습니다. 어린 나이에 부모도 잃고 아마 친척도 없을 겁니다. 이 난리통에 학생 신분으로 혼자 살아가는 것도 가혹하고. 저에 대한 복지라고 생각해주시고 호텔에서 계산 일이라도 시켜주십시오."

이광호가 말했다.

"쩝, 아쉽게 됐군 그래! 그나저나 대통령이 아직 죽지 않았다면 좋겠구만. 뜯어낼 게 있으니…… 아무튼 일단은 여기서 쉬어라. 상황이 정리될 때까지. 그리고 광호군, 자네 엄마는 우리가 잘 보살피고 있었으니 걱정마. 그냥 하는 소리는 아니고. 잘 알아달라고 하는 소리야. 그만큼 더 열심히 일해주면 나야 고맙지."

강두호가 호탕하게 웃으며 말했다.

드디어 끝났다. 하지만 찜찜함은 사라지지 않았다. 이광호는 자신의 손바닥을 바라봤다. 거기에 검은 액체가 흩뿌려지는 것 같았다. 어쩌면 애초에 환각이었던 건시도 모른다.

60.

공항이었다.

리진만 이사는 검은 선글라스를 끼고 있었다. 최필영 대통령이 그녀를 바라보며 서 있었다. 대통령을 호위하는 인원들이 사람들의 눈길을 한몸에 받고 있었다.

"그래서 여행을 다녀온다는 거군?"

최필영 대통령이 말했다.

"그런 일도 있었고 해서. 사람 일은 참 모르는 건가 봐요. 그런 의미에서 나만의 시간도 조금 가져야겠어."

리진만이 말했다.

"그래, 알겠어. 잘 다녀오라고."

"보살펴줘서 고마워. 덕분에 살았어."

리진만이 배웅을 받으며 캐리어를 들고 발길을 돌렸다. 최필영 대통령은 그녀의 모습이 사라질 때까지 서 있다가 뒤돌아 강두호를 바라봤다.

"어이쿠!"

강두호가 그를 향해 웃어 보였다.

"우리는 계산할 건이 남아 있지?"

"친구가 아니라 원수가 따로 없어. 아무튼 이번에는 정말 신세를 졌네."

최필영이 말했다.

그들은 호위를 받으며 공항 밖으로 빠져나왔다. 밖으로 나와서 호위들을 모두 물리고, 최필영은 총수의 차에 올라탔다.

"우선은 호텔로 가지."

강두호가 운전대를 잡으며 말했다.

호텔에 도착한 총수를 반기는 뜻밖의 인물이 있었다. 강두호는 그들의 존재를 기억해내려고 애썼다. 분명 어디서 본 것 같은데 기억나지가 않았다. 둘 중 한명은 특이하게 생긴 외형이라 잊어버리는 것도 어려운 얼굴이었다.

"그게……저, 안녕하세요. TV에서 자주 봤어요. 저는 광호 대학 동기고요, 이쪽은 선배님이세요. 아, 이 말을 왜 하냐고 하면요. 그게 지금 광호를 보러 잠깐 온 건데. 이상한 일도 있었고……. 그런데 이쪽은 혹시 대통령님이세요?"

김상현이 조심스럽게 말을 꺼냈다.

그제야 얼핏 리진만이 쓰러졌을 당시 봤던 인물이라는 것을 기억해냈다.

"광호군 친구들이로군. 그래, 잘 기다리고 있게. 곧 도착할 거야."

강두호가 말했다. 그리고 그대로 지나치려 했다.

"알겠습니다. 그럼 들어가 보세요!"

김상현이 정중하게 허리를 숙이며 말했다.

제법 예의 바른 친구라고 생각했다. 그래도 이런 식으로 다시 보게 될
줄은 몰랐다. 강두호는 입술을 씰룩거리며 이력서를 들여다봤다. 이번에
들어온 채용 이력서는 모두 세 장이었다. 그것도 전부 한 명의 직원이
추천한 인력들이다.

"김상현씨."

"옙."

"설란씨."

"네."

"그리고 마지막으로…… 나이가 조금 많군. 결혼 예정이시고. 처자식들
먹여 살리려면 빨리 취직해야겠어. 아무튼 당신."

"네, 잘 부탁드립니다. 강두호 대표님."

"대표라고 부르기보단……."

"그럼 뭐라고 부르면 될까요?"

"넘어가죠."

강두호가 말했다.

초롱초롱하게 눈을 빛내고 있는 이들을 모두 채용한다면 예산이 많이
빠져나간다. 하지만 이광호가 벌어들이는 돈에 비하면 아주 조금의 값이
었다. 그에게 돌아갈 인센티브라고 생각하고 월급을 얹어주면 손해를 보
는 장사는 아닐 것 같았다.

"좋아요. 모두 채용하죠."

강두호가 말했다.

"그런데 내가 그냥 호텔 주인장이 아니라서. 여기서는 다른 사람의 지
시를 받아야 할 거예요. 업무적인 부분은 이광호 군에게 문자로 물어보
고. 이광호군이 바빠서 아마 얼굴 볼 기회가 없을 거예요."

"같은 호텔인데요?"

김상현이 물었다.

"워낙에 바쁜 친구예요. 귀찮게 하면 안 됩니다."

강두호가 말했다.

면접자들은 박수를 치며 서로 기쁨을 나눴다. 설란과도 통성명까지 마친 그들은 벌써 웬만큼 친해진 느낌이었다. 젊은 사람들은 서로 빨리도 친해진다.

"같은 식구가 되었으니 잘 지내봅시다. 식구끼리라도 존칭은 붙이세요."

강두호가 면접자들을 보며 말했다.

에필로그

졸린 눈을 비비고 일어났다. 세수를 마치고 식사는 빵과 우유로 대신했다. 옷을 단정하게 갈아입고 강두호 총수는 현관문 앞에 섰다. 전신 거울을 바라보며 넥타이를 바로 하고 출근 준비를 했다. 오늘은 외부에 볼일이 따로 있지가 않았다. 악마 때문에 벌어진 일을 수습중이라, 본사와 연구소, 그룹 계열사 모두를 돌아볼 생각이었다. 점검을 마치고 나서야 개인적인 업무를 볼 수 있으리라.

"언제쯤 시원해질는지."

강두호는 내리쬐는 햇빛을 올려다봤다. 그러고는 현관문 앞에 정차된 차에 올라탔다. 차가 출발하고 얼마 안 가서 그는 눈이 침침함을 느꼈다.

"피곤하십니까?"

운전기사가 물었다. 강두호는 손을 절레절레 흔들었다. 괜찮다는 뜻이었고, 더는 말을 붙이지 말고 직행하라는 암묵적인 명령이기도 했다.

휴대폰이 울렸다.

"피해상황은 어떤가."

강두호가 말했다.

천문학적인 피해가 났지만 그것도 초능력자들이 외주 일을 몇 번 맡고 나면 금세 복구되는 정도였다. 다행스럽게도 돈이 있어도 구하지 못하는 물건들은 망가지지 않은 모양이었다. 통화를 마치고 강두호는 연구소로 향하던 차를 곧장 본사로 돌렸다.

간부들과 회의를 마치고 나와서도 눈이 침침했다. 눈꺼풀에 이물질이 매달린 것도 아닌데 마치 깍지가 씌인 느낌이었다.

"정말 이상하단 말이야."

강두호가 중얼거렸다.

일을 맡길 초능력자들을 추리기 위해 차트를 보며 이동하고 있었다. 차가 호텔에 멈춰 서고 그는 차에서 내렸다. 그리고 이상한 것을 목격했다.

'나도 환각 같은 게 보이는 건가.'

강두호는 눈을 의심했다. 마치 생명 에너지를 감지하는 것처럼 세상이 이상하게 보이기 시작했던 것이다. 나무나 풀은 물론이고, 손님의 품에 안겨 숨을 고르는 강아지마저도 이상한 띠를 두르고 있었다. 일렁거리는 그것은 사람들의 몸 밖으로도 흘러나오고 있었다. 종에 따라 색깔이 조금 달랐다.

'식물은 녹색. 저 강아지는 하늘색. 사람들은 모두 흰색이군.'

강두호는 피곤해진 눈가를 매만졌다.

개인 시간을 보내고 초능력자들에게 일감을 주기 전에 들렀던 호텔이다. 겸사겸사 신입사원들이 어떻게 근무하고 있는지도 확인해볼 작정이었다. 그런데 난데없이 이상한 일이 벌어진 것이다.

"이건 또 무슨 병이지?"

강두호는 호텔 안으로 들어섰다.

신주아가 호텔 로비에서 직원들에게 교육을 받고 있었다. 자신을 발견하고 인사를 건네는 그녀에게 화답해주고 그는 발길을 옮겼다.

개인 방에 들어가 총수는 초능력자들을 불렀다. 그들이 들어오는 모습을 강두호는 유심히 바라봤다.

"네들은 왜 흰색이 아니냐?"

강두호가 의문을 던졌다. 박철민과 유달수가 들어오다 멈칫했다.

"영감, 불안하게 또 왜 그래."

유달수가 말했다.

"피곤하신가 봐요. 우리 옷이 마음에 안 드는 걸지도 모르죠."

박철민이 말했다. 그들이 그러는 말은 총수는 의아한 표정을 풀지 않았다.

"너희들 일감이다. 그리고 달수야. 애들 말인데. 한 곳으로 좀 모아줄 수 있겠냐?"

강두호가 포스트잇이 붙여진 차트를 던지며 말했다.

"어디서 모이라고 전해줄까?"

"여기로 오면 아무래도 눈에 띄겠지."

"영감네 집으로 모이라고 할게. 어차피 지금 모을 수 있는 인력은 많지 않으니까. 거의 대부분 외부로 나가 있고."

"그래, 부탁한다."

유달수와 박철민이 방 밖으로 나갔다. 총수는 탁자를 손끝으로 두들기며 생각에 잠겼다. 일반적인 사람들과 다른 색의 띠를 지니고 있으면서, 유달수와 박철민은 서로 다른 색을 띠고 있었다. 이게 뭘 의미하는 건지 알 수가 없었다. 모든 인력을 모아두고 무슨 색인지 확인하고 공통점을 찾으면 될 것이다.

'초능력이라고 말하기가 아직 애매하군.'

강두호가 말했다.

초능력이 생겨난 것이면 기뻐야 하는 게 정상인데 그렇지가 않았다. 사람이 갑자기 바뀌면 죽을 때가 다 된 거라는 말이 있었다.

"나중에 기뻐해도 괜찮을 것 같군."

강두호가 의자에서 일어나며 말했다. 그는 화장실 쪽으로 걸음을 옮겼다. 거울 앞에 서서 얼굴을 씻기 위해 고개를 숙였다.

그때, 누군가 둔기로 총수의 머리를 내리쳤다. 계속되는 통증에 총수는 저항할 새도 없이 욕실 바닥에 몸을 웅크렸다. 누군지 확인할 수도 없도록 계속된 폭행이었다. 총수는 마지막 힘을 짜내어 괴한을 바라봤다. 그리고 놀란 눈을 치켜떴다.

"당신! 당신이 여길 어떻게 해서!"

강두호가 소리쳤다.

"자네에게 개인적인 원한은 없네."

괴한이 입을 덮고 있던 검은 마스크를 아래로 내리며 말했다. 괴한의 존재는 다름 아닌 이훈철 박사였다.

"나를 용서해주게."

이훈철 박사가 말했다.

그는 마스크로 입을 가리고 둔기를 치켜들었다. 둔탁한 소리와 함께 저항하던 강두호 총수가 맥없이 쓰러졌다.

타임 워커 2 : 꿈을 꾸는 아이

초판 1쇄 2019년 2월 20일

지은이 | 문지솔

펴낸곳 | 문학여행
발행인 | 고민정
주 소 | 서울특별시 중구 을지로 14길 20, 5층 출판그룹 한국전자도서출판
홈페이지 | www.bookjour.com
이메일 | contact@bookjour.com
전 화 | 1600-2591
팩 스 | 0507-517-0001
원고투고 | edit@bookjour.com
출판등록 | 제2017-000048호

ISBN   979-11-88022-18-2 (04810)